AF204437

Vorwort des Herausgebers

Der Baum der Fantasie hat viele Zweige und die Blätter zahlreicher Sagen, Märchen und Legenden schmücken sein Geäst. Mit dieser Anthologie haben dreizehn Autorinnen und Autoren der stattlichen Krone neues glitzerndes Laub hinzugefügt. Diese fantastischen Geschichten sind im Rahmen des »Fantasy-Geschichten-Forums« entstanden, in welchem sich Autorinnen und Autoren treffen, um ihre Leidenschaft für die fantastische Literatur zu teilen. Ich bin stolz und froh, eine Auswahl von Erzählungen vorlegen zu dürfen, die den Vergleich mit professionellen Werken nicht zu scheuen braucht. Sie repräsentieren ein buntes Blattwerk vom Baum der fantastischen Literatur.

G. Sensenbach, Stuttgart 2021

Hrsg. G. Sensenbach

Fantastisches Blattwerk

Eine Anthologie

© 2021 Georg Sensenbach

Herausgeber: Georg Sensenbach
Autoren: Asni R. Altenstatter, G. Sensenbach, Astrid Karma, Katharina Westermann, Karen Glauer, Karen M. Ladira, Sabine Kraft, Rayne C. Bow, Maximilian J. Gley, Alexander Bringmann, Patrick Hahmann, Eva Heinze, Lisa Limacher

Umschlaggestaltung: Karen M. Ladira
Lektorat: Durch die Autoren
Korrektorat: Astrid Karma

Verlag & Druck: tredition GmbH, Halenreie 40-44, 22359 Hamburg
ISBN: 978-3-347-23708-7 (Paperback)
ISBN: 978-3-347-23709-4 (Hardcover)
ISBN: 978-3-347-23710-0 (e-Book)

Bibliografische Information der Deutschen Nationalbibliothek: Die Deutsche Nationalbibliothek verzeichnet diese Publikation in der Deutschen Nationalbibliografie; detaillierte bibliografische Daten sind im Internet über http://dnb.d-nb.de abrufbar.

Besuchen Sie uns: https://www.fantasy-geschichten-forum.de

Fantastisches Blattwerk

Asni R. Altenstatter

ELFENBIER UND ZWERGENSANG

Drafi, seines Zeichens einer der fünfzehn Tavernenwirte der zwergischen Gemeinde der Stadt der tausend Völker, gähnte herzhaft. Es war früh am Morgen und ein nicht enden wollendes Geklopfe an seiner Haustür hatte ihn dazu bewogen, aufzustehen und nachzusehen, wer ihn um diese Tageszeit störte. Der Riegel quietschte, als Drafi ihn mit Schwung zurückschob. Schnell setzte er ein besonders griesgrämiges Gesicht auf, dann riss er die Tür auf.

Vor ihm stand ein Elf. Gut gekleidet, schlank und groß, das Haar seidig weich schimmernd und natürlich mit bartlosem, nacktem Gesicht. Der Anblick war so früh am Morgen einfach ekelerregend. Um dem Ganzen die Krone aufzusetzen, lächelte ihn dieser Fatzke auch noch offen an. Und er hielt sogar Blickkontakt! Drafi war viel zu verblüfft, um sich aufzuregen. Normalerweise sahen Elfen nie jemandem direkt in die Augen. Immer blickten sie gen Horizont, in weite Ferne oder durch die Zeit in längst vergangene Vergangenheit, die nur sie in ihrer längst verlorenen und unvergleichlich holden Jugend erlebt hatten.

»Guten Morgen, werter Herr Zwerg«, säuselte der Elf mit weicher, melodischer Stimme. »Schön, dass Ihr die Gunst der Stunde erkannt und mir geöffnet habt.« Er machte eine Kunstpause, die Drafi fast dazu brachte, sich zu übergeben. Doch in zwergischer Zähigkeit hielt er dem Drang stand.

»Ich habe ein Angebot für Euch, das Ihr nicht ablehnen könnt. Hier ...«, er zog eine schlanke, gläserne Flasche unter seinem Mantel hervor, »... habe ich eine kostenlose, aber kostbare Kostprobe des ersten Bieres aus der Brauerei Eldrith Langblatts. Goldene Farbe ...« Drafi konnte nicht mehr an sich halten und begann schallend zu lachen. Der Elf blickte ihn ratlos und ob der Unhöflichkeit irritiert an.

Es dauerte ein wenig, bis Drafi sich wieder beruhigt hatte.

»Sagt das noch mal!«, forderte er den Elf auf.

»Es ist das erste Bier aus der elfischen Brauerei ...«

Prustend und sich den Bauch haltend brach Drafi wieder in Gelächter aus. Immer wieder versuchte er, es zu unterdrücken, aber stets gewann es neue Kraft und trug ihn mit sich davon. Tränen stiegen ihm in die Augen. Schließlich lag er vor dem Elfen lachend auf dem Boden und schnappte nach Luft.

Der Elf, anscheinend ein ganz hartnäckiger, wartete geduldig ab, bis sich Drafi etwas beruhigt hatte. Dann streckte er ihm die Flasche hin und sagte mit wesentlich rauerer Stimme nur: »Trinkt.«

Mit Mühe gelang es Drafi, bei dem Gedanken an von Elfen gebrautes Bier nicht wieder zu lachen. Er ließ den Bügelverschluss der Flasche ploppen und nahm einen kräftigen Schluck. Wenn das Bier so dünn schmeckte wie diese blubbernden Schaumweinmischgetränke, die die Elfen sonst so arrogant schlürften, dann müsste er sowieso gleich die ganze Flasche trinken, um überhaupt etwas Geschmack auf seine Zunge zu bekommen.

Das Bier war kühl und fühlte sich angenehm an. Zuerst schmeckte Drafi wirklich wenig. Höchstens eine malzige Note. Für einen kurzen Augenblick behielt er das Bier am Gaumen, dann schluckte er es hinunter. Im Abgang entfaltete sich ein dunkles, aber blumiges Hopfenaroma auf seiner Zunge und erfüllte schließlich seinen ganzen Mund.

Zum zweiten Mal an diesem Morgen war Drafi sprachlos. Er wusste nicht, ob er überhaupt etwas von dem Gebräu erwartet hatte, aber er musste sich selbst eingestehen, dass er noch nie ein so gutes Bier getrunken hatte.

»Ja«, sagte er zu dem Elfen deshalb. »Es ist nicht ganz schlecht. Es könnte etwas stärker sein. Vielleicht solltet Ihr einen zwergischen Braumeister einstellen.« Er versuchte gleichgültig zu wirken, während er unauffällig noch einen Schluck nahm. Aber er brannte darauf, den Rest der Flasche zu genießen. Doch die Hand des Elfen war schneller. Sie schloss sich um die Flasche und hielt Drafi mit erstaunlicher Kraft davon ab, sie an die Lippen zu setzen.

»Ich könnte Euer Wirtshaus damit beliefern. Wie wäre das? Zum gleichen Preis, wie Ihr jetzt Euer Bier bezieht. Zudem bekommt Ihr ein Fass pro Woche für Euren persönlichen Genuss.«

»Zwei!«, rief Drafi, ohne darüber nachzudenken.

»Hand drauf und Zwergenehrenwort!«, erwiderte der Elf schnell und lächelte. Drafi lächelte zurück und schüttelte die Hand des Elfen.

Der Abend kroch langsam näher. Bald würde Drafi sein Wirtshaus aufsperren und seine Gäste mit einem grummeligen Nicken willkommen heißen. Er war ein Wirt der eher stummen Sorte. Ein Fels in der Brandung, eine Konstante im Sturm der Zeit. Und seit heute Morgen war er auch der erste Zwerg, der in seinem Wirtshaus elfisches Bier anbieten musste. Damit hatte er alles verraten, wofür die Zwerge standen.

In seinem Bauch rumorte es. Er hatte kaum etwas essen können. Seine Stammgäste würden ihn lynchen und ohne Prozess in einem Fass elfischen Biers ertränken. Gut, er konnte sich einen schlimmeren Tod vorstellen. Aber das Leben war auch schön. Und er mochte sein eigenes ganz besonders.

Vielleicht würde es nicht so schlimm werden, versuchte er sich zu beruhigen.

Als es Zeit war, schloss er die Tür auf. Es dauerte nicht lange, bis ein alter Zwergensang gedämpft an sein Ohr drang und die Ankunft Eduard Steinbrechers ankündigte. Eduard, den alle nur Eddi nannten, war Drafis Stammgast, außerdem ein heldenhafter Krieger und in seiner Freizeit Sänger von Zwergenschlagern. Seinen bekanntesten Hit – Marmor, Stein und Eisen bricht – , der bei allen zwergischen Handwerkern sehr beliebt war, hatte er in Drafis Gasthaus das erste Mal zum Besten gegeben. Eddi verstummte, bevor er die Tür aufstieß und hereinkam. Grußlos wie immer verlangte er mit einem Nicken nach einem Bier.

Mit zitternden Händen zapfte Drafi ihm einen Humpen vom Elfischen, wie er es im Geiste schon nannte. »Hier, Eddi. Prost!«

Eddi nickte ihm zu und setzte den Humpen an die Lippen. Schweiß sammelte sich so schnell auf Drafis Stirn, als wäre in seinem Kopf ein Feuer ausgebrochen und seine Stirn der einzige Ort, an dem man davor sicher war. Ein wahrer Sturzbach floss nun über sein Gesicht, während sein Blick an Eddi klebte. Dessen Nasenflügel bebten zweimal, bevor sie hinter dem Humpen verschwanden. Schnell setzte Eddi den Humpen wieder ab.

»Was ist das für ein Bier? Es riecht ganz anders.« Eddi war misstrauisch geworden. Drafi hatte das Gefühl, am Abgrund zu stehen. Und seine nächsten Worte würden darüber entscheiden, ob Eddi ihn über den Rand schubste oder ihm nur ein Bein stellte, damit er selbst hineinstürzte.

»Das … äh … mal ein anderes«, antwortete er mit leiser werdender Stimme.

»Was. Ist. Das. Für. Ein. Bier?« Eddis Worte fielen langsam, schwer und so unverrückbar wie eine von Zwergen errichtete Mauer. Drafi murmelte etwas Unverständliches in seinen Bart. Eddi blickte mit einem so bösen und scharfen Blick, dass man damit auch jedes noch so feine Haar spalten konnte.

»Trink einfach, bitte!«, flehte Drafi ihn an. Doch es war zu spät. Eddi hatte schon angefangen zu denken.

»Das ist nicht etwa das von dem verrückten und dreimal verfluchten Elfen gepanschte Gesöff, Drafi? Wenn das so ist und du mir nichts davon sagen wolltest, dann wird hier bald mehr zerbrechen als nur Marmor, Stein und Eisen.« Er stellte den Humpen auf dem Tresen ab und ließ seine Finger-knöchelchen so laut knacken, dass sich Drafi fast in die Hosen machte.

Drafi wusste, dass er lügen und irgendeine Geschichte erfinden sollte. Vielleicht dass er jetzt selbst Bier brauen wollte und das wäre der erste Versuch. Aber Drafi war dafür einfach zu sehr Zwerg. »Doch«, gab er kleinlaut zu. »Es ist das Elfische Bier.«

Als Drafi wieder zu sich kam, lag er hinter dem Tresen. Sein Gesicht schmerzte, als hätten es alle Schmiede des Zwergenreiches so lange als Amboss benutzt, bis es so dünn wie ein Blatt Papier war.

»Ah …«, stöhnte er. Erst jetzt fiel ihm auf, dass seine Ohren klingelten. Ein Schatten verdunkelte seine Sicht. Drafi blinzelte. Über ihm stand Eddi Steinbrecher und grinste ihn an.

»Steh auf, du alter Halunke!« Mit kräftigen Händen packte Eddi ihn an den Schultern und zog ihn auf die Füße. Der Schankraum des Wirtshauses war voll. So voll, dass die Gäste sogar auf der Straße standen. Oder war die Straße nun auch im Wirtshaus? Drafi rieb sich die Augen. Doch, er hatte richtig gesehen. Dort, wo früher die lange Wand im Schankraum gewesen war, befand sich nun ein großes, mehr oder weniger rundes Loch. Wie die Bresche in der Stadtmauer einer belagerten Stadt. Überhaupt glich das Geschehen hier einer Schlacht. Es schien, als versuchte die eine Hälfte der Gäste die andere davon zu überzeugen, einen Schluck aus ihrem Bierhumpen zu nehmen. Kein echter Zwerg würde so etwas tun.

»Was ist geschehen?«, fragte Drafi verzweifelt.

»Nun«, druckste Eddi herum. »Du wolltest mir Elfenbier unterjubeln. Deswegen habe ich dir ordentlich aufs Maul gegeben. Irgendwann war ich so durstig, dass ich gedankenlos zum Bier griff und einen kräftigen Schluck nahm. Das hat mich überzeugt. Und solange du hier dein Nickerchen machst, dachte ich, übernehme ich den Laden mal eine Weile. Leider sind nicht alle so begeistert davon, dass es hier elfisches Bier gibt. Oder dass die Elfen mit dem Bierbrauen begonnen haben. Deswegen wird jetzt heiß diskutiert.«

»Heiß diskutiert?« Drafi war sprachlos. Keine Schlacht der Welt konnte schlimmer sein oder erbitterter geführt werden als diese hier in seinem Wirtshaus. Gedankenverloren griff er sich einen Humpen und nahm einen tiefen Schluck. Von irgendwoher kam ein Stuhlbein geflogen. Es verfehlte ihn knapp. Der Geschmack des Elfenbiers erweckte seine Lebensgeister, der Alkohol seine zwergische Sturheit. Nach zwei weiteren Schlucken war der Krug geleert und Drafi dazu bereit, sein Heim gegen die Streitsüchtigen zu verteidigen. Den Humpen schwingend und eine Kampfparole auf den Lippen stürzte er sich ins Gefecht. Eigentlich hatte er »Für die Freiheit aller Völker, Bier brauen und trinken zu dürfen. Ein jeder nach seinem Geschmack!« schreien wollen, aber für einen Schlachtruf schien ihm das doch zu sperrig. Darum schrie er einfach: »Elfenbier!« und verschwand wild um sich schlagend im Getümmel.

Georg Sensenbach

DER TOD UND DAS MÄDCHEN

Es gibt zwei Dinge, die ich richtig gut kann. Wo mir ein naturgegebenes Talent gegeben ist. Eine dieser Gaben ist, dass ich sehr gut Rotwein trinken kann. Damit meine ich nicht die Menge. Mein Talent besteht darin, nach dem Konsum einer ersten Flasche den Level, wie man sagt, mühelos halten zu können. Hierdurch gleiche ich eher dem stetigen Langstreckenläufer als dem Sprinter. Dieser ist auf den ersten Metern schneller, auf langer Strecke jedoch unterlegen. Bei der konsumierten Rotweinmenge ist es wichtig, die Funktionen des Körpers und des Geistes weitgehend aufrechtzuerhalten.

Diese Fähigkeit ist für die Ausübung meiner Berufung, wie wir sehen werden, von entscheidender Bedeutung.

Mein Hotel befand sich in Bahnhofsnähe und unweit des Rotlichtviertels. Niemand stellte Fragen, als ich meinen altmodischen Reisekoffer aus Birkenholz und abgewetztem Leder die Treppe hinauftrug. Fahrstühle betrachte ich mit einem gewissen Misstrauen.

Das kleine Zimmer lag direkt unter dem Dach. Außer einem schnarrenden Fernseher und der Aussicht über die Stadt bot es keinerlei Zerstreuung. Vergeblich versuchte ich, dem Fernseher ein brauchbares Bild abzuringen, und öffnete stattdessen das Fenster. Ein feiner Regenschleier lag über der Stadt. Aus der Straßenschlucht drang das beruhigende Geräusch von fahrenden Autos auf nassen Straßen hinauf. Ein

Wagen hielt, vielleicht ein Taxi. Als er weiterfuhr, hallte von unten Gelächter in mein Zimmer, das schnell in der Ferne verebbte.

Ich saß auf der Bettkante und holte die Flasche Rotwein aus meiner Ledertasche, ein übereilter Kauf aus dem Bahnhofshandel. Umständlich öffnete ich die Flasche und goss den Wein in den kleinen Plastikbecher, den ich im Bad gefunden hatte. Der Wein floss über meine Finger und tropfte auf das weiße Laken. Ich trank einen Schluck ab. Der junge Bordeaux schmeckte recht ordentlich, aber andererseits war es eine Verschwendung von Potenzial. Zu welcher Blüte würde er gelangen, wenn ihm nur mehr Zeit eingeräumt wurde?

Nach einem weiteren Schluck Rotwein öffnete ich den Koffer und nahm die Holzschatulle heraus. Das glatte Kirschbaumholz glänzte im kalten Licht der Nachttischlampe und ließ das eingebrannte Symbol bläulich schimmern. Eine Hellebarde und eine Schreibfeder, die eine Art stilisiertes V bildeten.

Der kleine Schlüssel aus gelber Bronze passte perfekt in die Öffnung an der Seite des Kästchens. Nur eine leichte Drehung und der Verschluss gab mit leisem Klacken nach. In der Kassette befanden sich vier Ampullen aus geschliffenem Glas. Sie lagen wie kleine Schmuckstücke in mit grünem Samt ausgekleideten Fächern. Drei der Gefäße waren leer, in dem vierten leuchtete der Inhalt wie heller Bernstein.

Etwas Essenz war übrig.

Die Ampulle hatte einen altmodischen Schraubverschluss aus Messing. Ich öffnete das Siegel, griff nach der Einwegspritze auf dem Nachtschrank und zog sie auf. Dann band ich meinen linken Arm ab, fand eine gute Vene und klopfte die verbliebenen Luftblasen aus der Spritze. Ein paar Tropfen der gelblichen Essenz rannen den Zylinder hinab, fielen auf das weiße Laken und verbanden sich mit dem Rotweinfleck. Die Flüssigkeit zeichnete einen kleinen, gelben Zitronenfalter auf das Bett. Als die Essenz mit dem Rotwein und dem Sauerstoff der Luft reagierte, verfärbte sich der Schmetterling langsam bräunlich. Es wirkte, als würde das Insekt vor meinen Augen altern und vergehen.

Nachdenklich setzte ich die Spritze an, die Nadel berührte meine Haut und drang in die Armbeuge. Dies ist immer etwas unangenehm und ich werde mich wohl nie daran gewöhnen. Die Flüssigkeit sickerte in den Blutkreislauf, vermischte sich mit meinem Blut und verband sich mit den Bestandteilen des Rotweins. Mir schwindelte und eine zunehmende Übelkeit peinigte mich. Ich versuchte ruhig und gleichmäßig zu atmen. Schließlich ließ das unangenehme Gefühl nach und wich einer leichten Euphorie.

Über der Stadt begannen die Schatten der Dächer länger zu werden. Der Beginn der Dämmerung war meine Zeit. Ich fand die schwarze Jeans im Koffer und wählte dazu ein weißes Hemd. Kurz überlegte ich, mir eine Krawatte zu binden, verwarf den Gedanken aber wieder und zog meine Lederjacke über.

Sah ich gut aus? Diese Frage zu beantworten ist nicht so einfach. Ich denke, ich bin in vielen Aspekten recht durchschnittlich. Mich zieren keine Tätowierung oder ein auffälliger Haarschnitt. Man sagt mir nach, ich strahle eine gewisse melancholische Harmlosigkeit aus, und das ist durchaus hilfreich. Dazu kommt, dass ich deutlich jünger aussehe, als ich wirklich bin.

Nach einem kleinen Schluck verließ ich das Hotel. Der Regen hatte eine Pause eingelegt. Nur ein paar Gassen weiter erreichte ich die Königsstrasse und schlenderte ohne Eile den Weg in Richtung Nürnberger Kaiserburg. Ein wenig Stadtbesichtigung gönnte ich mir immer. Gerade in der Dämmerung, wenn die Jagd noch jung ist.

Als ich am Marktplatz anlangte, blieb ich kurz stehen und betrachtete die Lorenzkirche. Dieser ganze Ort war alt, sehr alt, aber natürlich waren selbst die umgebenden historischen Gebäude meist neueren Datums. Wiederaufgebaut nach dem großen Brand, als unsere Gemeinschaft bitterlich versagt hatte. So etwas durfte nicht wieder passieren. Die alten Fundamente der Stadt aber hatten seit jeher Bestand. Ich umrundete die Kirche. Hineinzugehen, blieb mir verwehrt. Das letzte Mal, als ich versucht hatte ein Gotteshaus zu betreten, hatte ich mit drei Tagen voller Fieberträume gezahlt. Der Gott der Christenheit ist nachtragend.

Hier in der alten Stadt, dem Bereich, der noch heute von der mittelalterlichen Stadtmauer umgeben ist, musste Sie sein. Ich spürte Sie, nur schwach zwar, aber das Gefühl war deutlich. In mir erwachte der Jagdinstinkt. Ob ich Sie heute finden würde? Wie Sie aussehen mochte? Es war immer wieder anders und durchaus aufregend. Aber in letzter Zeit verschaffte mir meine Tätigkeit weitaus weniger Befriedigung, als es früher der Fall gewesen war.

Die erste Station des Abends war ein Bratwurstlokal voller amerikanischer Touristen. In der Gaststätte offerierten abgehalfterte Kellner lokale Spezialitäten. Nürnberger Bratwurst oder Schweinshaxe mit Sauerkraut. Ich trank einen Zweigelt. Er schmeckte fruchtig und voll. Diese österreichische Spezialität ist eine unterschätzte Rotweinsorte.

Dies trifft insbesondere zu, wenn sie trocken ausgebaut wurde oder gar eine Zeit lang im Eichenfass gereift war.

Sonst gab es nur wenig Interessantes. Eine Frau in den Mittfünfzigern saß in der Nähe. Sie sprach mit texanischem Akzent und schimmerte leicht. Vor dreißig Jahren hätte sich das Licht förmlich um sie gebrochen und sie wäre für den Orden interessant gewesen. Ähnlich dem jungen Bordeaux im Hotelzimmer war es einfach schlechtes Timing. Sie sah zu mir herüber, ihr Blick flackerte kurz beunruhigt, dann wandte sie sich wieder ihrer Tischnachbarin zu.

Ich hatte mein Glas gerade zur Hälfte geleert, als ich Sie erneut spürte. Es war nur eine schwach fühlbare Präsenz. Eine Zeit lang versuchte ich zu ergründen, ob Sie näherkam oder sich entfernte. Es war von hier aus schwer zu entscheiden. Trotzdem trank ich erst mal in Ruhe aus und machte mich dann auf den Weg in die Nürnberger Nacht.

Inzwischen nieselte es wieder. In der Ferne sah ich die Umrisse der Kaiserburg und am bezogenen Nachthimmel schien der Mond in einem seltsam fahlen Licht durch den Regenvorhang. Bestes Jagdwetter!

Ich beschloss, meiner ursprünglichen Eingebung zu folgen, und ging weiter in Richtung Burg. Als ich vor der hohen Mauer stand, war der Zugang zum Gemäuer bereits geschlossen. Allerdings drang von einer Veranstaltung klassische Musik herüber. Ich spürte Sie jetzt intensiver als in dem Touristenlokal zuvor. Möglicherweise hielt Sie sich innerhalb der Festung auf. Ich verspürte wenig Lust, bei dem Wetter um die Burgmauern zu patrouillieren. Daher setzte ich mich in das kleine Lokal in der Nähe des Tores. Manchmal kommt der Berg auch zum Propheten.

Um mein Glück nicht zu weit herauszufordern, wählte ich einen kleinen Tisch am Fenster mit Blick zum Burgtor und bestellte einen Spätburgunder. Ich versuche es ja immer wieder und es gibt durchaus gute deutsche Rotweine. Zum Beispiel weitgehend harmlose, aber zumindest trinkbare Trollinger oder Lemberger aus dem Schwäbischen. Auch Spätburgunder gibt es gute. Dieses Exemplar war jedoch entschieden zu sauer, keine Frucht und keine Entfaltung im Abgang. Trotzdem war ich nicht wirklich enttäuscht. Man muss sich vor Augen führen, wie die Weine hier damals am Hofe des Kaisers waren. Da wäre so ein mittelprächtiger Trank als Spezialität durchgegangen.

Die Musik aus der Burg verstummte, ich bestellte mir trotzig ein weiteres Glas von dem Fensterreiniger und dachte an alte Zeiten. Bald strömten die Gäste der Musik-veranstaltung den Hang herab, einige fanden den Weg in mein Restaurant. Aber Sie war nicht dabei. Das Tor öffnete sich und ein Kastenwagen fuhr rumpelnd die steile Straße hinab. Immer noch nichts. Sollte ich mich geirrt haben?

So etwas kam gelegentlich vor, insbesondere bei solch einem Wetter. Da bemerkte ich eine schlanke Gestalt, die den Torweg hinab eilte.

Ich hatte Sie gefunden!

Sie hatte den Kragen ihres dunklen Mantels hoch-geschlagen und rannte im Nieselregen an dem großen Ahorn vorbei, der das Burgtor bewachte. Ich sah noch, wie Sie in eine der kopfsteingepflasterten Straßen der Altstadt verschwand. Hastig brach ich auf, drückte dem Kellner einen viel zu großen Schein in die Hand und versuchte Ihr zu folgen. Aber in der Gasse war niemand zu sehen. Als ich von Straße zu Straße hetzte, wäre ich beinahe mit einem

Fahrradfahrer kollidiert. Ich hielt inne und überlegte, was zu tun sei. Inzwischen lief mir das Wasser in den Kragen - denn mein Regenschirm lag noch im Lokal.

Vor mir flackerte eine im alten Stil gehaltene Straßenlaterne, darunter rankte eine Kletterrose. Einige halb verwelkte, weiße Blüten berührten den Rand des Lampenschirms aus gehämmertem Kupfer.

Weiße Rosen ... Die hatte Helena geliebt. Meine Fingerspitzen berührten die welken Blütenblätter.

»Viele, die leben, hätten den Tod verdient und viele, die sterben, verdienten das Leben. Wir können es ihnen nicht geben«, ermahnte mich einst mein guter Freund und Meister. Das alles war vor vielen Jahren gewesen, als mein Schmerz noch frisch war und mein Herz noch blutete.

»Nein, Helena, ich kann dich nicht zurückbringen«, flüsterte ich.

Mich hatte mein Meister gerettet. Mit allem Können, das ihm gegeben war. Ich bezahlte jeden Tag den Preis dafür. Aber für Helena und das Kind kam jede Hilfe zu spät.

Wäre ich doch mit ihnen gegangen!

Die Blüte zerbrach zwischen meinen Fingern. Verwelkte Blütenblätter fielen wie verlorene Erinnerungen in die ölig glänzende Pfütze auf dem Gehweg. Für mich würde es weder Vergeben noch Vergessen geben.

Eine große Gartenspinne wurde aufgeschreckt und begann hastig ihr Netz zu kontrollieren. Ich erwachte aus meiner Melancholie. Das Wasser rann mir den Nacken hinab, aber das störte mich nicht. Das Jagdglück war offensichtlich heute Nacht nicht auf meiner Seite, denn ich konnte nichts mehr von Ihrer Anwesenheit spüren. Solche Tage gibt es manchmal.

Ich beschloss, auf dem Rückweg zum Hotel auf ein letztes Glas einzukehren. Aus einem Bistro in einer der Altstadtgassen drang noch Licht und leise Jazzmusik. Es war ein durchaus gemütliches Lokal mit kleinen Tischchen aus poliertem Akazienholz und altmodischen Kerzenhaltern aus Messing. Einige Tische waren frei, trotzdem setzte ich mich an den Tresen. Mir gegenüber standen die härteren Getränke aufgereiht wie Soldaten. Ich bestellte einen Merlot, tiefrot wie Blut, ein Anklang von Kirsche und Johannisbeere. Ein versöhnlicher Abschluss des Tages.

Als ich meinen Wein genoss, öffnete sich die Tür, im Spiegel sah ich einen blassen jungen Mann, der mit sich selbst zu reden schien. Nach kurzem Zögern ging er hinter mir vorbei in den Gastraum. In diesem Moment beschlich mich ein seltsames Gefühl und meine Nackenhaare richteten sich auf.

Etwas stimmte nicht!

Ich nippte an meinem Glas, das Gefühl war zwar wieder verschwunden, aber ich war beunruhigt. Die etwas nasal anmutende Stimme des jungen Mannes drang von einem der Tische zu mir herüber, aber da war noch jemand!

Ich vernahm die melodische Stimme einer Frau. War er nicht allein gekommen?

Überrascht wandte ich mich um.

An dem kleinen Tisch in der Ecke saß Sie und unterhielt sich mit dem blassen Mann. Sie hatte leicht gewellte, schulterlange, schwarze Haare und wirkte durch ihre schlanke Gestalt und die zarten Gesichtszüge beinahe elfenhaft. Sie erschien mir sehr jung, mochte für nicht älter als zweiundzwanzig Jahre durchgehen. Allerdings haftet dem Alter seit jeher eine gewisse Relativität an. Ich neigte den Kopf und fing ihren Blick für einen kurzen Moment ein.

Sie war es, ohne Zweifel. Meine Instinkte hatten mir nicht weitergeholfen, der Zufall hatte mir beigestanden.

Ich beschloss, mich vorzustellen. »Ich denke, junger Mann, es ist jetzt Zeit für dich, zu gehen.«

»Bitte was?« Sein Blick bestand aus einer Mischung von Überraschung und Unsicherheit. Er würde mir keine Probleme bereiten.

»Es ist schon spät und es ist offensichtlich, dass sich die junge Dame langweilt. Also warum kürzen wir dies nicht ab und du gehst schön nach Hause?« Mein Lächeln war verständnisvoll, aber bestimmt.

»Aber ...?« Der Junge sah mich ungläubig an. Sein Blick wanderte von mir zu der jungen Frau und dann zum Ausgang. »Ich ... Ich denke, es ist ... Kennst du den Mann?«, stammelte er aufgeregt.

»Ist schon in Ordnung, Thomas.« Sie lächelte beruhigend und sah mich halb neugierig, halb fragend an.

»Na gut, wenn das so ist.« Er schien erleichtert. Jetzt brauchte er nicht den Helden zu spielen und konnte sich halbwegs ehrenhaft zurückziehen.

»Ich bezahle die Rechnung«, versprach ich gönnerhaft.

»Ähh, danke!« Hastig griff er nach seiner Jacke und verschwand in die nasse Nacht.

Jetzt hat er sich auch noch bedankt. Wenn er wüsste, wie recht er damit hat.

»Das war aber nicht sehr nett«, tadelte die junge Frau und lächelte leise. »Der arme Kerl.«

»Es schien mir die einfachste Lösung zu sein und er wird es überleben«, sagte ich. »Darf ich mich setzen?«

»Da wir schon so weit gekommen sind.« Sie breitete mit einer leicht ironischen Geste die Hände aus. »Gehen Sie immer so rabiat vor?«

»Ich versuche nur zu vermeiden, mich über verpasste Gelegenheiten zu ärgern.« Ich setzte mich.

»Bin ich das denn für Sie, eine Gelegenheit?«, fragte sie streng.

Na, das ging daneben.

»Ich habe Sie den ganzen Abend gesucht. In dem Moment, als ich es aufgegeben hatte, sind Sie mir erschienen. Bitte seien Sie gnädig mit mir. Ich hätte es mir nicht verziehen, wenn ich Sie nicht angesprochen hätte«, sagte ich so charmant es ging.

Sie nickte und schenkte mir ein belustigtes Lächeln. Dabei bildeten sich feine Grübchen in den Wangen, ihre Augen funkelten.

»Also gut. Wer sind Sie? Wie heißen Sie und was tun Sie in der schönen Reichshauptstadt?«

»Meine Freunde nennen mich Toledano, das ist aber eigentlich mein Nachname.«

»Toledano?«

»Ja, meine Vorfahren kamen vor Generationen aus dem spanischen Toledo.«

»Ein Fürst aus einem alten spanischen Adelsgeschlecht?« Ihre Zunge fuhr etwas nervös über die sanft geschwungenen roten Lippen.

»Möglicherweise«, flüsterte ich geheimnisvoll. *Wir waren einfache Bauern gewesen und hatten niemandem etwas getan. Vergiss dies nicht!*

Ihre großen, braunen Augen waren tief und undurchdringbar wie Seen in den schottischen Highlands.

»Und wie heißt du?« Ich wechselte formlos zum Du.

»Ich? Ich heiße Miriam.« Es wirkte, als wäre ihr der Name spontan eingefallen. Etwas nervös drehten ihre gepflegten Finger das Wasserglas im Uhrzeigersinn.

Ich bemerkte den altmodischen Geigenkasten, der am Stuhl lehnte.

»Bist du Musikerin?«

Miriam hatte tatsächlich an diesem Abend in der Burg gespielt. Es war ein interessantes Konzert gewesen, erzählte sie. Es hatte unaufhörlich geregnet und sie hatten praktisch für eine Wand aus Regenschirmen gespielt.

»Ich habe die Musik gehört, aber nur von außen, es war leider schon geschlossen«, sagte ich bedauernd.

»Musik ist meine große Leidenschaft«, flüsterte sie nachdenklich. Ihre Augen blickten traurig in die Ferne. Für einen Moment schien es mir, als hätte sie noch mehr sagen wollen.

»Vielleicht spielst du mir etwas vor?«

»Hier?«, fragte sie ungläubig.

»Ja, warum denn nicht?«

Miriam machte ein Gesicht, als würde sie in Nachbars Garten klettern, um Äpfel zu stehlen. Sie holte den Geigenkasten hervor und nahm das Instrument heraus. Einige Gäste sahen neugierig herüber und sogar der Kellner lächelte uns aufmunternd zu.

»Was ... Was soll ich spielen?«, fragte sie aufgeregt.

»Na, was du möchtest. Etwas Schönes.«

Miriam stand auf, rückte das schwarze Kleid zurecht und setzte die Geige an. Schon nach den ersten zarten Tönen verstummten die Gespräche an den Tischen. Miriam entlockte dem Instrument ungeahnte Melodien voller Sehnsucht und

Melancholie und dann plötzlich jauchzte die Geige in erstaunlicher Lebenslust und Fröhlichkeit. Mir schien es nicht so, als spielte sie eine bekannte Melodie. Aber konnte es sein, dass sie all dies improvisierte?

Alle schauten zur schönen Geigerin und wurden von ihrem gefühlvollen Spiel in den Bann gezogen. Als sie den Bogen absetzte, strahlte Miriam glücklich, von den anderen Gästen gab es herzlichen Applaus. Sie wirkte fröhlich und aufgewühlt, strich sich eine Strähne aus dem Gesicht und nahm einen Schluck Wasser.

»Darf ich dir etwas bestellen?«

»Nein, danke«, sagte sie hastig und setzte sich wieder. »Wasser reicht.«

Es folgte ein kurzer Moment des Schweigens, in dem sie mich abschätzend musterte. Schließlich schien sie zu einem Entschluss gekommen zu sein und schob die Kerze, die zwischen uns auf dem kleinen Tisch stand, zur Seite.

»Hör mal, Toledano«, sagte sie mit gespielter Strenge, beugte sich vor und lächelte. Unsere Fingerspitzen berührten sich wie zufällig. »Es ist schon spät und ich werde langsam müde, ich denke, wir sollten jetzt gehen.«

Ich versank in ihren tiefen, warmen Kastanienaugen. Unsere Lippen trafen sich.

»Sonst wird das hier nichts mehr«, flüsterte sie. Ein weiterer weicher, sanfter Kuss. Erst vorsichtig und forschend, dann strichen ihre Finger fordernd über meinen Nacken.

Sie lächelte, als sich unsere Lippen voneinander lösten.

Neben Rotweintrinken ist dies die zweite Sache, die ich richtig gut kann.

Ich zahlte eilig und nahm eine Flasche Wein für den Weg mit. Ein Cabernet Sauvignon aus Chile von 2005 für fünfundsiebzig Euro. Das frivole Grinsen des Kellners ignorierend nahm ich Miriam bei der Hand. Wir schlenderten die nächtliche Straße entlang. Sie sagte, sie ginge nicht mit fremden Männern in Hotelzimmer und außerdem wohne sie in der Nähe. Also war es abgemacht.

Wir gingen zu ihr.

Der Regen hatte jetzt aufgehört, es fielen aber noch dicke Tropfen von den Dächern. Wir hüpften um die breiten Pfützen herum und küssten uns unter einer Linde vor einem der Altbauten unweit der Stadtmauer.

»Wir sind angekommen.« Ich fühlte ein leichtes Bedauern in ihrer Stimme.

Die heruntergekommene Treppe führte hinauf in den dritten Stock. Ihre Wohnung war klein, aber gemütlich. Wir legten unsere Jacken achtlos im Flur ab und Miriam zog mich mit sich.

»Warte!« Miriam schloss die schweren Vorhänge aus dunkelrotem Stoff vor dem großen Fenster zum Hinterhof. Sie schaltete die Lichterketten an, die sich von den Pfosten des altmodischen Messingbetts bis zur Decke schlängelten.

»Mädchenzimmer«, entschuldigte sie sich lächelnd und entzündete eine Kerze.

Ich trat von hinten an sie heran und fasste sie sanft bei den Hüften.

»Was hast du vor?«, fragte sie schnurrend.

Ich küsste ihren Hals, dann die Ohrläppchen und zog wie nebenbei, den Reißverschluss des Kleides herunter. Miriam glitt in meine Arme, ihre großen braunen Augen sahen mich an, als sie mich entkleidete.

»So, das hätten wir!« Sie lächelte und begutachtete mich schamlos.

»Hey, das ist unfair«, protestierte ich.

»Stimmt.« Geschwind ließ Miriam ihr Kleid herabgleiten.

Die junge Frau war wunderschön. Ich zog sie an mich, küssend sanken wir aufs Bett. Ich spürte ihren warmen, anschmiegsamen Körper. Sie sah mich herausfordernd an, dann glitten meine Lippen über ihren Hals, berührten die dunklen Türmchen, den weichen Bauch. Miriam seufzte auf. Ihre Finger strichen durch mein Kopfhaar und zogen mich hoch. Sie glitt auf mich. Ihre Augen glitzerten voller Leidenschaft.

Aber da befand sich noch etwas anderes in ihrem Blick. Eine viel tiefere Begierde.

Ich spürte das Verlangen. So war es jedes Mal.

Aber diesmal hatte es den Anschein, als wollte sie es nicht tun! Sie sträubte sich, bewegte sich für einen kurzen Moment weg von mir. Ihr innerer Kampf rang mir Respekt ab, noch nie hatte sich jemand so sehr gewehrt. Dann gab Miriam den Widerstand auf, mit einem Ruck fasste sie mich bei den Haaren und zog meinen Kopf zur Seite.

Sie wandte sich mir zu. Ihre Augen waren rot unterlaufen, ihre Gesichtszüge grotesk verzerrt.

Gierig!

Mein Hals lag ungeschützt vor ihr. Sie zischte.

Ihre Reißzähne waren entblößt, lange Stilette und dann spürte ich sie schon an meinem Hals. Der Biss war fast schmerzlos.

Ich fühlte, wie das Blut aus meinen Adern floss. Mir wurde ein wenig schummerig, ich hörte sie schmatzen.

Sie trank mich.

Dann merkte Miriam, dass etwas nicht stimmte. Sie schnappte nach Luft und wich panisch zurück.

Ihr Körper zuckte plötzlich in Krämpfen.

Ich setzte mich auf. Nahm sie in den Arm und legte sie vorsichtig neben mich.

»Ist gut, es wird nicht lange wehtun«, seufzte ich und fühlte zum ersten Mal ein leichtes Bedauern.

Der Vampir wand sich wimmernd auf dem Laken.

Vergiftet!

Ich nahm die Flasche Wein, öffnete sie und schenkte mir ein Glas ein. Häufig sah ich mit einem guten Glas dabei zu, bis ihr Todeskampf vorbei war. Sie sollten tausendmal Buße tun für das, was sie Helena angetan hatten. Für das, was sie mir angetan hatten!

Aber diesmal schmeckte mir der Wein nicht. So hatte sich auch Helena im Todeskampf gewunden, als wir ihr den Pfahl ins Herz gestoßen hatten.

Ich hatte mich über sie gebeugt und sie hatte mich mit einem letzten klaren Blick angesehen.

»Die Sonne, ich hätte sie gerne noch einmal gesehen«, hatte sie sterbend geflüstert. »Verzeih!«, waren ihre letzten Worte gewesen. Denn Helena selbst hatte mich gebissen und mich zu dem gemacht, was ich heute bin.

Ich hatte niemandem verziehen! Ich hatte getötet. Unzählige. Jahrhunderte lang.

Aber ich war des Tötens müde.

Miriam lag sterbend auf dem Bett, ihre Adern schimmerten blau durch die Haut aus weißem Porzellan. Das Gift aus meinem Blut sickerte in jede Zelle ihres Körpers und verrichtete sein tödliches Werk. Sie sah mich an. Die großen braunen Augen waren wieder erkennbar. Ich dachte daran, wie sie voller Lebensfreude Geige gespielt hatte, noch vor einem Moment.

»Sonne«, flüsterte sie.

»Was?« Ich beugte mich vor.

»Ich hätte sie gerne noch einmal gesehen«, flüsterte Miriam kraftlos.

Es waren Helenas Worte, vor so langer Zeit und dann brach er aus mir heraus. Der angestaute Schmerz hunderter von Jahren! So viele Schicksale, so viele Tote. Ich konnte es nicht mehr ertragen.

»Meister, was soll ich tun?«, schluchzte ich.

Tränen. Nach langen Jahren konnte ich wieder weinen.

Viele, die sterben, verdienten das Leben. Wir können es ihnen nicht geben!

Aber ja! Mein Meister hatte es rhetorisch gemeint, aber ich vermochte es zu tun!

Ich nahm Miriam in meine Arme.

»Trink dies.« Sie wehrte sich kraftlos, als ich ihr den Rotwein einflößte. »Es neutralisiert das Gift. Trink es!«

Das Mädchen würgte und ächzte. Ich verabreichte ihr das Getränk wie eine bittere Medizin. Der rote Wein band die Essenz in ihrem Blut.

Das Vampirmädchen, Miriam, wurde ohnmächtig.

Sanft legte ich sie aufs Laken.

Ich trank einen letzten Schluck, dann schlief ich auf dem Schaukelstuhl neben dem Bett ein. Als ich erwachte, war die Kerze erloschen, aber die Lichterkette brannte noch. Nur ein winziger Streifen Licht drang durch den Vorhang herein.

Vampirzimmer!

Miriam lag nackt auf dem Bett, die blauen Adern unter ihrer Haut waren verschwunden und sie atmete regelmäßig.

Ich ging ans Fenster.

»Was tust du?«, fragte Miriam. Sie hatte die Augen aufgeschlagen.

»Hab keine Angst.« Ich öffnete die Vorhänge. Der Morgen tat so, als hätte es den Regen der letzten Nacht nie gegeben. Auf dem Balkon saß eine Blaumeise und schaute neugierig herüber. Das Licht des frischen, neuen Tages flutete ins Zimmer.

»Die Sonne«, flüsterte Miriam erstaunt und setzte sich auf.

Eine glitzernde Träne rann ihre Wange herab.

»Ich ... Ich dachte, ich bleib noch zum Frühstück«, sagte ich lächelnd.

Astrid Karma

DIE PUTZFRAU

Sie hörte den Lärm schon, als sie die Treppe heraufkam. Das versprach heute wieder turbulent zu werden. Jedes Mal dasselbe. Und Tim war natürlich wieder der Lauteste. Hatte der Junge denn gar kein Benehmen? Er war immer so ruppig. Nicht böse, einfach ein wenig gefühllos. Die Mädchen konnten ein Lied davon singen. Wenn er es zu schlimm trieb, rannten sie zu der alten Blumenfrau oder zum Knochenkarl. Bei den beiden traute sich Tim nicht, eine große Klappe zu haben.

Ein wenig außer Atem erreichte sie den oberen Treppenabsatz und bog nach rechts ab. Am Ende des Ganges lag die Kammer, in der sie ihr Putzzeug aufbewahrte. Sie klemmte den Besen unter den Arm, ergriff den langen Staubwedel und ihre Tasche, gab der Tür einen Fußtritt und hörte sie hinter sich ins Schloss fallen. Seufzend lief sie zurück und setzte ihre Sachen ab. Als sie die breite Doppeltür öffnete, brandete ihr der Lärm wie eine Welle entgegen.

»Guten Morgen!« Ihr Gruß verhallte, chancenlos, gehört zu werden. Er ging einfach im Fußgetrappel und Poltern unter.

»Guten Morgen, Brigitte.« Das kleine Mädchen im geblümten Kleidchen mit schneeweißer Schürze darüber, das sich mit auf den Rücken gelegten Händen neben sie stellte, lächelte sie schüchtern an. »Darf ich dir wieder helfen?«

»Aber ja, Liebes«, gab sie erfreut zurück und holte einen Staublappen aus der Tasche ihrer karierten Schürze. »Wie letzte Woche, Emma?«

Eifrig nickte die Kleine und nahm ihr den Lappen ab. »Wie letzte Woche.« Und damit rannte sie zu einem der hohen Fenster und begann, die Fensterbank abzuwischen.

Neben Brigitte kamen zwei Jungen schlitternd zum Stehen. Sie rangelten um den Platz direkt vor ihr. »Ich bin heute dran mit kehren!«, knurrte der eine und schob den anderen mit dem Ellenbogen zurück.

»Ich muss doch sehr bitten«, protestierte der Geschubste und richtete den Kragen seiner Matrosenbluse. »Diese Aufgabe fällt am heutigen Tage mir zu.«

»Adrian, du sollst dich doch nicht mit diesem Jungen abgeben!« Eine Dame mit straffem Dutt und Goldrandbrille, die in einem bodenlangen und hochgeschlossenen schwarzen Kleid steckte wie ein Schirm in seinem Futteral, war den beiden gefolgt. Erbost nahm sie den zweiten am Arm beiseite. »Wie oft habe ich dir schon gesagt, dass dieser Gossenbengel kein Umgang für dich ist? Und du machst dich ganz schmutzig. Schau dir deinen Anzug an!« Sie begann unsichtbare Stäubchen von seiner Schulter zu streichen.

»Beim Klabautermann, du hässliche, schwarze Bohnenstange, lass endlich den Jungen zufrieden! Er will doch nur helfen!« Der Mann, der sich zu ihnen gesellte und dessen Worte der schwarzgekleideten Dame ein entrüstetes Schnaufen entlockten, war abenteuerlich gekleidet und trug eine verwaschene, blaue Schirmmütze. Seine fettigen und strähnigen Haare hingen ihm in die Stirn und die Haut war braun und wettergegerbt. Er nahm eine erkaltete Pfeife aus dem Mundwinkel und stopfte sie in die Tasche seiner vielfach geflickten Weste. »So, Brigitte, dann will ich nu mal in die Takelage entern und die Positionslichter wieder zum Leuchten bringen.«

Sie lachte, wobei sie aus der Schürzentasche zwei Glühbirnen hervorholte. »Danke, Piet, da muss ich nicht hochsteigen. Die Leiter ist hinten an dem großen Bücherregal.«

»Keine Sorge, Mädchen«, grinste er mit zahnlosem Mund, während seine Augen in Lachfältchen verschwanden, »wär ja noch schöner, wenn wir jetzt schon Weibervolk in die Wanten ließen.« Er tätschelte ihren Arm und trollte sich, um die Leiter zu holen. Es kamen noch andere, um ihre Hilfe anzubieten. Auch der scheue Kai war dabei mit seinem Hündchen. Sie hatte nicht für jeden etwas zu tun, vertröstete dann auf übermorgen, wenn sie wieder hier sein würde.

Eine Stunde später war die Arbeit getan. Alles glänzte sauber, kein Stäubchen fand sich mehr. Die Stühle standen sorgfältig ausgerichtet um die Tische, die Kissen in den plüschigen Sesseln waren aufgeschüttelt.

Ein letzter Blick durch den Raum ließ sie zufrieden aufatmen. Noch immer herrschte ziemlicher Lärm, weil besonders die Kinder sich gegenseitig überschrien, wer am meisten geholfen hatte.

Die Armbanduhr zeigte ihr, dass noch fünf Minuten blieben. Es wurde höchste Zeit.

Brigitte klatschte laut in die Hände. »So, Schluss für heute. Es ist fast neun, ihr Lieben. Die Bibliothek öffnet gleich. Ich danke euch allen, aber jetzt herrscht wieder Ruhe hier! Also - hopp, hopp, zurück in eure Bücher.«

Katharina Westermann

DAS MONDFEST

»Ich bin ja so aufgeregt«, rief Claire beim Anblick des Festplatzes, wobei sich ihre Stimme leicht überschlug.

Ihre Freundin Sarina lächelte und zauberte ihr ein Strahlen ins Gesicht, welches bis über beide Ohren reichte. Heute Abend war endlich Vollmond und zum ersten Mal durfte Claire an dem Fest teilnehmen und würde erfahren, welche Bedeutung diese Nacht für die Nadár hatte. Jeden Abend, wenn ihre Mutter ihr die Geschichte von ihrem ersten Mondfest erzählte, konnte Claire es vor ihrem inneren Auge sehen und die Magie, die darin mitschwang, fühlen.

Die Nadár sahen aus wie gewöhnliche Menschen bis auf die Tatsache, dass sie mit den Elementen im Einklang waren und mit ihnen Magie wirken konnten. Sie konnten sogar ein Element als Verbündeten bezeichnen, wenn nicht sogar als Freund. Bei ihrer einen, wichtigen Prüfung gingen sie eine enge Verbindung mit einem der vier Elemente ein, um mit ihm zusammen Wunder zu vollbringen. Das Mondfest kam nach der bestandenen Prüfung, um zusammen zu feiern und ein zauberhaftes Ereignis gemeinsam zu genießen. Dass dieser Tag nun endlich erreicht war, machte ihrem langen Warten endlich ein Ende. Ein Ende, an dem auch sie die wahre Magie sehen und spüren konnte. Heute zahlte sich ihre Geduld aus. Zur Feier der bestandenen Prüfungen trafen sich alle Nadár auf einer Waldlichtung, die von den Strahlen des Mondes erleuchtet wurde, um diesen neuen Abschnitt ihres

Lebens willkommen zu heißen. Denn von nun an konnten sie ihre Lieben beschützen.

Die beiden Freundinnen machten sich auf den Weg durch den Wald. Die Schwingungen ließen ihre Körper erbeben. Sie schauten sich die Lichtung an, die in einem weißen Schimmer lag. Die Tanzfläche, auf der sich bereits unzählige Nadár tummelten, lag in der Mitte eines Kreises, umgeben von marmornen Säulen, die bis in den Himmel zu ragen schienen. Das Licht des Mondes erleuchtete die Tanzfläche, wo die Nadár das Fest in vollen Zügen genossen und sich von der aufbrausenden Musik zu wilden Luftsprüngen hinreißen ließen. Claire und Sarina blickten sich an, nickten und gingen gemeinsam zu ihren Freunden. Sie begrüßten ihre Clique, was in einer großen Umarmung endete. Nohlan, Claires Zukünftiger, kam auf sie zu, schloss sie in seine Arme und drückte ihr einen Kuss auf den Mund.

»Da bist du ja endlich. Dachte schon, ihr hättet euch vielleicht verlaufen«, lachte er Claire an und zog sie weiter, um auch die letzten Freunde zu begrüßen. Claires Eltern hatten diese Verbindung schon vor ihrer Erschaffung beschlossen. Sie wuchsen zusammen auf und lernten sich zu lieben. Claire wusste nicht, ob es wirklich Liebe war oder einfach nur eine gute Freundschaft, aber egal, was es war, sie würden eine Familie gründen.

Zusammen schlängelten sie sich durch die große Menge der Nadár, um sich genau in der hell erleuchteten Mitte der Tanzfläche von der Musik mitreißen zu lassen.

Claires Körper begann sich im Rhythmus der Melodie zu bewegen. Ihre Hüften fingen an zu kreisen, während sie ihre Hände über den Kopf hob und kleine Schritte machte. Alles um sie herum geriet in Vergessenheit und sie gab sich voll und ganz der Musik hin, sog die Mondstrahlen in sich auf. Ein leichtes Kribbeln drang durch ihre Kopfhaut, floss runter zu den Schultern und verteilte sich auf die Arme und die Brust. Immer weiter glitt dieses wohlige Gefühl nach unten, zu den Fingerspitzen und in den Bauch, in die Beine hinein, bis zu den Füßen. Eine brennende Spur lag auf ihrem Körper und eine ungeahnte Kraft machte sich in ihr breit. Während die Freunde und die beiden Frauen sich von der Melodie leiten ließen, strich Claires Blick durch die Menge.

Als hätte eine ihr unbekannte Energie sie gelenkt, wurde ihre Aufmerksamkeit auf etwas gelenkt, was sie beinahe aus dem Rhythmus der Musik gebracht hätte. Eine einzige der weißen Säulen lag im Dunkel eines grauen, wabernden Nebels. Das Einzige, was sie erkennen konnte, waren strahlend blaue Augen, die blitzten wie zwei Sterne am Nachthimmel und sie unverhohlen anblickten. Der Rest der groß scheinenden Person war in Dunkelheit gehüllt. Nicht einmal eine Haarsträhne war zu erkennen, obwohl deren Farbe hätte leuchten müssen wegen der Magie. Denn zu dem verbündeten Element bekamen die Nadár eine farblich passende Strähne, sodass jeder sehen konnte, dass die Prüfung bestanden und man nun ein vollkommenes Mitglied der Gesellschaft war. Auch die Aura, die von der Person im Schatten ausging, hätte mit dem Zauber des heutigen Abends mitschwingen müssen. Stattdessen schien es, als würde um ihn herum eine ganz andere Macht pulsieren, die alles andere abprallen ließ. Es war keine Ähnlichkeit zu den Nadár-Männern zu erkennen. Keinerlei Anzeichen der Elemente, die zu jedem von ihnen gehörten und immer präsent waren, und sei es nur ein schwacher Schein. Aber bei dieser Person im Nebel schien eine andere Zeit zu sein, ein anderer Ort, wo die Elemente nicht hinkamen. Die Macht des Mondfestes hatte dort an der Säule keine Kraft, was für Claire unerklärlich war. Schließlich hatte der Mond an diesem Tag große Macht, die er mit den Nadár teilte. Ein weiterer Beweis dafür, dass dort keiner von ihrer Art im Nebel verborgen war.

Gebannt starrte sie in diese rätselhaften Augen, als sie spürte, wie sich das kribbelnde Gefühl in ihrem Körper verstärkte und sich die Magie vollends auf sie einließ. Ein unglaubliches Glücksgefühl rauschte durch ihren Körper und sie fühlte sich mehr denn je verbunden mit ihrem Volk und den Elementen. Der Wind blies ihr sacht durch das Haar und wehte eine braune und eine weiße Strähne empor. Die Farben in den Haarsträhnen der Nadár fingen an zu leuchten, so kräftig, wie Claire noch nie etwas hatte strahlen sehen. Um sie herum erwachten die Elemente zum Leben, um Teil des Festes zu sein.

Die Erde unter ihren Füßen bebte leicht und ließ die Kieselsteine im Takt der Musik tanzen. Leuchtende Kugeln erhellten die Luft, die von jedem Einzelnen der Tanzenden in den Himmel flogen. Rote, Blaue, Weiße und Grüne Farbbälle schwebten hinauf, ein jeder für eins der vier Elemente. Ein Bild voller bunter Sterne, wie aus einem Traum, legte sich auf Claires Augen. Auch wenn ihre ganze Aufmerksamkeit auf dem Fest liegen sollte, war da etwas anderes, was an ihr zog.

Genau in diesem Moment stahl sich wieder dieser blaue Schein in ihr Blickfeld. Langsam bewegte sich der Mann, wie sie nun erkannte, vorwärts und kam hinter der Säule hervor. Er war schlicht gekleidet in eine schwarze Hose mit einem blauen Hemd, passend zu seinen Augen. Unter seinem leicht aufgeknöpften Oberteil konnte man seine blasse Haut leuchten sehen, kein Haar war auf seiner Brust zu erkennen.

Sein Gesicht wurde umrahmt von blondem Gotteshaar, welches ihm leicht in die Stirn fiel. Volle, sinnliche Lippen zierten es. Jede seiner Bewegungen schien beherrscht und von vollkommener Eleganz. Er kam direkt auf Claire zu, die inzwischen einfach nur dastand und keinen Muskel bewegen konnte. Gefesselt von ihren Sinnen und der mysteriösen Ausstrahlung des Mannes. Es schien, als wäre sie längst nicht mehr Herrscherin über ihren eigenen Körper. Ihre Augen waren auf sein markantes Gesicht mit Grübchen auf den Wangen gerichtet. Sie konnte dem Blick nicht ausweichen, als würde er sie mit seinen Augen in den Bann ziehen. Es gab niemanden sonst auf der Tanzfläche, nur sie und ihn. Die Anziehungskraft der beiden schien zum Greifen nah, alles stimmte zwischen ihnen. Es war, als hätte sie ihr Leben lang auf diesen Mann gewartet.

Der Fremde war inzwischen bei ihr angekommen und umrundete sie, blieb hinter ihr stehen und zog scharf die Luft ein. Claire konnte sich nicht erinnern, ihn je gesehen zu haben, und war unfähig, etwas zu sagen. Ihre Stimme wollte nicht gehorchen. Das einzige Geräusch war das Schlagen ihres Herzens. Seine Nähe erfüllte sie mit Glücksgefühlen und vermittelte ihr das Gefühl, beschützt und geborgen zu sein. Als hätte sie nun ihren wahren Seelenverwandten gefunden.

Der Fremde trat wieder vor Claire, legte seine Hand um ihre Hüfte und zog sie an sich. Als wäre es das Natürlichste auf der Welt, legte sie ihre Hand auf seinen Rücken. Es fühlte sich echt an und gut, so, als ob man nach Hause kommen würde. Alles in ihr schrie nach seinen Berührungen und genoss die Nähe. Mit der anderen nahm der Fremde ihre noch freie Hand in seine und begann mit ihr zu tanzen. Langsam bewegten sie sich über die Fläche. Sie fühlte sich wie von einem Zauber belegt. Bin das wirklich ich, fragte sie sich. Doch die Macht des Moments riss sie mit sich und sobald sie sich ihm hingab, fühlte sie sich ganz. Es war, als wäre sie ihr Leben lang nur ein Teil gewesen, was seine andere Hälfte gesucht und nun gefunden hatte.

Sie konnte ihren Blick einfach nicht aus dem seinen befreien, was sie insgeheim auch gar nicht wollte.

Stundenlang tanzten sie, in einer leidenschaftlichen Umarmung der Musik folgend und ohne ein Wort zu verlieren. Claire verlor jedes Zeitgefühl. Das Einzige, was sie wusste, war, dass sie niemals wieder etwas anderes tun wollte, niemals wieder von irgendjemand anderem angefasst werden wollte als von ihm. Sie gab sich dem Unbekannten voll und ganz hin. Er senkte sein Gesicht, sodass es mit dem von Claire auf gleicher Höhe war. Mit seinem Mund zeichnete er eine unsichtbare Linie, die bei ihrer Wange anfing und sich bis zu ihrem Mundwinkel zog. Es fühlte sich an wie ein leichter Windhauch, aber so intensiv wie eine richtige Berührung und so willkommen wie das Element Luft, das sie zu ihren Verbündeten zählen konnte. Sie fühlte sich unbeschreiblich wohl und neigte ihren Kopf zur Seite, gab ihren Hals frei.

Der Mann, der ein Mensch zu sein schien, ergriff die Chance, die sich ihm bot und hauchte einen sanften Kuss auf ihre weiche Haut. Claire wusste nicht, wie ihr geschah, konnte sich nicht bewegen. Ihr war klar, dass sie von nun an jede Minute ihres Lebens mit ihm verbringen wollte. Selbst wenn er ein Mensch war und sie dafür in den Kerker geworfen werden konnte, empfand sie unendlich tiefe Liebe für ihn. Endlich nahm sie ihren ganzen Mut zusammen und machte Gebrauch von ihrer Stimme, die sehr dünn und heiser klang und gar nicht nach ihrer eigenen.

»Wer bist du?« Man musste sich schon stark anstrengen, um die Frage zu hören, die Claire dem Fremden stellte.

»Mein Name ist Nick«, antwortete ihr eine tiefe Stimme, schöner als alles, was Claire bisher in ihrem Leben gehört hatte.

»Woher kommst du ... Ich meine, was machst du hier?«, flüsterte Claire sanft zurück.

»Ich habe einen wichtigen Auftrag zu erfüllen, zumindest bis eben noch. Aber die Lichter und die Melodien haben mich abgelenkt. Oder vielleicht lenkten sie mich ja auch ... Jedenfalls habe ich dich dann in der Menge gesehen und plötzlich war es so, als ob ich wieder ich war. Und das nur dank deiner Gestalt.«

Während er das sagte, ruhte sein Blick auf dem ihren und wieder fühlte es sich an, als würde die Welt um sie herum stillstehen. Von da an sprachen sie kein Wort mehr, denn jedes weitere hätte den Augenblick zerstört. Das Einzige, was man hörte, waren die Schläge ihrer Herzen, die im gleichen Takt schlugen, sich gegenseitig ergänzten.

Claires Augen leuchteten, genauso wie ihre Haarsträhnen, die passend zu ihren verbündeten Elementen in Grün und Weiß erstrahlten. Wie durch eine unsichtbare Macht gesteuert nahm sie seine Hand und führte ihn von der Tanzfläche, hinein in den nun dunklen Wald. Beide folgten einem unsichtbaren Weg, hin zu einem wunderschönen, stillen See. Es war, als wenn sie diesen Ort schon lange kannte und nur auf die richtige Person gewartet hatte, um ihn mit jemandem zu teilen. Sie wusste, dass ihr dies vorherbestimmt war und es das war, was sie immer wollte. Sie blieben stehen und blickten sich tief in die Augen, verloren sich in denen des jeweils anderen. Eine tiefe Vertrautheit war zwischen ihnen, die keiner Worte bedarf.

Die Luft um sie herum erwärmte sich leicht und blies ihnen sacht ins Gesicht, gab ihnen einen Kuss zur Bestätigung für das, was nun folgen würde. Langsam kamen sie sich näher, streckten ihre Arme aus. Ihre Fingerspitzen berührten sich leicht, es knisterte und Wärme breitete sich in ihren Fingern aus. Sie stieg weiter hoch zu den Armen, die sich streiften, während ihre Körper sich langsam aneinanderschmiegten. Erst sanft und zaghaft, dann voller Vertrauen zueinander und mit einer großen Leidenschaft. Eine Umarmung, so heiß wie ein loderndes Feuer, und ein Kuss, bei dem die Funken nur so sprühten. Kurz lösten sie sich voneinander, blickten sich in die Augen und spürten beide die tiefe Verbindung zueinander. Ein kurzer Augenblick, bevor sie sich wieder vollends auf den anderen einließen.

Der Boden unter ihren Füßen fing an zu beben. Sie verloren ihr Gleichgewicht und landeten auf einem weichen Bett aus Moos. Immer noch in eine leidenschaftliche Umarmung gehüllt und auf das Gefühl der warmen Haut konzentriert, merkten sie gar nicht, wie sich ein Ort bildete, der sie vor anderen verbergen sollte.

Die Magie, die Claire durchzuckte, bahnte sich ihren Weg an die Luft, sickerte durch ihre Haut und in den weichen Boden. Während die beiden in ihrer Umarmung blieben und ihrer Leidenschaft freien Lauf ließen, brachen grüne Schlingen durch das Moos. Zum Schutz der zwei Liebenden schlangen sie sich ineinander und bildeten eine schützende Hülle.

Geschützt vor der Außenwelt gaben sie sich ganz ihren Gefühlen hin und erschufen eine Magie, die Claire so noch nie gesehen hatte. Blitze durchzuckten den Himmel, die Farben der Elemente blinkten immer wieder auf und bildeten ein buntes Spiel. Am Höhepunkt der Gefühle angelangt fiel Claires Blick durch das kleine Fenster, das sich in der Hülle gebildet hatte, welches die Aussicht zum Himmel freigab. Eng umschlungen durch die Umarmung des Fremden genoss sie das Farbenspiel und das Kribbeln in ihrem Bauch.

Abgelenkt durch die farbenfrohe Show verlor sich Claires Blick im Feuerwerk der tanzenden Elemente. Doch plötzlich und ohne die geringste Vorwarnung war alles ruhig. Es schien, als hätte selbst der Mond aufgehört, sein Leuchten der Welt zu präsentieren. Alles wurde dunkel. Die Wärme der Umarmung und der eben noch herrschenden Leidenschaft hatte sich aufgelöst.

»Claire, wo warst du denn? Du hast das Beste verpasst«, wurde der Vorhang aus Magie und tiefen Gefühlen von Sarinas Stimme zerrissen. Claire war wieder im Hier und Jetzt, ohne genau erahnen zu können, was gerade vorgefallen war.

»Was? Ich war im Wald, ich meine, ich war doch die ganze Zeit hier ... oder?« Claire wusste nicht, was geschehen, was real oder Traum war. Plötzlich stand sie am Waldrand und blickte auf die tanzenden Nadár. Ihr Blick streifte den von Nohlan.

»Du warst ganz plötzlich weg, selbst Nohlan konnte mir nicht sagen, wo du dich versteckt hattest«, gab Sarina zurück und blickte ihre Freundin fragend und leicht zweifelnd an. Ohne abzuwarten, ob Claire noch etwas erwiderte, kehrte sie ihr den Rücken zu und lief zurück zu ihren Freunden, um den Rest des Festes zu genießen.

Claire konnte sich nicht daran erinnern, wieder zu der Lichtung gegangen zu sein. Sie blickte sich verwirrt um, aber von dem Unbekannten fehlte jede noch so kleine Spur. War er wirklich ein Mensch gewesen? Nein, das konnte nicht sein, der Umgang mit Menschen war verboten. Wer dies tat, wurde zum Tode verurteilt und bis zu seiner Hinrichtung in den Kerker geworfen. Zudem gab es für solche Wesen gar keine Möglichkeit, zu ihnen zu gelangen. Sie kannten keine Magie und wussten nichts von den Ländern, die parallel zu der Menschenwelt existierten, und den versteckten Portalen. Es musste eine andere Spezies gewesen sein, eine andere Erklärung gab es einfach nicht für die Macht, die ihn eingehüllt hatte. Und wohin war er so plötzlich verschwunden?

Es fühlte sich an, als hätte er sich mit der Luft verbunden. So, als wäre er ein Teil der Elemente geworden. Oder war es vielleicht die Göttin, die ihr diesen wundervollen Moment geschickt hatte? Aber warum sollte sie das tun, war sie doch nur eine einfache Nadár? Oder war es eine Belohnung dafür, dass sie die Fähigkeit besaß, sich gleich mit zwei Elementen verbinden zu können? Welcher Spezies er wohl angehörte und was das für eine unbekannte Macht war, die ihn umwaberte?

Andererseits war sie nicht spürbar gewesen, als Claire zusammen mit ihm getanzt hatte. Spielte ihr Gehirn ihr einen Streich?

Ihr Kopf dröhnte leicht, als hätte sie zu viel getrunken, und ihr Bauch fühlte sich flau an. Etwas an ihr hatte sich verändert, sie konnte es ganz genau fühlen. Diese Art von Leidenschaft, die sie mit dem Mann geteilt hatte, war ihr unbekannt. Was der Mann mit ihr gemacht hatte, diese Erregung war anders als alles, was sie bei der Erschaffung neuen Lebens mit einem Nadár verspürte. Eines Tages würde diese Veränderung ihr Herz schwer machen, obwohl es das Schönste sein würde, was ihr jemals passiert war.

Claire schloss die Augen und speicherte das Bild des Mannes in ihrem Inneren ab, um es nie zu vergessen. Es konnte nicht einfach nur ein Traum gewesen sein. Sie bemerkte gar nicht, dass sie eine Hand auf ihren Unterleib gelegt hatte, in dem es leicht kribbelte.

Die Zeit verging, ihre Freunde verließen sie, Nohlan wollte nichts mehr von ihr wissen. Etwas Unnatürliches passierte mit ihr und in ihrem Unterleib. Ihr Bauch wurde immer größer und Schmetterlinge breiteten sich in ihm aus, die dazu immer stärker wurden. Tritte, unbeschreibliche Schmerzen und ungeahnte Gefühle weckten sie in der einen Nacht, ein Jahr nach dem Mondfest. Ganz allein in ihrem Haus und mit Angst in den Gliedern, schrie sie sich ihre Seele aus dem Leib, während plötzlich die Elemente verrücktspielten. Der Wind wirbelte die Blätter von den Bäumen, die Erde erzitterte, das Wasser tobte und das Feuer der Fackeln wuchs in die Höhe. Ihr Unterleib zog sich zusammen und unter Schmerzen fing sie an zu pressen. Ohne zu wissen, was genau sie tat, überließ sie ihrem Körper die Führung, der anscheinend genau wusste, was er zu tun hatte. Ohne Vorwarnung war der Schmerz vorbei, die Elemente beruhigten sich und es wurde ganz still.

Ein kleiner Schrei, dem eines Babys gleich, durchschlug die Stille. Claire blickte zwischen ihre Beine und konnte nicht glauben, was dort blutverschmiert und mit einer weißen Schmiere am Körper zu ihren Füßen lag. Ein Baby, so rosig und klein, blickte Claire direkt in die Augen und bahnte sich den Weg in das Herz der Nadár-Frau. Claire wusste, dass sie das kleine Mädchen lieben würde, egal wie es zu ihrer Erschaffung kam. Sie würde es nicht leicht haben auf ihrem Weg zu einer vollkommenen Nadár, aber egal, was auch passieren würde, ihre Mutter würde immer für sie da sein und sie lieben.

»Ich nenne dich Kalia, das Wunder des Mondes«, hauchte Claire mit erschöpfter Stimme, während sie das Mädchen in ihre Arme nahm und an ihre Brust legte.

Karen Glauer

DER EINDRINGLING

Eine einzige, huschende Bewegung.

Das war alles, was Nora sehen konnte, als sie vollbepackt mit Einkaufstüten, müde und verschwitzt ihre Küche betrat.

Eine einzige, huschende Bewegung. Kaum von der Dauer eines Lidschlags, ja, sie konnte sich nicht einmal absolut sicher sein, dass diese Bewegung überhaupt da gewesen war. Es mochte auch ihre Fantasie gewesen sein, die ihr hier einen Streich gespielt hatte. Doch nein, sie war sich absolut sicher, es gesehen zu haben.

Noch bevor sie einen klaren Gedanken fassen konnte, stand sie bereits wieder im Flur. Der Knall der Küchentür hallte durchs Haus und mischte sich mit ihrem keuchenden Atem und dem dröhnenden Schlag ihres Herzens.

Nicht schon wieder.

Ihre schweißnassen Hände strichen über die Tür zu dem Raum, den sich der Eindringling wieder zu eigen gemacht hatte. Er kam immer wieder. Wie ein Geist verfolgte er sie. Manchmal bekam sie ihn wochenlang nicht zu Gesicht, wiegte sich bereits in vermeintlicher Sicherheit und vergaß, dass es ihn gab. Doch dann zeigte er sich erneut, in den unpassendsten Momenten. Meist, wenn sie allein und völlig wehrlos war.

Nie hinterließ er Spuren, ihr Besucher, nie konnte sie ihn greifen. Er lebte in ihrem Haus, sorgfältig vor den Blicken der anderen Hausbewohner verborgen. Niemand störte sich an ihm, niemand schien sein giftiges Zischen wahrzunehmen oder sich beobachtet zu fühlen. Chase, ihr Gatte, wachte in der Nacht nicht panisch um sich schlagend auf, weil dieses Wesen ihn berührt hatte. Und Schnurr, die Katze, sonst mit hervorragender Wahrnehmung gesegnet, schien es auch nicht zu stören, dass hier definitiv mehr als nur acht Beine herumliefen.

Nora lauschte, ob verräterische Geräusche aus der Küche drangen. Es mochte gut sein, dass sich ihr verhasster Besuch gerade über die Einkäufe hermachte, die sie verständlicherweise fallen gelassen hatte, um sich zu retten. Doch selbst wenn die Lebensmittel für die gesamte nächste Woche von der Kreatur berührt worden waren, würde sie das nicht herausfinden können. Keine Spuren. Nichts, was auf ihre Existenz in diesen Mauern schließen ließ.

Der Gedanke ließ ihr wieder einen Schauer über den Rücken jagen. Kurz fragte sie sich, was Chase wohl sagen würde, wenn er nach Hause käme und nur noch rauchende Trümmer vorfinden würde, weil sie das komplette Heim mit Kerosin getränkt und angezündet hatte. Das wäre zwar sehr rabiat, aber zweifelsohne effektiv. Diese - Bestie würde in Flammen aufgehen, mitsamt dem Haus, das ihr Unterschlupf gewährt hatte. Chase musste es verstehen. In diesem Fall heiligte der Zweck die Mittel, oder?

Leider scheiterte es am Kerosin. In diesem Haushalt gab es genau genommen gar nichts, das brandfördernd wirken konnte, seit Chase keinen Alkohol mehr trinken wollte. Dabei hätte Nora jetzt viel für einen Schnaps gegeben. Oder zwei.

Bei dem Gedanken an immer mehr werdende Schnapsgläschen traf es sie wie ein Blitz. Konnte dieses Biest sich eigentlich vermehren? War es in der Lage, Nachwuchs zu produzieren und diesen dann auf sie zu hetzen, sobald sie einen Fuß in ihr Haus setzte? War dieses Wesen immer dasselbe oder gab es mehrere von seiner Art, nur mit dem Ziel, sie in den Wahnsinn zu treiben?

Wenn ja, dann musste sie es hier und jetzt beenden. Entschlossen ging sie hinüber zum Garderobenschrank und nahm den Wischmop heraus. Ob der helfen mochte, stand in den Sternen, aber sie fühlte sich zumindest bewaffnet. Den Mop im Anschlag schob sie die Küchentür Zentimeter für Zentimeter auf.

Beinahe wäre sie wieder zurückgesprungen, weil eine Einkaufstasche plötzlich kippte und der Inhalt unter Scheppern auf den gefliesten Boden rollte. Geduckt und vor Schreck keuchend verharrte sie im Türrahmen. Angestrengt musterte sie jeden Zentimeter des so vertrauten Raumes, zerrissen zwischen dem Wunsch, nichts zu sehen, und dem wilden Verlangen, es hier und jetzt zu beenden. Verstecke gab es viele. Sie war nicht allein in der Küche, das spürte sie. Wo mochte sich der Feind aufhalten? Unter den Schränken, im muffigen Dunkel?

Über ihr?

Oder war er etwa klammheimlich hinter ihr entwischt und nun im Flur oder gar schon im Obergeschoss?

Ihr brach der kalte Schweiß aus, als sie erkannte, auf welch verlorenem Posten sie kämpfte. Der Eindringling war im Vorteil, das Haus gehörte praktisch ihm. Es gab nur eine Möglichkeit.

Als Chase nach Hause kam, stolperte er in der Küche über Orangen, Brot und Kater Schnurr, der verärgert an den verschlossenen Nassfutterbüchsen herumpfotelte. Von Nora war weit und breit nichts zu sehen. Nur eine hastig hingeschmierte Notiz auf dem Kassenzettel, der sich auf dem Küchentisch zusammenrollte.

»Die Spinne ist wieder da. Schlafe bei Trish. Du verstehst das sicher. Love, N.«

Karen M. Ladira

BILL BLAKE

Als ich erwachte, war es bereits dunkel. Der Mond schob sich über die Bäume und tauchte die Gegend in spärliches Licht.

Ich lag mit dem Kopf auf dem Lenkrad des Autos und meine Arme hingen wie leblos herab. Der Zündschlüssel steckte noch, ich konnte mich aber nicht mehr daran erinnern, dass ich stehen geblieben war. Und auch nicht, dass ich das Auto ausgemacht, geschweige denn dass ich mich hineingesetzt hatte.

Und warum tut mir der Schädel so weh? Hatte ich einen Unfall?

Ich hob langsam den Kopf. Vor mir befand sich nichts, gegen das ich hätte gefahren sein können. Dort war nur eine Wiese, soweit ich das erkannte.

Mit einem Ruck öffnete ich die Wagentür und stieg aus. Ein sengender Schmerz jagte durch mein rechtes Bein und mit einem Keuchen fiel ich vornüber. Schwerfällig lehnte ich mich gegen den Wagen und fasste mir mit beiden Händen an den Kopf, ein kläglicher Versuch, das dumpfe Pochen hinter meiner Stirn wegzudrücken.

Erst jetzt bemerkte ich das Blut, das mir an den Händen klebte. Schwindel übermannte mich. Zitternd vor Erschöpfung drohte ich das Bewusstsein zu verlieren.

Was ist passiert?

Angestrengt versuchte ich mich zu erinnern, aber in meinen Gedanken herrschte ein heilloses Durcheinander und jeder Versuch, das Chaos zu ordnen, endete in immer stärker werdenden Kopfschmerzen.

Doch meine Sinne ließen mich aufhorchen, als laute Rufe an meine Ohren drangen. Ich sah das Leuchten von Taschenlampen und vier Gestalten, die auf mich zukamen. Eine der Personen lief los und blieb kurz vor mir stehen.

»Bill?«, hörte ich eine Männerstimme fragen. »Scheiße, was ist passiert?«

Ich wollte antworten, brachte jedoch nur ein gequältes Krächzen hervor. Mein Gegenüber sah mir ins Gesicht und ich blickte zurück. Ich erinnerte mich nicht daran, ihn zu kennen.

Mittlerweile waren auch die anderen drei bei uns und musterten mich besorgt.

»Er ist verletzt!«, stieß eine junge Frau aus. Sie ging neben mir in die Hocke und begutachtete meinen Kopf. »Das blutet ganz schön stark«, sagte sie erschrocken. »Wir sollten ins Krankenhaus fahren.« Sie nahm das Tuch von ihrem Hals und drückte es mir vorsichtig auf den Kopf.

Ich starrte auf meine Hände hinab und auch da sah ich Blut.

Stammt das von mir?

»Bill?«, fragte der Mann vor mir. »Ich bin's, Alex. Wir fahren dich ins Krankenhaus, okay?«

Ich runzelte die Stirn. Ich wusste, dass ich Alex kannte, aber ich hatte keine Ahnung mehr, woher. Die anderen Gesichter kamen mir ebenfalls bekannt vor, doch auch hier befand sich in meinen Gedanken ein schwarzes Loch.

Ich nickte vorsichtig, während die Frau das Tuch wieder von meinem Kopf nahm.

Mit vereinten Kräften hievten Alex und ein anderer Mann mich in die Höhe. Die Gruppe führte mich von dem zerstörten Wagen weg über eine Wiese bis zu einem Parkplatz, wo ein großer Jeep mit getönten Scheiben auf sie wartete.

»Auf den Rücksitz mit ihm«, wies Alex an, der sich selber hinter das Steuer setzte.

Ich ließ mich in das Fahrzeug fallen, während die Frau auf dem Beifahrersitz einstieg, aber die beiden anderen Männer blieben draußen.

»Ihr schaut, ob ihr irgendwas finden könnt«, sagte Alex mit fester Stimme. Er schien der Anführer zu sein. »Und informiert die Spurensicherung. Das dort hinten ist keiner unserer Wagen, die sollen sich das auch angucken.«

Ich lehnte mich zurück und schloss die Augen, während Alex den Motor startete. Er fuhr ein kleines Stück rückwärts, lenkte stark ein und wendete das Fahrzeug geschickt. Dabei stieg mir die Galle hoch und ich schluckte einige Male hart, bis es wenigstens halbwegs besser wurde.

Das Auto wurde schneller und Alex betätigte den Ganghebel wie ein Irrer.

Die Lichter der Straßenlaternen rasten an uns vorbei.

»Was sagen wir, wenn sie wissen wollen, was passiert ist?«, hörte ich die Frau fragen. Ich öffnete die Augen, um zu sehen, wohin wir fuhren.

Alex rammte den sechsten Gang rein und stieß den Atem langsam aus. Mit dem Zeigefinger trommelte er auf dem Lenkrad.

»Wir sagen die Wahrheit«, meinte er. »Der Einsatz ist immerhin gründlich schiefgegangen.«

Die Frau sah den Fahrer von der Seite an.

»Alex, wir wissen nicht einmal, was genau passiert ist.«

52

Alex bog nach rechts ab und nahm wieder an Tempo auf. »Wir haben keine andere Wahl, als das zu erzählen, was wir wissen.«

Das Fahrzeug schlitterte um eine Kurve, die zu viel für mich war.

»Halt!«, presste ich hinter zusammengebissenen Zähnen hervor.

Alex reagierte sofort und bremste stark ab.

Ich drückte meine Tür auf, hängte mich raus und übergab mich auf die Straße.

Alles drehte sich und wieder kämpfte ich darum, nicht das Bewusstsein zu verlieren.

Wieder halbwegs bei klarem Verstand ließ ich mich zurücksinken. Die Frau reichte mir ein Taschentuch, welches ich dankend annahm, um mir damit das Erbrochene aus den Mundwinkeln zu wischen.

»Kann weitergehen«, meinte ich trocken.

Was auch immer mit mir passiert war, es war heftig gewesen. Erst jetzt bemerkte ich, dass mich nicht nur Kopfschmerzen plagten, sondern ebenfalls ein Ziehen in der rechten Seite und Druck im Oberschenkel. Solche Schmerzen hatte ich schon lange nicht mehr gehabt.

Mühsam zog ich mir das schwarze Shirt hoch, welches mir zerrissen am Oberkörper herunterhing, und begutachtete meinen Oberkörper. In diesem Moment drehte sich die Frau zu mir herum.

»Oh mein Gott!«, entfuhr es ihr und ich hätte es nicht treffender formulieren können.

Mein Oberkörper war bedeckt von Hämatomen, Schrammen und Schnittverletzungen. Verwundert sah ich mir dieses Farbenspiel aus roten und blauen Flecken an.

Woher hatte ich das?

Ich versuchte das linke Bein auszustrecken und tastete mit den Händen den Oberschenkel ab. Eine klebrige Flüssigkeit presste sich an meinem Fingern vorbei.

Blut.

Wieder überkamen mich Übelkeit und Schwindel. Ich bemerkte, wie ich zur Seite kippte.

»Alex!«, rief die Frau und einmal mehr bremste der Fahrer ab.

Meine Sinne drifteten ab und dann wurde alles schwarz.

Ich wusste nicht, ob ich noch unter den Lebenden weilte oder mein Gehirn mir einfach nur einen bösen Streich spielte. Ich wusste nicht, ob die Bilder, die ich sah, echt waren oder einfach nur Trugbilder.

Ich schlich durch einen recht engen und dunklen Gang, die Waffe zum Schuss bereit erhoben.

Meine Gedanken spielen verrückt, das muss es sein. Ich werde eindeutig irre.

Hinter mir, irgendwo in der Lagerhalle, ertönten weiterhin Schüsse und das Geschrei der Verletzten drang an meine Ohren. Doch ich ging weiter den Gang entlang. Hierher war er geflüchtet, das hatte ich genau gesehen.

Irgendwann kam ich an eine Tür und ich stieß sie vorsichtig mit dem Fuß auf. Sofort zielte ich, darauf wartend, dass jemand heraussprang und ebenfalls schießen wollte.

Nichts dergleichen geschah.

Mein Blick überflog den Raum kurz, bevor ich weiter schlich und ans Ende des Ganges kam, der sich nach rechts und links aufspaltete.

Ich hasse solche Gebäude!

Plötzlich eröffnete jemand das Feuer. Der dumpfe Schlag, mit dem die Kugel meine Brust traf, ließ mich zurücktaumeln. Ich sprang zurück in den Gang und fuhr mir mit der Hand fahrig über die Einschussstelle. Beruhigt bemerkte ich, dass das Geschoss die Weste nicht komplett hatte durchdringen können.

Der Schuss war von links gekommen.

Was hatte mich eigentlich getrieben, einfach weiterzugehen?

Unsicher, aber konzentriert lugte ich um die Ecke und tatsächlich stand dort jemand in dunkle Kleidung gehüllt.

»Legen Sie die Waffe aus der Hand!«, rief ich der Gestalt zu. »Das Gebäude ist umstellt! Sie haben keine Chance!«

Ich kam ein kleines Stück aus der Deckung hervor und hoffte, dass mein Gegner die Worte ernst nahm. Wenn nicht, dann bot ich eine perfekte Zielscheibe.

Als der Anwesende nicht feuerte, schob ich mich weiter aus meinem Versteck heraus, bis ich komplett im Gang und ihm gegenüberstand.

Es war ein Junge, nicht einmal sechzehn Jahre alt. Das braune Haar hing ihm zerzaust über der Stirn und seine Augen waren schreckgeweitet. Auf seinem grünen Kapuzenpulli sah ich Blut, ebenso an seiner Arbeitshose.

Ich hielt meine Waffe auf Kopfhöhe und den Finger am Abzug. Einige Meter vor ihm blieb ich stehen und konnte sehen, wie der Revolver in der Hand meines Gegners zitterte. Er lag längst nicht so ruhig in den Fingern wie meine Waffe. Ich erkannte in seinen Augen Angst, aber auch völlige Entschlossenheit. Doch ich wusste trotzdem nicht, was er vorhatte.

»Legen Sie die Waffe auf den Boden und heben Sie die Hände hinter den Kopf.« Ich versuchte ruhig, aber bestimmt zu klingen. Das gelang mir in solchen Situationen immer besser als meinen Kollegen.

Kurz schien es, als würde der Junge den Revolver senken, doch mit einem Ruck erhob er diesen wieder.

»Sie verstehen das nicht«, begann er mit zittriger, fast weinerlicher Stimme. »Das war nicht meine Entscheidung. Er hat es mir gesagt!« Er tippte sich kurz mit dem Lauf der Waffe gegen die Schläfe und ich wusste, was das bedeutete.

Unberechenbarkeit.

Langsam machte ich einen Schritt in seine Richtung. Mein Körper war zum Zerreißen angespannt und jeder Sinn konzentrierte sich auf das Äußerste.

»Ich kann Ihnen helfen«, begann ich. »Wie heißen Sie?«

Der junge Mann fuhr sich verstört durch die Haare und wedelte aufgeregt mit seiner Waffe. Ich blieb stehen und es schien ihn zu beruhigen.

»Wie heißen Sie?«, fragte ich ihn erneut.

Er zögerte einen Moment. »Tony«, sagte er dann und sein Blick veränderte sich. Er wirkte entspannter und in seine Augen trat ein flehender Ausdruck. »Ich wollte das nicht, ich wurde dazu gezwungen.«

Mit einem Nicken setzte ich meinen Weg fort, unendlich langsam, um ihn nicht weiter zu provozieren.

»Ich … ich … ich habe nur getan, was er mir gesagt hat.«

Wieder nickte ich, um ihn zu bestätigen. »Ja, ich weiß«, versuchte ich ihn zu beruhigen. »Ich werde Ihnen helfen, Tony, das verspreche ich.«

Wenige Schritte trennten mich noch davon, ihn entwaffnen zu können, ohne ihn töten zu müssen.

»Nein!«, schrie Tony abrupt. Entschlossen umfasste er seine Waffe und schoss. Seine Bewegungen waren sehr präzise und zu schnell, als dass ich hätte reagieren können. Unsagbare Schmerzen donnerten durch mein Bein und ich fiel auf die Knie.

Ich hob die Waffe, doch ehe ich einen Schuss abfeuern konnte, war Tony bei mir und hämmerte seinen Revolver gegen meinen Kopf. Und als wäre das nicht genug gewesen, trat er mir mit dem Fuß in die Seite.

Röchelnd ging ich endgültig zu Boden, meine Waffe entglitt mir und ich musste zusehen, wie Tony diese außer Reichweite kickte.

»Das tut mir leid, aber Raffael will es so.«

Wie zur Bestätigung trat er mir gegen den Kopf und alle Lichter gingen aus.

Langsam öffnete ich die Augen und spürte den sengenden Schmerz in meinem Körper. Es fiel mir schwer, bei Bewusstsein zu bleiben oder mich zu orientieren. Also wartete ich einfach ab. Viel mehr war mir nicht möglich, denn ich war an Händen und Füßen an einen Stuhl gefesselt.

Ich konzentrierte mich und versuchte mir ein Bild von meiner Umgebung zu machen.

Rechts neben mir stand ein kleiner Tisch mit Werkzeugen, links befand sich eine Tür. Mir gegenüber erhob sich ein Ofen, dessen Luke zur Hälfte geöffnet war. Es knisterte und eine Flamme suchte sich züngelnd einen Weg hinaus. Von hinten fiel Licht in den Raum. Vielleicht befand sich dort ein Fenster, allerdings war es nur ein schwacher Lichteinfall. Verdreckte Scheiben, Vorhänge oder war es Nacht?

Ein Klicken erregte meine Aufmerksamkeit und ich wandte den Kopf leicht zur Tür. Dann betrat eine Person den Raum, im Arm einen Stapel Holz.

»Tony?«, fragte ich leise und sah den jungen Mann mit den braunen Haaren an. Die Ärmel seines Pullovers hatte er hochgekrempelt.

»Sehe ich für dich etwa wie Tony aus?«, entgegnete er harsch.

Verwirrt schaute ich auf den Boden und meine Gedanken arbeiteten, obwohl ich mich dazu überhaupt nicht im Stande fühlte.

»Wie heißen Sie?«

Tony ließ das Holz auf den Boden fallen und lehnte sich mit dem Rücken an die Wand. Mit den Armen vor der Brust verschränkt, sah er mich abwertend an.

»Ich bin Raffael.«

Die Worte schnitten sich förmlich in mein Gehirn, als ich diesen Namen hörte.

Schön ruhig bleiben, Bill. Du hast gelernt, mit solchen Situationen klarzukommen.

»Raffael, wo sind wir?«, versuchte ich ein Gespräch einzuleiten, rechnete mir allerdings nicht zu viele Chancen aus. Ich hätte bei Tony mehr erreichen können.

»Spielt das eine Rolle?«, antwortete er. »Du wirst von hier sowieso nicht wegkommen.«

»Was haben Sie vor?«

Tony ... Raffael drehte sich herum und warf einige Scheite Holz in den Ofen. Offensichtlich wollte er auf meine Frage nicht reagieren.

Okay. Was haben wir? Einen Typen mit zwei verschiedenen Persönlichkeiten. Und mich, an einen Stuhl gefesselt.

Unbewaffnet, verletzt und abgeschnitten von der Außenwelt. Keine Waffe, keine Weste, kein Headset. Perfekt! Dann noch irgendein Raum, vermutlich mitten in der Pampa.

Raffael drehte sich vom Ofen weg und ging hinüber zum Werkzeugtisch. Er zog einen kleinen Hocker hervor und nahm sich ein Messer. Den Sitz stellte vor mir auf den Boden und ließ sich darauf nieder. Die Waffe, es schien eine Art Jagdmesser zu sein, hielt er zwischen seinen Händen. Eingetrocknetes Blut befand sich auf der Klinge, was mir ein ungutes Gefühl bescherte.

»Weißt du, was das Wichtigste im Leben ist?«, fragte Raffael … Tony plötzlich und sah mich erwartungsvoll an.

Ich schüttelte leicht den Kopf und wartete, ob Raffael weiterreden würde. Ich wurde enttäuscht, denn er starrte mich nur an. Dann umfasste er entschlossen sein Messer und schnitt mir quer über den Oberkörper. Ohne Widerstand zerriss die Klinge das Shirt.

Entsetzt keuchte ich auf, warf schmerzerfüllt und schreiend den Kopf in den Nacken.

Raffael packte mich am Kragen und zwang mich, ihn anzusehen.

Was ich dort sah, waren nicht die verängstigten Augen von Tony, sondern die entschlossenen Züge eines Irren.

»Was ist das Wichtigste in deinem Leben, Agent?«, fragte er mich mit einem ekelhaften Unterton in der Stimme.

Meine Lippen zitterten und ich erkannte, dass ich nicht in der Lage war, darauf zu antworten.

Schrill lachend ließ Raffael mich los und fuhr erneut mit dem Messer über meinen Körper. Tiefer und langsamer als vorher.

Und ich schrie erneut. Laut, schmerzerfüllt und hilflos …

Nachdem Raffael das Messer hatte sinken lassen, starrte er mich aus vor Gier geweiteten Augen an. Ich schloss für einen Moment die Lider und presste die Lippen aufeinander. Mein Atem ging stoßweise, als ich versuchte, den Schmerz zu unterdrücken.

Raffael lachte rau und ich schaffte es, zu ihm aufzublicken. Er hob das Messer auf seine eigene Augenhöhe und ließ es klirrend auf den Boden fallen. Reflexartig zuckte ich zusammen und versuchte, meiner stetig wachsenden Angst Herr zu werden.

Doch wegen der Schmerzen konnte ich kaum einen klaren Gedanken fassen. Es fiel mir zunehmend schwer, den Atem ruhig zu halten und die Augen geöffnet zu lassen. Mein Kopf hämmerte, das Bein pochte unerträglich und mein Oberkörper brannte wie die Hölle selbst.

Dann drehte Raffael sich um und kramte etwas aus einer Ecke hervor. Es war ein Beutel, dessen Inhalt er jetzt vor mir auf den Boden kippte.

Verwundert stellte ich fest, dass meine eigenen Sachen zum Vorschein kamen. Ich konnte die Weste sehen und das Headset, allerdings war die Waffe nicht dabei. Mit zerknirschtem Gesichtsausdruck musste ich mitansehen, wie Raffael meine Weste durchsuchte und den Ausweis fand. Er klappte diesen auf und grinste hämisch.

»Agent Bill Blake«, sagte er, allerdings ließ er es wie eine Beleidigung klingen. »Hast du eine Frau? Bestimmt hast du eine Frau, zumindest siehst du so aus, als hättest du eine. Mit Sicherheit hast du auch Kinder.«

Ich blieb ihm die Antwort schuldig, denn ich hatte weder Lust noch die Kraft dazu, mich mit ihm zu unterhalten.

»Auch egal«, meinte Raffael schulterzuckend, warf meinen Ausweis wieder zurück auf den Haufen und nahm sich stattdessen das Headset. Interessiert steckte er es sich ins Ohr und wartete einen Augenblick. Dann hob er das Mikrofon ein wenig an die Lippen.

»Hallo?« Er lachte wieder. »Dachte ich mir schon, dass keiner reagieren wird, sind bestimmt alle tot.«

Bedrückt dachte ich daran, dass er Recht haben könnte, doch ein einziges Detail ließ mich diesen Gedanken wieder verwerfen. Wir sind alle Agents. Das hieß, dass niemand reagieren würde, solange man nicht meine Stimme hörte.

Dann registrierte ich noch etwas und musste beinahe laut loslachen, als mir das Simpelste an der ganzen Situation einfiel und ich dankte Gott, so es denn einen gab, im Stillen dafür.

Er hatte die Weste hierhergebracht. Diese war bis auf das Einschussloch auf der linken Seite unversehrt. Das hieß, der Peilsender war weiterhin aktiv. Und das wiederum bedeutete, dass mein Team mich orten konnte. Sollten sie noch am Leben sein oder wenigstens einer von ihnen, würden sie alles Mögliche daransetzen, mich zu finden.

Nun war es an mir, so lange durchzuhalten und Raffael keine Gelegenheit zu geben, mich weiter zu quälen oder Schlimmeres zu tun.

Plötzlich stand er auf, sammelte alles wieder ein, steckte es zurück in den Beutel und warf ihn achtlos in die Ecke.

Erneut setzte er sich auf den Hocker und beugte sich zu mir vor. »Was ist denn nun das Wichtigste in deinem Leben?« Mit schief gelegtem Kopf sah er mich an.

Ich schwieg, zwang mich aber, den Blick meines Peinigers zu erwidern.

Seufzend stand Raffael auf und wandte sich seinem Werkzeugtisch zu.

Es klirrte und ich sah, wie er ein Glasfläschchen in die Höhe hielt. Mit geübter Hand versenkte er die Nadel einer Spritze darin und zog die Kanüle auf.

»Es ist bedauerlich, dass du nicht so gesprächig bist«, meinte Raffael im Plauderton. »Vielleicht reden wir später weiter, aber bis dahin muss ich erst einmal weg.«

Vorsichtig stellte er das Gefäß auf den Tisch und trat an meine Seite.

Panisch starrte ich die Spritze an.

Was ist das? Eine Droge? Tötet mich das jetzt?

Ich ruckelte an meinen Fesseln, was Raffael teuflisch grinsen ließ.

»Keine Sorge«, säuselte er. »Damit wirst du nur seelenruhig schlafen.«

Damit versenkte er die Nadel in meiner Armbeuge und wenige Minuten später schwanden mir die Sinne. Meine Glieder wurden schwer und ich spürte, wie ich meinen Kopf auf die Brust senkte. Ich sah noch, wie sich Raffael ein Jagdgewehr vom Werkzeugtisch nahm.

»Ich werde uns etwas zum Essen holen.« Er grinste. »Ich möchte ja nicht, dass du verhungerst, Agent Blake.«

Klackend fiel die Tür hinter Raffael ins Schloss.

»Agent Blake!«

Langsam erwachte ich wieder und ich spürte, wie mir jemand sachte gegen die Wange schlug.

Der grüne Kapuzenpulli …

Erschrocken fuhr ich zusammen und presste mich gegen die Lehne des Stuhls. Unangenehm schnitten sich die

Kabelbinder in mein Fleisch und allmählich dämmerte es mir wieder, was geschehen war.

Grüne, bedauernde Augen starrten mich an.

»Ich verstehe Raffael manchmal selber nicht«, sagte er leise und zeigte auf meine Wunden auf der Brust. »Das war er doch, oder?«

»Tony?«, fragte ich vorsichtig. Meine Stimme klang kratzig und zittrig.

Mein Gegenüber nickte und hockte sich hin. Er griff neben sich und holte das Messer hervor, welches Raffael zuvor auf dem Boden hatte fallen gelassen. Kurzerhand zerschnitt er mein Shirt komplett.

Für einen kurzen Moment dachte ich, er würde genau da weitermachen, wo Raffael aufgehört hatte.

Nachdem Tony das Messer zur Seite gelegt hatte, zog er einen bunten Lappen hervor, den er in einen Eimer mit Wasser tauchte.

Vorsichtig begann er, die Wunden sauber zu tupfen. »Irgendwo habe ich hier auch einen Verbandskasten. Aber wenn Raffael mitbekommt, dass ich dir helfe, kriegen wir beide Ärger.«

»Wir könnten zusammen fliehen«, machte ich zaghaft den Vorschlag.

Doch Tony sah mich nur bedauernd an. »Er findet mich … Immer.«

Ich wartete, bis Tony seine Arbeit beendet hatte. »Raffael wollte jagen gehen. Ist er noch nicht zurück?«

Mein Gegenüber schüttelte den Kopf, zuckte gleichzeitig aber mit den Schultern. »Je nachdem, was er jagen will, wird das eine Weile dauern.«

»Wo sind wir?«

Tony legte den Lappen über die Lehne eines anderen Stuhls, der nahe des Ofens stand, und sammelte ein Bündel Stoff vom Boden auf. Mit einer schnellen Bewegung legte er mir die Decke über den Oberkörper und musterte mich.

»Das darf ich dir nicht sagen«, erklärte Tony. »Raffael meint, dass du ein FBI-Agent bist. Er will nicht, dass du uns verrätst, und deswegen behält er dich erst einmal hier.«

»Ist Raffael dein ... Freund?«

Tony lachte kurz. »Er ist mein Onkel. Ich bin nach dem Tod meines Vaters bei ihm aufgewachsen. Er hat mir auch das Jagen beigebracht.«

Ein Schauer lief mir über den Rücken. Bestimmt meinte er damit nicht nur Tiere.

»Wie lange ist Raffael denn schon weg?«, wollte ich wissen.

»Vier Stunden«, kam prompt die Antwort.

So lange? Konnte es sein, dass der Peilsender defekt war?

Ich dachte nach. Wenn ich Tony dazu bringen konnte, den Raum hier zu verlassen, könnte ich versuchen, auszubrechen. »Vielleicht solltest du nachsehen, wo er ist«, schlug ich deshalb vorsichtig vor.

Skeptisch betrachtete Tony mich und für einen Augenblick dachte ich, er würde ablehnen. Doch dann nickte er langsam.

Mit wenigen Schritten war er an der Tür und blickte noch einmal über die Schulter. Er hatte offensichtlich nicht vor, mir das Zeug zu verabreichen, mit dem Raffael mich schlafen geschickt hatte.

Leise horchend wartete ich, bis er sich weiter entfernte. Seine Schritte verhallten langsam, aber gleichmäßig. Es hörte sich an, als würde er über einen Steinboden laufen oder Beton. Das könnte bedeuten, dass ich mich noch auf dem

Fabrikgelände befand. Dann dürften meine Kollegen auch nicht allzu weit entfernt sein, zumindest hoffte ich es in diesem Moment.

Ohne noch weiter über mögliche Konsequenzen nachzudenken, versuchte ich meine Hände, die rechts und links an den Lehnen des Stuhls mit den Kabelbindern gefesselt waren, zu befreien.

Es gelang mir trotz größter Mühe nicht, sie auch nur einen Millimeter zu bewegen. Die Kabelbinder schnitten sich schmerzhaft ins Fleisch und allmählich kribbelten meine Fingerspitzen.

Völlig erschöpft ließ ich mich zurückfallen und meine Schultern sinken. Ich wusste nicht, wie ich mich befreien sollte. Obwohl ich viele Schulungen und Trainingseinheiten hinter mir hatte, fand ich mich plötzlich in einer scheinbar ausweglosen Situation wieder. Sich allein aus einer solchen heraus zu kämpfen, war zwar immer Inhalt der Ausbildung gewesen, doch real war das nie geworden. Wie ein Praktikant, den man nicht richtig eingewiesen hatte, dachte ich.

Ratlos sah ich mich abermals im Raum um. Dann fiel mein Blick auf das Messer, welches Raffael vorhin achtlos auf den Boden fallen gelassen hatte.

Dumme Idee, Bill!

Mein Gehirn schien nicht mehr ganz beisammen zu sein, denn ich ruckte mitsamt dem Stuhl ein wenig nach vorn und drehte mich dabei herum. Dann warf ich mich solange hin und her, bis ich umfiel und neben dem Messer zu Boden krachte.

Ich unterdrückte jeden Schmerzensschrei, der meine Kehle verlassen wollte, und riss mich zusammen. Ich versuchte, mich in eine bessere Position zu bringen, um das Messer greifen zu können, und tatsächlich gelang es mir. Es dauerte eine Ewigkeit, bis ich es zwischen das Handgelenk und den Kabelbinder schieben konnten. Ich hatte nur wenig Spielraum und meine Finger zitterten so stark, dass mir die Klinge einige Male bald entglitten wäre.

Dann ... fiel der Druck um mein Handgelenk und sofort schnitt ich die Beine frei, danach die andere Hand.

Schwer atmend blieb ich kurz auf dem Rücken liegen, wandte mich um und versuchte mich aufzurichten.

Als ich endlich auf meinen Beinen stand, meldete sich sofort die Schussverletzung in meinem Bein wieder, doch ich achtete nicht weiter darauf und humpelte in die Ecke, wo der Beutel mit meinen Sachen lag.

Ich zog die Weste über, steckte mir das Headset ins Ohr. »Hier spricht Agent Bill Blake!«, sagte ich und hoffte, dass meine Kollegen reagierten. »Ich bitte um Abholung vom zu ortenden Standpunkt!«

Ich ging zur Tür, doch das erste Rütteln an der Klinke bestätigte nur das, was ich bereits geahnt hatte. Verschlossen.

Ein leises Knistern drang an mein Ohr.

»Bill?«, fragte jemand, dessen Stimme mir vertraut vorkam. »Kannst du sagen, wo du bist? Dein Sender muss was abbekommen haben.«

»Nein«, gab ich zurück. »Ich wurde gefangen genommen und womöglich vom Fabrikgelände weggebracht. Ich sehe mich um und melde mich sofort wieder.«

Als mir ein Gedanke kam, trugen mich meine Beine zum Fenster. Diese waren stark verschmutzt, trotzdem konnte ich einen Blick hinaus werfen. Und da sah ich etwas, was mir womöglich helfen konnte: Ein dunkler Geländewagen.

Verwirf die Idee ganz schnell!

Auch wenn meine Chancen für eine Flucht gering standen, wollte ich den Versuch wagen. Ich holte mir von der Werkzeugbank eine übergroße Rohrzange und schlug damit auf die Fensterscheibe ein. Das Glas splitterte und mit einem letzten Tritt gab es endgültig nach. Scherben flogen umher, schnitten sich durch meine Hose ins Bein und ich unterdrückte abermals einen Schmerzenslaut. Achtlos ließ ich die Zange fallen, hob mein Messer wieder auf und zwang mich durch das zerstörte Fenster. Dabei zog ich mir weitere Schnitte an den Fingern, den Armen, dem Oberkörper und meinen Beinen zu. Erschöpft stöhnte ich auf, kam weniger sanft am Boden an und sackte unvermittelt auf die Knie. Ein kurzes, aber unerträgliches Ziehen schoss durch meinen Körper und ich presste die Lippen zusammen.

Wankend richtete ich mich auf, sah mich um und meine Vorahnung bestätigte sich: Ich befand mich nicht mehr in dem Fabrikgebäude. Es handelte sich um eine alte Halle nahe einem Wald und trotzdem konnte ich in etwas Entfernung das Rauschen von Fahrzeugen hören. Zumindest prügelte mir mein Gehörsinn das ins Gehirn ein. Es durfte einfach nicht anders sein.

»Hier spricht nochmal Agent Blake.« Schnell schilderte ich, was ich sehen konnte, und hoffte, dass meine Kollegen mit den Informationen arbeiten konnten.

»In Ordnung, Bill«, sagte wieder die Männerstimme. »Wir holen dich da raus.«

Der Abend war hereingebrochen und machte die Sicht schwerer.

Ich schleppte mich trotz meines immer schlimmer werdenden Schwindelgefühls weiter, bis ich an etwas ankam, was mir den Arsch retten konnte.

Ich lehnte mich kurz gegen das Heck des schwarzen Geländewagens, den Raffael ... oder Tony anscheinend hier geparkt hatte.

»Idiot«, nuschelte ich und riss die Fahrertür auf. Im Gedanken nannte ich ihn erneut einen Idioten. Abgeschlossen hatte der auch nicht.

»Ich würde das lieber lassen«, sagte eine bekannte Stimme hinter mir und ich zuckte zusammen. Langsam drehte ich mich herum und erblickte Tony vor mir. Er hatte sich ein Gewehr mit der Schnalle über die Schulter gelegt, in der rechten Hand hielt er eine tote Wildtaube.

»Raffael meint, ich soll damit etwas zu essen kochen.« Symbolisch hielt er den Vogel hoch und schaute mich mit großen Augen an.

»Tony?«, fragte ich.

Er nickte und lächelte höflich, doch ich wusste, dass sich dies in Sekundenschnelle wieder ändern konnte, und brachte mich in Position.

Ich hielt das Messer versteckt hinter meinen Rücken. »Wo ist Raffael?«

Tony ließ die Schultern hängen und schien plötzlich sehr eingeschüchtert zu sein, trotzdem antwortete er. »Er beobachtet mich immer«, begann er mit trauriger Stimme. »Er will, dass ich Menschen zu ihm bringe, damit er sie quälen kann.«

Ich hörte ihm aufmerksam zu, dennoch waren alle anderen Sinne darauf vorbereitet, im nächsten Augenblick zu verschwinden. Mein Körper war zum Zerreißen angespannt, obwohl ich vor Schmerzen zusammenzubrechen drohte.

»Hat Raffael dir auch gesagt, du sollst die ganzen Menschen in die Lagerhalle bringen, Tony?«

Er nickte, die Halterung des Gewehres rutschte von seiner Schulter und er ließ die Taube fallen. »Ich wusste nicht, dass er sie töten wollte, und auch nicht, was er Ihnen antun würde. Aber ich musste sie anschließend jedes Mal begraben.« Er klang weinerlich und das Gewehr entglitt ihm.

Ich dachte keinen Moment mehr nach, drehte mich herum und sprang mit einem Schmerzensschrei auf den Fahrersitz. Es war das zweite Mal, dass ich Gott dankte, denn Raffael oder Tony hatte den Schlüssel stecken gelassen. Mit dem Fuß auf der Kupplung startete ich den Wagen, mit der anderen Hand zog ich die Tür zu. Das Messer hielt ich gleichzeitig mit dem Lenkrad fest.

Der erste Schuss ertönte und schlug dicht unterhalb der Scheibe auf der Fahrerseite ein. Mein Glück war, dass Tony das Gewehr nachladen musste.

Wie ein Irrer betätigte ich den Rückwärtsgang und scherte aus.

Ich stand nun direkt vor ihm.

Entschlossen rammte ich den ersten Gang rein und fuhr mit quietschenden Rädern los.

Ich raste weiter auf Tony zu, doch im letzten Moment riss ich das Lenkrad herum und wich aus.

Das brachte ich einfach nicht über mich.

Auch wenn Raffael mich gefangen genommen und gequält hatte, konnte ich das nicht tun. Ich fuhr einfach an ihm vorbei und sah im Rückspiegel, wie Tony sich herumdrehte und das Gewehr erneut anlegte.

Ein zweiter Schuss knallte und schmetterte gegen das Heck des Wagens. Erschrocken zuckte ich zusammen und stieß mir den Kopf am Lenkrad. Trotz allem behielt ich die Kontrolle über den Wagen und raste quer durch die Pampa am Waldrand entlang.

Hier muss es doch eine gottverdammte Ausfahrt geben!

Und dann sah ich etwas, das verdächtig nach einem Wald- oder Wiesenweg aussah. Ohne langsamer zu werden, schnitt ich die Kurve und kam schlitternd in die Spur.

Auf die Wurzeln oder die Schlaglöcher achtete ich nicht, raste über den Weg und konnte plötzlich dessen Ende sehen.

Eine Hauptstraße!

Ich blinkte nicht und wurde auch hier nicht langsamer.

Erleichtert lehnte ich mich ein Stück weit in den Sitz zurück und genoss das Gefühl, wieder frei zu sein.

Ich nahm die rechte Hand von der Gangschaltung und richtete das Mikrofon meines Headsets.

»Hier spricht Agent Bill Blake«, sagte ich mit fester Stimme. »Ich bitte um Abholung vom zu ortenden Standpunkt.«

Kurz rauschte es in meinem Ohr, bis jemand sich meldete.

»Bill?«, hörte ich die bekannte Stimme. »Wir denken, wir haben den Ort gefunden und eine Einheit sucht nach dir. Dein Sender funktioniert nicht! Fahre nicht weiter. Stell dich irgendwo hin und warte.«

Ich wollte nicht langsamer werden und schon gar nicht hier warten.

»Ich fahre weiter«, beschloss ich. »Verletzt bin ich auch.«

»Halt an«, beschwor Alex. »Wir machen uns jetzt auf den Weg.«

Gerade als ich antworten und meinem Kollegen von Raffael berichten wollte, geriet etwas in mein Blickfeld und ich kniff die Augen zusammen.

Es war nicht etwas, sondern jemand.

Raffael oder Tony stand mitten auf der Straße, ein breites Grinsen lag auf seinen Zügen und das Gewehr hatte er zum Schuss erhoben. Und da erkannte ich, dass es Raffael war.

Das ist nicht möglich!

In der Kürze der Zeit hätte er es zu Fuß niemals bis hierher geschafft.

Nach Luft schnappend bremste ich stark ab. Der Wagen brach aus und ich verlor die Kontrolle. Das Fahrzeug schlitterte mit quietschenden Reifen die Fahrbahn entlang, bis es über den Rand hinweg raste, irgendwo auf der freien Wiese gegen etwas Hartes knallte und schließlich stehen blieb.

Ich schlug mit der Stirn gegen das Lenkrad und der Airbag knallte mir ins Gesicht. Benommen blieb ich in dieser Position …

Aufgeregt miteinander sprechende Stimmen störten die unendliche Ruhe, in der ich mich eben noch befunden hatte. Trotzdem bemühte ich mich, die Augen zu öffnen. Der Geruch von Desinfektionsmittel stieg mir in die Nase. Ich spürte einen undefinierbaren Druck an meinem Kopf.

»Hey! Ich glaube, er wird wach!«, rief jemand dicht neben mir.

Ich kannte diese Stimme. Viele Jahre arbeitete ich nun mit Alexander Grubler zusammen und mittlerweile kannten wir uns wie Brüder. Und momentan hörte ich nichts anders als Sorge, gepaart mit unendlicher Erleichterung.

Rechts neben mir nahm jemand meine Hand und drückte sie sanft. Ich drehte den Kopf sacht in die entsprechende Richtung und sah in das tränenüberströmte Gesicht meiner Frau Susan. Sie weinte nie, wenn ich verletzt von einem Einsatz zurückkam, denn sie war stark und gab mir allerhöchstens einen Eisbeutel, um die Beulen zu kühlen.

Noch immer benebelt drehte ich mich nach links, wo Alex mit vor der Brust verschränkten Armen stand und auf mich herabblickte.

»Du hast uns ganz schöne Sorgen gemacht«, bemerkte er.

Ich wollte etwas sagen, doch schnell schüttelte er den Kopf.

»Wir reden später«, meinte er. »Ich wollte dir nur sagen, dass wir Tony verhaftet haben.«

Nickend hob ich die freie Hand, tastete an meinem Gesicht herum und wollte die Sauerstoffmaske herunterziehen. Allerdings hielt Susan mich zurück.

»Bitte«, hauchte sie, »bitte lass sie drauf.«

Tatsächlich merkte ich erst jetzt, dass mein Hals brannte und mir das Atmen unendlich schwerfiel. Fragend blickte ich sie an.

»Du … du hast gesprochen. Fast die ganze Zeit über und einmal hast du fürchterlich geschrien.« Sie legte die Hand auf den Mund und unterdrückte ein Schluchzen. »Es war schrecklich …«

Dieses Mal drückte ich ihre Hand.

Sabine Kraft

FRIEDHOF BEI NACHT

»Jeremy, he, wo steckst du?« Sue sah sich suchend um. »Komm schon, lass den Scheiß.« Ihrer Stimme konnte man die Angst anhören. Mitternacht war längst vorbei. *Verdammt noch mal, ich habe es gewusst! Warum nur habe ich mich drauf eingelassen? Das war einfach eine Schnapsidee!*

Oft genug hatte sie es den Jungs auch gesagt, was sie von ihren nächtlichen Unternehmungen hielt. Nämlich gar nichts! Doch dieses Mal hatte es Jeremy irgendwie geschafft, dass sie »ja« sagte. Sie hatte nicht als Angsthase dastehen wollen, besonders nicht vor Andrew, dem Neuen aus ihrer Straße. Er war erst kürzlich mit seinen Eltern in das leer stehende Haus zwei Grundstücke weiter gezogen. Jeremy hatte versprochen, dass er auch mit von der Partie war. Und jetzt?

Sie zog fröstelnd die Jacke enger um ihre Schultern. Jetzt stand sie mutterseelenallein auf einem Friedhof und keiner von den Jungs tauchte auf.

Ich warte noch fünf Minuten, dann bin ich weg! In diesem Teil des Friedhofs war Sue noch nie gewesen. Die alten Gräber waren meist verwildert, zugewuchert. Die Grabinschriften auf den Steinen waren kaum noch zu entziffern. Wind und Wetter hatten sie aus dem Stein gewaschen.

Sue trat von einem Fuß auf den anderen. Es war unheimlich nachts auf dem Friedhof. Die Grabsteine warfen lange Schatten auf dem Weg. Sie zitterte trotz der Jacke wie Espenlaub. Jeremy hatte ihr erzählt, dass sie sich hier nur trafen und im Anschluss zu ihm gehen würden, deswegen hatte sie Jeans und T-Shirt gewählt. Viel zu kalt für diese Jahreszeit. Es war Anfang März!

Doch ihre an sich schon große Angst wurde von ihrer Wut noch überwogen. Der Gedanke, dass die Kerle jetzt irgendwo hier in den Büschen saßen und sich über sie lustig machten, brachte sie auf die Palme.

»Wenn ihr nicht bald rauskommt, dann geh ich wieder! Verdammt, Jeremy es reicht! Ich rede kein Wort mehr mit dir! Ich finde das gar nicht komisch!« Nichts regte sich. Frustriert atmete sie tief durch.

»Na gut, dann geh ich jetzt!« Soll er doch bleiben, wo der Pfeffer wächst, dachte Sue wütend. Sie drehte sich um, war gerade zwei Schritte gelaufen, als sie ein Geräusch hinter sich hörte. Knackende Zweige, leise Schritte, die aus dem Gebüsch zu kommen schienen. Ihr Kopf wirbelte herum.

»Ist da wer? Jeremy?« War das wirklich ihre Stimme? Sie klang nicht wütend, eher schrill vor Angst. Eine Gänsehaut machte sich auf ihren Oberarmen breit und Sue ärgerte sich darüber. Das Knacken im Gebüsch wurde noch lauter.

»Verdammt noch mal, das ist kein Spaß mehr! Kommt endlich raus!« Sie hielt den Atem an. Ihr Puls raste in schnellem Takt und Adrenalin pulsierte durch ihre Adern. Wieder blieb es still bis auf das lauter werdende Knacken.

Sue unterdrückte den Impuls, loszurennen. Sie war allein auf einem verlassenen Friedhof, wer würde es ihr übelnehmen? Sie wandte sich bereits ab, als die Stimme in ihrem Rücken erklang.

»Abend, Sue. Nur keine Aufregung. Ich wollte dir ganz sicher keine Angst machen.«

Sie drehte sich um. Die Worte, die ihr im ersten Moment auf der Zunge lagen, waren im nächsten Augenblick wie fortgewischt. Andrew, der Nachbarsjunge, stand vor ihr.

Mit einem verschmitzten Lächeln wischte er sich einige Blätter und Zweige von Jacke und Hose. »Sorry, ich wollt dich wirklich nicht erschrecken.« Sue machte einen Schritt auf ihn zu. Er sah so verdammt gut aus. Ihm würde sie alles verzeihen, im Gegensatz zu Jeremy und den anderen Jungs, die sich das alles sicher ausgedacht hatten. Mit finsterem Blick starrte sie auf die Büsche.

Als hätte Andrew ihren Gedankengang erraten, schüttelte er leicht den Kopf. »Sie sind nicht mitgekommen! Wir brauchen nicht auf sie zu warten. Sie waren anderweitig … beschäftigt.«

Er schenkte ihr bei diesen Worten ein absolut hinreißendes Lächeln, dass ihr ganz schwindelig wurde. Es fiel Sue zunehmend schwerer, klar zu denken. War sie nicht gerade noch wütend auf Jeremy und seine Jungs gewesen? Jetzt ließ sie das Ganze kalt.

»Wollen wir uns nicht ein gemütlicheres Plätzchen suchen?«

Sie stimmte ihm mit einem Nicken zu. Dieser Platz war wirklich unheimlich.

Andrew sah nicht mehr zurück. Wozu auch? Seine Mundwinkel verzogen sich zu einem kalten, berechnenden Lächeln. Morgen würde man die Jungen aus seiner Nachbarschaft als vermisst melden.

Ihn konnte man mit ihrem Verschwinden nicht in Verbindung bringen. Die Einzige, die noch von seinem Kontakt zu Jeremy und den anderen Jungs aus der Nachbarschaft wusste, ging an seiner Seite. Und sie stellte für ihn keine Gefahr dar, dafür würde er in aller Ausführlichkeit sorgen. Wie einfach und simpel es doch für ihn war, in einer neuen Stadt wieder Fuß zu fassen.

Ein unschuldiges Gesicht, eine interessante Familiengeschichte, und alles flog ihm zu. So wie dieses hinreißende Geschöpf an seiner Seite, dem er sich in nächster Zeit widmen würde - in vielerlei Hinsicht!

Rayne C. Bow

ZWISCHEN SCHATTEN UND LICHT

Gedankenverloren starrte er auf das Bier, das vor ihm auf dem Tresen stand. Noch nie zuvor hatte er Schaumbläschen dabei beobachtet, wie sie nach und nach zerplatzten, sich langsam auflösten.

Fasziniert drehte er das Glas in seinen Händen, nahm schließlich einen kräftigen Schluck und spürte, wie ihm die eiskalte Flüssigkeit die Kehle hinunterrann. Ein wahrlich wohlschmeckendes Getränk, wie er zugeben musste. Vielleicht gab es doch das eine oder andere, das man den Menschen zugutehalten konnte.

Begleitet von einem abfälligen Schnaufen schüttelte er den Kopf und ließ den Blick flüchtig durch den Raum schweifen.

An der Bar schräg gegenüber saßen gleich drei dieser niederen Kreaturen, deren sinnloses Geschwätz er nun schon seit einer gefühlten Ewigkeit mithören musste. Nur zu gerne hätte er ihre erbärmliche Unterhaltung ausgeblendet, doch selbst wenn er sich die Ohren zugehalten hätte, wären ihm noch immer ihre einfältigen Gedanken entgegengesprungen. Das war die reinste Folter.

Mit einem Zug leerte er das Glas. Ein wohliges Gefühl durchströmte seine Glieder, verursachte einen leichten Schwindel. So also fühlte es sich an, wenn der Alkohol seine

Wirkung entfaltete, die Sinne berauschte und einen vergessen ließ. Vergessen!

Wie gerne würde er vergessen, warum er hier war. Aber alles Bier dieser Welt würde nicht ausreichen, seine maßlose Enttäuschung hinfort zu spülen, die Wut auszublenden, die ihn innerlich auffraß. Wie hatte man ihn nur auf so unehrenhafte Weise degradieren können? Ihn ausgerechnet hierher zu schicken, an diesen Ort, wo ihm vor lauter Falschheit ganz schlecht wurde, und ihn obendrein in eine menschliche Hülle zu stecken, die ihm zu allem Übel nur zur Hälfte gehörte. Die Schmach hallte noch immer in ihm nach wie eine schallende Ohrfeige.

»Was ist, Kleiner? Bekommst du noch eins?«, riss ihn eine monotone Stimme aus seinen Gedanken. Abwartend blickten ihn die ausdruckslosen Augen des Mannes hinter dem Tresen an.

»Ja, bitte«, hörte er sich selbst antworten, während der Wirt bereits nach seinem Glas griff, um es erneut zu befüllen.

´Kleiner`, hatte er gesagt! Nicht zu fassen! Nur weil er in dem Körper eines jungen Mannes steckte und über eine Haut verfügte, die so glatt war wie die Klinge eines Cherubim-Dolches, hielt man ihn für einen Grünschnabel. Aber woher sollte dieses ahnungslose Geschöpf auch wissen, wen es hier vor sich hatte? Schließlich stand ihm nicht auf der Stirn geschrieben, dass er bereits seit Anbeginn der Zeit existierte und so alt war, dass er sich selbst manchmal fragte, wie alt. Die Menschen wussten nichts. Rein gar nichts.

Warum in aller Herrgotts Namen sollte er sich mit ihren Eigenarten auseinandersetzen? Ihre Wesenszüge studieren, um sie besser verstehen zu lernen? Dass er nicht lachte! Die Menschen waren ihm mindestens ebenso fremd wie er ihnen.

Die oberflächliche Betrachtungsweise und die Art, mit der sie sich Wesen wie ihn vorstellten, kotzten ihn an. Würde auch nur die Hälfte von dem stimmen, was sie sich zusammenreimten, dann müsste er aussehen wie ein Model aus einem Hochglanzprospekt.

Bei dem Versuch, sein haltloses Lachen zu unterdrücken, verschluckte er sich an dem Bier und erlitt einen Hustenanfall, der ihm die Tränen in die Augen schießen ließ. Keuchend und noch immer belustigt über seine Feststellung betrachtete er sein Spiegelbild, das von dem nachtschwarzen Hintergrund der Fensterscheibe reflektiert wurde.

Aus einem Gesicht, wie es jeder haben konnte, umgeben von kurzgeraspelten Haaren, die in einem silbernen Grauton schimmerten, blickten ihm blaue Augen entgegen, die von einem Kranz dichter schwarzer Wimpern eingerahmt waren. Die gedrungene Statur unterstrich seine Durchschnittlichkeit und ließ keinerlei Rückschlüsse auf seine wahre Herkunft zu. So viel stand fest!

Die Tür schwang auf und die Kälte dieser eisigen Dezembernacht wehte zu ihm herein. Nur beiläufig nahm er die kleine, vermummte Gestalt wahr, die an ihm vorbeimarschierte und sich geradewegs auf den hintersten Nischenplatz zubewegte. Dick eingemummelt in einen Mantel, den Schal gleich mehrere Male um den Kopf geschlungen, blitzten lediglich ein paar rotbraune Locken hervor, in denen sich feine Schneeflocken verfangen hatten.

Noch ehe er sich ein genaueres Bild von der jungen Frau machen konnte, spürte er die Verzweiflung, die aus ihr herausströmte und ihm regelrecht entgegenschlug, als wäre es seine eigene. Die unerwartete Intensität dieses Gefühls traf ihn mit voller Wucht wie das Geschoss eines Feindes mitten in die Brust.

»Ich nehme ein Bier«, rief sie dem Wirt zu, während sie sich aus ihren Sachen schälte. Für einen kurzen Moment streifte ihr Blick den seinen, bevor sie sich hastig von ihm abwandte und sich auf die Sitzbank in der Ecke gleiten ließ, sodass sie aus seinem Sichtfeld verschwand.

Ihre geröteten Augen ließen nur einen Schluss zu. Sie hatte geweint! Was mochte sie dazu veranlasst haben? Menschen taten das, um dem Gefühl von Trauer, Wut oder Kummer Ausdruck zu verleihen. Manchmal, so glaubte er sich erinnern zu können, taten sie es auch aus Freude.

»Das Bier für sie geht auf mich«, sagte er schließlich zu dem Wirt. Mit einem Ausdruck von Gleichgültigkeit nickte ihm der Mann hinterm Tresen zu und stellte im nächsten Augenblick zwei gefüllte Gläser vor ihm ab.

Wollte er das wirklich tun? War er des Wahnsinns, sich hier und jetzt mit einem menschlichen Wesen einzulassen? Noch bevor er den Gedanken zu Ende gedacht hatte, ließ er sich vom Barhocker gleiten. Unsicher suchten seine Füße auf dem Boden Halt und kaum stand er aufrecht, merkte er auch schon, wie sich das Karussell in seinem Kopf in Gang setzte.

Na das konnte ja heiter werden! Schwankend legte er den Weg bis zu dem Tisch zurück, an dem sie Platz genommen hatte.

Mit einer Mischung aus Verwirrung und Ablehnung blickte sie zu ihm auf, als er ihr eines der Gläser hinhielt.

»Hier«, sagte er freundlich und zog einen Mundwinkel hoch.

»Danke«, gab sie ihm zur Antwort und griff nach dem Glas, während sie ihm einen abschätzenden Blick zuwarf.

»Was dagegen, wenn ich mich einen Moment setze?«, fragte er und ärgerte sich im nächsten Moment darüber, dass er offensichtlich jeden dritten Buchstaben verschluckt hatte. Er lallte!

Meine Güte, wenn es das war, was der Alkohol aus einem machte, dann würde er in Zukunft lieber die Finger davon lassen. Wahrscheinlich machte er einen ähnlich jämmerlichen Eindruck wie die drei Trunkenbolde, die hinter ihm an der Theke inzwischen laut grölend zu singen begonnen hatten.

Genervt atmete die junge Frau aus. »Zieh Leine, okay? Ich möchte einfach nur in Ruhe mein Bier trinken, mehr nicht.«

Trotz der Härte in ihrer Stimme glaubte er, eine verborgene Sanftheit heraushören zu können. Anscheinend wurde sie auf einer Frequenz gesendet, die nur er empfangen konnte. Die vielen kleinen Sommersprossen, die sich auf ihrem Gesicht verteilten, sahen lustig aus. Eine verrückte Laune der Natur. Er stellte sich vor, wie sie aussah, wenn sie ihn anlächelte. Wenn ihre Augen vor Glück erstrahlten. Eine schöne Vorstellung.

»Hallooo!« Ein schnipsender Finger vor seinem Gesicht riss ihn aus seiner Starre. Unter Aufbringung all seiner Willensstärke versuchte er, festen Stand zu bewahren.

»Geht`s Ihnen nicht gut?«, hörte er ihre Stimme an seinem Ohr, in der nun eine gewisse Sorge mitschwang. Versuchte dieses kleine, zierliche Wesen gerade allen Ernstes, sich gegen ihn zu stemmen, damit er nicht vornüberkippte?

»Es geht schon wieder«, stieß er hervor und merkte erst jetzt, dass er sich an ihr festklammerte. Mit der freien Hand rieb er sich über die Stirn. Die Umgebung verschwamm vor seinen Augen, fügte sich nur allmählich wieder zu einem scharfen Bild zusammen. Das konnte doch alles nicht wahr sein!

»Entschuldigen Sie … ich … ich wollte Sie wirklich nicht belästigen«, stammelte er und richtete sich mühsam auf, um ihr in die Augen zu blicken.

»Natürlich nicht!« Mit einem zischenden Geräusch stieß sie die Luft zwischen den Zähnen aus und schüttelte den Kopf. »Ich würde sagen, das hier nehme ich Ihnen besser ab! – Könnten wir hier hinten bitte mal ein Wasser bekommen?«, rief sie dem Wirt zu, während sie das volle Bierglas an sich nahm.

»Meine Güte, wie viel haben Sie denn intus?«, fragte sie kurz darauf und wedelte mit der Hand vor ihrem Gesicht, als versuche sie, seinen alkoholgetränkten Atem zu neutralisieren.

»Nur zwei, drei Bier«, gab er zurück und erkannte an dem Ausdruck auf ihrem Gesicht, dass sie das für einen schlechten Scherz hielt.

War es das? Wie lange mochte er schon hier in dieser Spelunke sitzen? Er wusste es nicht mehr. Wenn er ehrlich war, wusste er noch nicht einmal mehr, wie er hierhergekommen war. So war es immer.

»Wohl eher zwei, drei Liter«, sagte sie und durchbrach damit seine Gedanken, bevor sie ihn bei der Schulter fasste. »Kommen Sie, setzen Sie sich.«

Schwerfällig ließ er sich auf die Bank sinken, während die junge Frau ihm gegenüber auf der anderen Seite des Tisches Platz nahm. Mit einem freundlichen Nicken nahm sie das Wasser entgegen, das der Wirt soeben an den Tisch brachte, und reichte es an ihn weiter.

»Ich bin übrigens Mia!«, sagte sie, als sie ihr Bier hob und es ihm entgegenhielt.

Verdattert starrte er auf das Glas, bis ihm einfiel, dass es sich hierbei um ein irdisches Trinkritual handelte, welches sie offensichtlich mit ihm zelebrieren wollte. Mit einiger Verspätung tat er es ihr gleich und sie stießen miteinander an.

Ihr Blick haftete an ihm und das Grün ihrer Augen schimmerte wie die glänzende Oberfläche eines Smaragdsees, wovon es in seinem Reich viele gab. Der Versuch, darin zu lesen und ihre Seele zu ergründen, wurde jäh unterbrochen, als sie die Augen zusammenkniff und ihn mit schief gelegtem Kopf betrachtete.

»Haben Sie auch einen Namen? Oder soll ich mir vielleicht einen ausdenken?«, fragte sie herausfordernd, doch mit einem freundlichen Ausdruck im Gesicht.

»Ehm, … ich …«

Einen Namen … ich brauche einen Namen …

In Windeseile durchforstete er seinen durch den Alkohol benebelten Verstand auf der Suche nach einer Antwort, die ihm unangenehme Fragen ersparen würde. Leviadin war mit ziemlicher Sicherheit kein gängiger Name unter den Irdischen.

»John! Mein Name ist John!«, sagte er schließlich mit fester Stimme und hoffte, dass sein Schwindel nicht auffliegen würde. Er war nicht sonderlich gut darin, die Unwahrheit zu sprechen, das lag ganz einfach nicht in seiner Natur.

»John«, wiederholte Mia und dem zarten Klang ihrer Stimme nach zu urteilen, gefiel ihr seine Namenswahl.

»Warum bist du so traurig?«, fragte er sie nun völlig unvermittelt und sprach damit aus, was ihn schon die ganze

Zeit seit ihrem Eintreten beschäftigt hatte. »Du hast geweint«, schob er als Erklärung hinterher und deutete auf ihre nach wie vor geröteten Augen, die den ungewöhnlichen Farbton ihrer Iris noch mehr zum Leuchten brachten.

Sofort bemerkte er, wie sie sich versteifte und sich ein Stück von ihm zurückzog. Offensichtlich waren seine Worte zu direkt und fehlplatziert gewesen.

Er würde niemals verstehen, warum man erst eine halbe Stunde Konversation betreiben musste, nur um dann endlich zum Punkt zu kommen. Das Leben der Irdischen war ohnehin schon kurz genug. Warum verplemperten sie es dann noch durch sinnfreie Phrasen und unnützes Geplänkel?

Mia senkte den Blick und betrachtete das Bierglas, das vor ihr stand. Dann räusperte sie sich und als sie ihm das nächste Mal in die Augen sah, glaubte er den Schmerz zu erkennen, der in ihr tobte und gegen den sie mit aller Gewalt anzukämpfen versuchte.

»Männer sind Schweine!«, brachte sie schließlich hervor und versuchte ein Lachen, bevor sie die Lippen aufeinanderpresste und einen Punkt am anderen Ende der Bar fixierte, während sich ihre Augen mit Tränen füllten.

»Drei Jahre …!«, setzte sie wieder an und schüttelte dabei gedankenverloren den Kopf. »Und dann erwische ich ihn mit dieser sonnenbankgebräunten Tussi aus seinem Philosophiekurs! Dieser blöde Wichser!«

Einen Moment dachte er darüber nach, was genau sich hinter dieser Aussage verbergen mochte. Er kannte die Gepflogenheiten auf der Erde noch zu wenig, ebenso wie ihm das irdische Balz- und Paarungsverhalten fremd war. Dennoch kam er zu dem Schluss, dass Mia, in welcher Form auch immer, verletzt worden war.

Diese Vorstellung versetzte ihm einen tiefen Stich und augenblicklich spürte er, wie eine Woge unerklärlicher Wut über ihn hinweg schwappte.

Laut der ´heiligen Ordnung zum Schutze der Menschen`, auf die er, ganz nebenbei bemerkt, einen Eid geschworen hatte, wäre es seine Pflicht gewesen, jedem Erdling wohlwollend und ohne jeglichen Vorbehalt gegenüberzutreten. Und dennoch verspürte er das unbändige Verlangen, diesem ungehobelten männlichen Exemplar, welches die Schuld an ihrem Zustand trug, einen Besuch abzustatten.

»Verrat mir, wo ich ihn finde, und ich beseitige das Problem für dich!«, schlug er pragmatisch vor und bemühte sich, gegen den inneren Drang anzukämpfen, sein Vorhaben auf der Stelle in die Tat umzusetzen.

Mit ziemlicher Sicherheit wäre der Hohe Rat nicht begeistert, wenn er einem irdischen Wesen auch nur ein Haar krümmen würde. Seine Aussichten auf eine Strafminderung wegen guter Führung wären in jedem Fall dahin und er würde bis in alle Ewigkeit an diesem Ort verweilen müssen. Aber was machte das schon?

Nach einem kurzen Moment, den Mia offensichtlich brauchte, um sein Angebot zu überdenken, durchbrach ihr unsicheres Lachen das Schweigen und riss ihn aus seinen Überlegungen.

»Bist du ein Auftragskiller oder so was?«, fragte sie und unterstrich die Ironie ihrer Worte mit einem schiefen Grinsen, das ihre Augen aber nicht erreichte.

»Nicht ganz!«, stieß er hervor und musste über ihren Vergleich schmunzeln. Er hatte noch nie ´beauftragt` werden müssen, um ein anderes Geschöpf zu töten. Wenn man es genau nahm, lag es in seiner Natur und entsprach seiner Bestimmung, wenn auch die Kreaturen, um die es sich hierbei handelte, nicht menschlichen Ursprungs waren.

Ein dumpfes Piepgeräusch, das aus Mias Handtasche kam, unterbrach seinen Erklärungsversuch und ließ ihn innehalten.

»Entschuldige«, sagte sie und fing an, in ihrer Tasche zu wühlen. Fasziniert darüber, wie viele Alltagsgegenstände in so einen kleinen Stoffbeutel hineinpassten, beobachtete er, wie Mia den kompletten Inhalt auf dem Tisch auskippte und schließlich fand, wonach sie gesucht hatte: Ihr Mobiltelefon.

Mit krausgezogener Stirn wischte sie mit dem Finger über das Display und las die eingegangene Nachricht, während sich ihr Gesichtsausdruck zunehmend verdunkelte.

»Mist, ich muss los!«, sagte sie mit einem Mal und räumte die auf dem Tisch liegenden Sachen wieder zurück in ihre Handtasche.

»Was ist?«, fragte er und beugte sich ein Stück zu ihr.

»Meine Tochter … sie sollte heute bei ihrer Oma schlafen … aber sie braucht mich … ich muss gehen.« Hastig griff sie nach der Jacke, die sie über ihren Stuhl gehängt hatte, und warf sie sich über, während sie sich bereits von ihrem Sitz erhob.

»Du hast eine Tochter?«, fragte er verdattert.

»Ja! Ich habe eine Tochter! Damit hat sich die Frage nach meiner Telefonnummer wohl erledigt, was?«, schnaufte sie und trank den Rest ihres Bieres in einem Zug aus, bevor sie das Glas vor ihm abstellte und ihm in die Augen sah. »Ich wünsch` dir noch einen schönen Abend«, schob sie hinterher und wandte sich bereits zum Gehen.

»Ehm …«, war alles, was er auf die Schnelle hervorbrachte. Er fragte sich, woher die Verbitterung in ihrer

Stimme rührte und noch während er nach einer plausiblen Erklärung suchte, war sie bereits auf dem Weg zur Tür und schob dem Wirt im Vorbeigehen einen Geldschein über den Tresen.

»Mia … warte!«, rief er ihr hinterher und versuchte, sich aus der engen Sitzecke zu befreien. Offensichtlich zeigte der Alkohol nach wie vor seine Wirkung und hinderte ihn an einem schnellen Aufbruch. Nie wieder würde er dieses Teufelszeug anrühren. Nie wieder!

Mit einem tosenden Geräusch schob er den Tisch beiseite und schwang sich in die Höhe. Zwar war sein Gleichgewichtssinn noch immer beeinträchtigt, doch hatte ihn das kurze Gespräch mit Mia anscheinend ausreichend nüchtern werden lassen, um zumindest in der Senkrechten zu bleiben.

Ohne zu wissen, warum, setzte er sich beinahe automatisch in Bewegung und folgte der jungen Frau. So wie sie zuvor beglich er seine Rechnung, indem er das Geld über die Theke schob. Mit einer knappen Geste verabschiedete er sich bei dem dickbäuchigen Besitzer mit der roten Knollennase und warf den schwankenden Gestalten, die auf den Barhockern hingen, einen letzten mitleidigen Blick zu.

Kaum trat er ins Freie, traf ihn die eisige Kälte einer heftigen Windböe, die ihm die herumwirbelnden Schneeflocken ins Gesicht trieb. Tief sog er die kühle Luft ein, die seinen benebelten Verstand wieder klar werden ließ, und blickte sich nach allen Seiten um.

Gerade noch sah er den rötlichen Schimmer ihrer langen Haare in der Dunkelheit aufblitzen, bevor sie um die Ecke bog und von einer Hausfront verschluckt wurde.

Mit schnellen Schritten setzte er sich in Bewegung und überquerte die menschenleere Straße, die bereits von einer dicken Schneeschicht überzogen wurde. Das Knirschen seiner knöchelhohen Stiefel auf dem weichen Untergrund wurde durch ein monotones, metallisches Geräusch begleitet.

Ein herunterhängendes Firmenschild, das lose in der Verankerung hing und von dem Wind gegen das Mauerwerk eines alten Fabrikgeländes geschlagen wurde, weckte seine Aufmerksamkeit. Erst jetzt besah er sich die Umgebung genauer. Wie es schien, war er in einer Art Industriegebiet gelandet. Was hatte ihn in diese Gegend verschlagen? Er konnte sich nicht daran erinnern, diesen Weg schon einmal zurückgelegt zu haben.

Plötzlich vernahm er Stimmen in der Ferne, die mit einem verzerrten Gelächter einhergingen. Obwohl sich die Personen noch seinem Blickfeld entzogen, konnte er ihre niederträchtigen Gedanken bis hierher hören.

Ein hoher Schrei ließ ihn zusammenfahren. Augenblicklich stellte sich eine innere Unruhe ein, die ihn antrieb, schneller zu laufen. Als er die Gasse erreicht hatte, in der er Mia zuvor noch hatte verschwinden sehen, pirschte er sich langsam heran und suchte im Schatten einiger herumstehender Müllcontainer Deckung. Vorsichtig lugte er aus seinem Versteck heraus und entdeckte eine Gruppe von Männern, die eine kleine, zierliche Gestalt in die Ecke gedrängt hatte. Mia!

»Jetzt stell dich nicht so an!«, hörte er den einen von ihnen sagen, während die anderen mit grölender Zustimmung reagierten.

»Vielleicht ist sie noch Jungfrau«, mischte sich ein weiterer Kerl ein, der sich gerade nach vorne schob und einen Schritt auf Mia zu machte.

»Lasst mich in Ruhe!«, schrie sie verzweifelt und presste sich weiter gegen die Hauswand, die nun keine weitere Rückzugsmöglichkeit mehr bot.

»Habt ihr das gehört?«, meldete sich nun wieder der Erste zu Wort und verzog seine Lippen zu einem gemeinen Grinsen, während er den anderen über die Schulter einen belustigten Blick zuwarf. »Sie will nicht!«

Wieder schallte das grässliche Lachen durch die schmale Gasse und wurde wie ein verzerrtes Echo von den Wänden zurückgeworfen.

»Na dann müssen wir sie wohl erst noch überzeugen!«, tönte eine weitere Stimme herausfordernd, woraufhin Mia vehement mit dem Kopf schüttelte und sich mit verängstigtem Gesichtsausdruck hilfesuchend umsah.

Ihr Herzschlag drang wie ein viel zu schneller Bass an sein Ohr. Ihre panische Angst, die sich mit hoffnungsloser Ausweglosigkeit verband, jagte wie ein wildes Tier durch seinen Körper, versetzte ihn in Kampfstimmung. Eine vertraute Ruhe breitete sich in ihm aus, schärfte seine Sinne und brachte jeden Muskel seiner menschlichen Hülle in Alarmbereitschaft.

Fasst sie an und ihr seid tot!

Einen tiefen Atemzug nehmend inhalierte er die winterliche Kälte, sog den Sauerstoff in seine Lungen und machte sich bereit. Der abartige Gestank menschlicher Abgründigkeit brannte sich wie Säure durch seine Eingeweide, schürte seinen Zorn und ließ ihn vergessen, dass er es mit Gottes liebsten Geschöpfen zu tun hatte.

»Ich finde, wir sollten sie erst mal auspacken! Schließlich ist doch bald Weihnachten«, rissen ihn die provokanten Worte aus seinen Gedanken. Einer der Männer, der sich bislang im

Hintergrund aufgehalten hatte, griff nach einer von Mias Locken, die unter ihrer Wollmütze hervorschauten, und ließ sie durch seine Finger gleiten, während er genüsslich seine Oberlippe befeuchtete.

Angewidert drehte sich Mia fort, versuchte, der Berührung zu entkommen, und schlug mit ihrer Hand nach dem aufdringlichen Hünen, der sie um mindestens zwei Köpfe überragte. Ein Aufschrei entfuhr ihrer Kehle, als er sie schließlich packte und sie mit festem Griff an sich heranzog.

Nebel hüllte Leviadin ein, erweckte sein kämpferisches Naturell und löste jegliche Zurückhaltung in Luft auf. Pure Energie flutete jede Faser seines Körpers, als er sich wie eine Raubkatze vom Boden abstieß, mit einer schwungvollen Bewegung durch die Luft glitt und vor der pöbelnden Meute zum Stehen kam.

Zielstrebig packte er sich den Ersten, der ihm in die Quere kam, und schleuderte ihn mit voller Wucht gegen die Fassade des gegenüberliegenden Hauses, während er den Nächsten mit einem präzise gesetzten Tritt in die Weichteile zu Fall brachte. Das qualvolle Aufstöhnen und die erschrockenen Ausrufe seiner Gegner drangen nur wie aus weiter Ferne zu ihm durch. Seine gesamte Aufmerksamkeit galt vielmehr Mia, die nach wie vor in den kräftigen Armen des Anführers gefangen gehalten wurde, der sie wie eine Art Schutzschild vor sich hielt. Vergeblich versuchte sie, sich aus ihrer Situation zu befreien, während sie mit verängstigter Miene zu ihm herüberstarrte.

»John?«, stieß sie hervor und kniff ungläubig die Augen zusammen, da sie offensichtlich nicht mit seinem Erscheinen gerechnet hatte.

»Lass sie los!«, hörte er sich selbst mit fester Stimme sagen, ohne den Blick von Mia abzuwenden, während er den Schlag eines weiteren Mannes von der Seite abwehrte. Mit einer einzigen geschickten Handbewegung entwaffnete er den feigen Angreifer, der aus dem Hinterhalt gekommen war, und zog ihm den massiven Holzbalken durchs Gesicht. Blut spritzte aus der aufgeplatzten Nase und färbte den Schnee mit roten Sprenkeln. Begleitet von einem schmerzverzerrten Laut sank der Mann zu Boden und robbte von ihm fort.

Nun war es nur noch einer!

Wenige Schritte trennten ihn noch von Mia, als er innehielt und den Blick von ihr abwandte. Langsam schwenkte er den Kopf zur Seite, besah sich das Schlachtfeld verrenkter Körper und zusammengebrochener Gestalten. Er hatte schon weitaus Schlimmeres angerichtet und dieser unwürdige menschliche Abschaum konnte von Glück reden, dass er ihn nicht komplett zerlegt und ausgeweidet hatte.

Seine Augen verengten sich zu Schlitzen, als seine Aufmerksamkeit wieder zu *ihm* wanderte. Wie ein alles verpestender Gestank hing dessen Furcht in der Luft und sorgte dafür, dass ihm schlecht wurde. Er musste sich beeilen, bevor er sich an Ort und Stelle würde übergeben müssen.

»Lass sie los, oder …«, wollte er gerade ansetzen, als der Irdische Mia unerwartet von sich stieß. Ungebremst landete sie in einem aufgetürmten Sperrmüllhaufen, der an der Hauswand emporragte, und schlug hart mit dem Kopf auf. Sie sackte zusammen und blieb reglos liegen, während der Hüne die Flucht ergriff und wie vom Teufel gejagt die enge Gasse hinunterlief. Immer wieder blickte er sich über die Schulter, strauchelte, kam wieder auf die Beine und rannte weiter.

Es wäre ein Leichtes gewesen, ihn zur Strecke zu bringen, doch die Sorge um Mia war größer als jeder Rachegedanke. Nur deshalb sah er davon ab, den Flüchtenden zurückzuholen, um ihm jeden Knochen einzeln zu brechen.

Hörbar ließ er die Luft ausströmen und zwang sich selbst zur Ruhe, bevor er sich vor Mia niederließ. Vorsichtig hob er ihren Oberkörper an, wischte mit seinen langen Fingern die rotbraunen Locken aus ihrem Gesicht und strich ihr zärtlich über die vor Kälte geröteten Wangen. Dann zog er sie an sich und wiegte sich mit ihr langsam vor und zurück.

Nie zuvor hatte er etwas derart Zerbrechliches in den Armen gehalten. Es hatte etwas Friedliches. Eine innere Ruhe nahm von ihm Besitz, erfüllte ihn mit einem unerklärlichen Gefühl tiefer Verbundenheit und weckte in ihm das unbändige Verlangen, sie beschützen zu wollen. Der Moment hätte ewig anhalten können und die Vorstellung, sich von ihr trennen zu müssen, löste ein Unbehagen in ihm aus.

Alarmiert durch ein Geräusch, das von der Hauptstraße zu ihm herüberwehte, hob er ruckartig den Kopf und horchte auf. Die näherkommenden Schritte, deren Hall von dem pulvrigen Untergrund fast vollständig verschluckt wurde, vernahm er so deutlich wie den ohrenbetäubenden Klang eines Kriegshorns, der über das Schlachtfeld getragen wurde. Er musste von hier verschwinden und zwar schnell.

Mit Bedauern blickte er auf die junge Frau hinab, die er eigentlich gar nicht kannte und die ihn dennoch auf recht eigentümliche Weise faszinierte.

Plötzlich überkam ihn ein Übelkeit erregender Schwindel, der dieses Mal jedoch nicht durch den Alkohol hervorgerufen wurde. Mias Bild verschwamm vor seinen Augen und die Laute seiner Umgebung, die er eben noch mit der Präzision eines Schallsensors wahrgenommen hatte, wurden zu einem undeutlichen, verzerrten Rauschen.

Nein! Nicht jetzt!

Wut und Verzweiflung stiegen gleichermaßen in ihm auf, vereinten sich zu einem emotionalen Gemisch, das sich wie ein lähmender Bleimantel über ihm ausbreitete. Mit aller Macht versuchte er, bei sich zu bleiben, blinzelte gegen den trüben Schleier an, der sich mit der Undurchdringlichkeit eines zähen Nebels über seine Sinne legte und ihn daran hinderte, einen klaren Gedanken zu fassen.

Hastig sah er sich um und erblickte dabei die Handtasche, die neben Mia in den Schnee gefallen war. Die kurze Momentaufnahme eines mit diffusen Gegenständen überhäuften Tisches schob sich in seinen Geist, die aber umgehend verblasste, als gehöre die Erinnerung nicht ihm selbst. Dennoch griff er mit zitternden Händen nach dem ledernen Beutel und zog ihn an sich, als könne er sich daran festhalten wie an einem Rettungsanker. Ohne zu wissen, was genau er tat, suchte er darin nach etwas, doch kaum war er fündig geworden, da wurde er auch schon von dem blendenden Lichtkegel einer Taschenlampe erfasst.

»He, keine Bewegung!«, rief ihm die uniformierte Gestalt entgegen, die am anderen Ende der Gasse aufgetaucht war und offensichtlich eine Art Wachmann darstellte. Sicher war er bei seinem nächtlichen Rundgang von dem Lärm angelockt worden, um nach dem Rechten zu sehen.

Schwärze breitete sich über ihm aus. Die Welt um ihn herum schwankte und drohte sich Stück für Stück aufzulösen. So wie jedes Mal, kurz bevor er sich verlor.

Nicht jetzt! Noch nicht!

»Was machen Sie da? Kommen Sie da weg!«, hallte die erneute Aufforderung zu ihm herüber. Die Stimme des Nachtwächters klang bedrohlich nahe. Wie hatte er es geschafft, sich so schnell zu nähern? In der einen Hand hielt der Mann die Taschenlampe, in der anderen ein Funkgerät, das offensichtlich dazu diente, Verstärkung anzufordern, sollte es erforderlich werden.

Wie aus einem Traum erwacht, blickte Leviadin an sich herunter, bevor er merkte, dass seine Finger etwas umschlossen. Es war ein zusammengefalteter Zettel. Wie viele Sekunden mochten ihm fehlen? Es blieb keine Zeit, darüber nachzudenken. Intuitiv verstaute er das Stück Papier in Mias Manteltasche und ließ den Beutel achtlos fallen. Ein letztes Mal strich er ihr behutsam über den Kopf, bevor er sich von ihr löste und sie zurück in den Schnee sinken ließ.

»Lassen Sie sofort die Frau in Ruhe!«, beendete der mahnende Ausruf des eifrigen Sicherheitsmannes jeden weiteren Abschiedsgedanken.

Mit einem Satz war er auf den Beinen und drängte sich in den Schatten des Mauerwerks. Auf der Suche nach einer Fluchtmöglichkeit blieb sein Blick an dem Fallrohr hängen, das an der Hauswand bis zum Dach hinauf reichte und eine hervorragende Kletterhilfe bot. Mit Leichtigkeit klomm er daran empor, bis er das Flachdach erreichte, und schwang sich über die Brüstung.

Dann spurtete er los, sprang über die angrenzenden Dächer und rannte, so schnell er konnte, als würde es ihm gelingen, dadurch wieder einen freien Kopf zu bekommen. Der Schnee peitschte ihm ins Gesicht und der Wind zerrte unbarmherzig an seinen Kleidern. Er lief und lief. Und wusste nicht einmal, wohin.

Geweckt durch die einfallenden Strahlen der frühen Dezembersonne blinzelte er gegen die unangenehme Helligkeit an, die ihn umgab. Bei dem Versuch, seine Hand zu heben, um das gleißende Licht vor seinen müden Augen abzuschirmen, jagte ein stechender Schmerz seinen Arm hinauf, der ihn schlagartig wach werden ließ.

Begleitet durch ein gequältes Aufstöhnen, richtete er sich auf und tastete nach der schmerzenden Stelle oberhalb des Handgelenks. Die starke Schwellung ließ auf eine Verstauchung schließen. Na toll! Endlich wieder etwas, das er der Liste kurioser Gegebenheiten zuordnen konnte, die ihn in den vergangenen Monaten heimgesucht hatten.

Der gestrige Abend war ein einziges schwarzes Loch in seiner Erinnerung, aber wenn man wie er unter einer dissoziativen Wahrnehmungsstörung litt, musste man sich wohl oder übel damit abfinden, dass das Leben jede Menge dieser unwillkommenen Überraschungen für einen bereithielt.

»Sie werden sich daran gewöhnen!«, hatte ihm der Professor in der Klinik damals gesagt, als die Diagnose gestellt und sein Dasein als Freak somit amtlich besiegelt worden war.

Trotz der Erleichterung, die er empfunden hatte, weil man seine Symptome endlich ernst nahm und es nun eine offizielle Bezeichnung für sein Krankheitsbild gab, hätte er diesem Psychodoktor am liebsten ins Gesicht gespuckt.

Seine überhebliche Arroganz, die aus reiner Unwissenheit resultierte, hatte ihm eine Gänsehaut verursacht. Die Vorstellung, wie dieser Verständnis heuchelnde Kerl nach Feierabend seinen weißen Kittel an den Nagel hängte, um seinen wohlstandsgeformten Hintern in seinen schicken Audi zu schwingen, damit er zeitig zum Abendessen bei seiner Familie sein konnte, löste in ihm noch jetzt eine aufsteigende Übelkeit aus. In dieser heilen Welt war kein Platz für Menschen wie ihn. Und genau deshalb würde er sich auch niemals daran gewöhnen können. Niemals!

Sein Leben war ein einziger Trümmerhaufen, weil sein verdammtes Hirn ein Eigenleben führte und sein Kopf machte, was er wollte.

Manchmal fragte er sich, was er verbrochen haben musste, um derart bestraft zu werden. Er war damals noch klein gewesen. Zu klein, um Dinge beeinflussen zu können. Sie waren ganz einfach geschehen und hatten etwas aus ihm gemacht, das er nie sein wollte. Und nun musste er dafür bezahlen! Das war verdammt noch mal nicht fair!

Wie sollte man einen Beruf ausüben, wenn man Dinge tat, an die man sich später nicht mehr erinnerte? Wie sollte man jemals eine Frau kennenlernen, wenn man ständig Gefahr lief, zwischendurch die Kontrolle über sich zu verlieren und wirres Zeug zu reden? Diese Fragen hatte ihm bisher noch niemand beantworten können.

Hörbar ließ er die Luft ausströmen und fuhr mit beiden Händen durch sein Gesicht, um sich den Schlaf aus den Augen zu reiben.

Dem Stand der Sonne nach zu urteilen, war es bereits später Vormittag und dennoch haftete eine bleierne Müdigkeit an ihm, die sich nicht abschütteln ließ. Wann zum Teufel mochte er im Bett gewesen sein?

Mit einer ruckartigen Bewegung zog er die Decke beiseite und seufzte resigniert auf, als er an sich heruntersah. Er hatte in seinen Sachen geschlafen. War ja klar!

Einen Moment schloss er die Augen und schüttelte den Kopf, bevor er sich aus dem Bett schwang, um sich auf den Weg ins Badezimmer zu machen.

Das kalte Wasser, welches er sich am Waschbecken ins Gesicht kippte, tat gut und hauchte ihm neues Leben ein. Gedankenverloren nahm er ein Handtuch vom Haken und trocknete sich ab, während er sein Bild im Spiegel betrachtete und sich fragte, ob das er selbst war, der ihm da entgegenblickte. Genauso gut hätte es ein Fremder sein können, der in seinen Körper geschlüpft war und einfach nur aussah wie er.

Die grau melierten Haare, die blauen Augen, das markante Kinn mit den Bartstoppeln. Die Imitation war perfekt, nur konnte er sich darin nicht wiederfinden.

Seine Gedanken drifteten zu dem gestrigen Abend und er fragte sich, wie viele Stunden ihm fehlen mochten. Er erinnerte sich lediglich noch daran, dass er ziellos durch die Gegend gelaufen war, wie er es öfter tat.

Ungewollt hatten ihn seine Beine zu diesem Industriepark getragen, um den jeder Mensch, der bei klarem Verstand war, einen großen Bogen gemacht hätte.

Was hatte ihn bloß geritten, diese düstere Gegend aufzusuchen?

Deutlich zeichnete sich ein Bild vor seinem inneren Auge ab, das ein Schild mit der Aufschrift ´Shining` trug. Es hatte oberhalb des Eingangs einer Kneipe gebaumelt, an der er entlanggeschlendert war. Plötzlich traf ihn die Erkenntnis wie ein Schlag. Natürlich! Er war dort reingegangen!

Doch an dieser Stelle riss der Film und alles Weitere entzog sich seiner Erinnerung. Es machte keinen Sinn, weiter nachzuforschen, denn was einmal vom Sog eines solchen

Aussetzers erfasst worden war, kehrte für gewöhnlich nicht wieder in sein Bewusstsein zurück. Es war wie ausgelöscht.

Mit schmerzverzerrtem Gesicht hielt er seine pochende Hand, während er zu der kleinen Küchenzeile ging, um sich einen Kaffee zu machen. Er drückte den Knopf der Senseo, woraufhin das Wasser im Tank mit einem lauten Rauschen erhitzt wurde. Gerade als er sich eine Tasse aus dem Schrank nehmen wollte, klingelte es an der Tür. Das ungewohnt schrille Geräusch ließ ihn zusammenfahren.

Wer mochte das sein? Er erwartete niemanden!

War er ehrlich zu sich selbst, dann musste er zugeben, dass er schon ewig keinen Besuch mehr empfangen hatte. Es lebte sich deutlich besser, wenn er allein war, obwohl sich nicht abstreiten ließ, dass er sich manchmal etwas Gesellschaft gewünscht hätte.

Nur widerwillig näherte er sich der Tür und sah durch den Spion. Nichts zu sehen! Offensichtlich hatte unten jemand geklingelt.

Einen weiteren Moment ließ er verstreichen und dachte darüber nach, was er tun sollte. Vielleicht war es der Postmann, der ein Päckchen für die Nachbarn abgeben wollte? Schon öfter hatte er Lieferungen für die Leute im Haus angenommen. Aber heute war Sonntag und da wurde keine Post ausgeliefert!

Ein weiteres hartnäckiges Klingeln durchschnitt seine Gedanken und erinnerte ihn daran, dass er eine Entscheidung treffen musste. Dann gab er sich einen Ruck und betätigte den kleinen Schalter an der Wand. Mit einem summenden Geräusch wurde die Haustür unten geöffnet und leises Stimmengemurmel drang in den Flur. Die Schritte auf der Treppe kamen unaufhaltsam näher, bis sie schließlich vor seiner Wohnung verstummten. Ein zaghaftes, leises Klopfen ließ ihn zusammenzucken. Langsam drückte er die Klinke herunter und öffnete die Tür einen Spaltbreit.

Die kalte Luft aus dem Treppenhaus wehte ihm entgegen und ließ ihn frösteln. Und dann sah er sie.

Rotbraune, wilde Locken … ein mit Sommersprossen gesprenkeltes Gesicht … warme, grüne Augen. Mia!

Sein Herz machte einen Satz und mit der Intensität eines Blitzeinschlags zuckte eine kurze Erinnerungssequenz durch seinen Geist. Es war nur der Hauch einer Berührung, die seinen Verstand für einen winzigen Augenblick streifte, bevor sie sich wieder in Luft auflöste, und dennoch blieb etwas zurück, das er nicht zu erklären vermochte.

Sprachlos sah er auf die junge Frau hinab, die ihn verlegen anlächelte. An der Hand hielt sie ein kleines Mädchen mit roten langen Zöpfen, das sich halb hinter ihrem Rücken versteckte.

»Hallo, John!«, sagte sie schließlich und erst jetzt bemerkte er das zerknitterte Stück Papier, das sie in der freien Hand hielt. »Ich wollte mich bei dir bedanken … und dir Lisa vorstellen.«

Maximilian J. Gley

RÖSCHEN UND DER ZAUBERER

Als wir das Zirkusgelände betraten, braute es sich bereits zusammen. Über unseren Köpfen tummelten sich Herbstwetterwolken, ein neckischer Wind strich über unsere Nacken und die Sonnenstrahlen zogen sich langsam zurück.

Ein kühler Schauer durchfuhr mich, ich drückte Wolfs Hand noch fester. Das ganze Jahr hatten wir für den Zirkus gespart, diesen Abend würden wir uns nicht nehmen lassen, sollte es noch so gießen und kübeln. In Wolfs Werkstatt gab es seit der Besatzung einige Schwierigkeiten, weil die Armee immer wieder Güter anforderte – allerdings zu ihren Preisen. Die Geschäfte litten.

Wenn der Dickkopf mich nur etwas helfen lassen würde.

»Ach, Röschen, schau dir nur all die Darsteller an! Was das wohl für ein Leben sein muss?«

Natürlich war der Zirkus nicht zum ersten Mal in unserer Stadt und natürlich spazierten wir nicht zum ersten Mal über den Zeltvorplatz. Wolf gab sich alle Mühe, seine Aufregung nicht offen zu zeigen, dennoch konnte ich die Begeisterung in seinen Augen ablesen. Wirklich allerliebst.

»Ein bunteres, Wolf. Und lauteres, ganz sicher«, murmelte ich zu ihm hinauf, kurz darauf stolperte ein dummer August an uns vorbei. »Heda! Meine Nase!«, rief er und hatte die Hände nach einem roten Ball ausgestreckt. Die halbe Schminke fehlte ihm, ein Hosenträger war von der Schulter gerutscht und seine Füße stießen den Ball immer wieder fort –

es war ein Fest. Neben uns feixten Kinder am Wegesrand über seine tollpatschige Erscheinung, dass mir warm wurde. Ja, Kinder ... Kinder zu haben wäre schön.

Sicher dachte Wolf das Gleiche, er sprach nur nicht darüber.

»Für zwei Personen«, rief er durch das Fenster am Kartenschalter und die Frau in der Kabine musterte uns ausdruckslos. Dann riss sie Karten von der Rolle und schob sie uns zu.

»Viel Spaß bei der Vorstellung.« Sofort wandte sie sich den nächsten Gästen zu.

Ich wartete, bis wir außer Hörweite waren und murmelte: »Die wirkte vielleicht steif.«

Wolf brummte zustimmend. »Sie macht hier die undankbarste Arbeit. Der Kartenschalter steht weit ab vom Rampenlicht.«

»Und was ist mit den Buben, die die Gehege ausmisten?«

»Wer sagt denn, dass sie das nicht auch macht?«

Wir lachten kurz, dann bestaunten wir stumm das Zeltinnere:

Die bunten, weiten Zeltwände, die sich immer wieder im Wind wölbten.

Die Masten, die mächtig und unnachgiebig im Boden verankert schienen.

Die Seile, die sich zwischen den hohen Plattformen und Strickleitern spannten.

Und die Tribüne, auf der sich bereits so viele Menschen tummelten, dass der aufgeregte Lärm echte Gespräche verhinderte.

Die oberen Reihen waren den Armen vorbehalten und kosteten nur wenige Groschen – dafür war die Aussicht furchtbar. Ich erinnere mich noch lebhaft, wie eine ältere Frau später immer wieder ihre Begleitung anbrüllen würde: »Was passiert denn da, Heinrich? Nimm doch mal Rücksicht auf deine arme Oma!«

Niemand, der sich eine Karte für die vorderen Ränge leisten konnte, hätte freiwillig einen Groschen zurückbehalten und auf einem der hinteren Platz genommen.

Die ersten drei Reihen gehörten Adeligen, Damen und Lebemännern, eben allen, die für die beste Sicht die nötigen Münzen parat hatten. Natürlich war ich neidisch auf diese Leute. Wie konnte es sein, dass Wolfs und meine harte Arbeit nicht für einen vorderen Platz ausreichte? Es ergab keinen Sinn, aber ich wusste, dass mein Ärger nichts daran verändert hätte, darum schwieg ich nur und versuchte zu lächeln.

So nahmen wir Platz und bald begann die Vorstellung.

Zuerst kamen die Jongleure. Sie marschierten im Kreis, die Wirbelwinde aus Bällen und Keulen in ihren Händen konnten beinahe die steifen Schritte vertuschen. Mehrfach änderten sie ihre Formation und Wurffiguren, deuteten eine an und taten eine andere, dass mir schwindelig wurde.

Von da an war ich versunken. Es folgten Wahnsinnige auf Seilen – der Direktor nannte sie »Artisten« –, weitere Wahnsinnige, die Feuer spuckten oder auf ihren Händen hüpften, und wieder Wahnsinnige, die auf ihresgleichen mit Messern warfen. Die Bewegungen treffsicher, zielgenau, immer exakt, war ich so beeindruckt, dass mir das, was hier faul war, völlig entging.

Der dumme August von vorhin betrat die Bühne für eine kurze Vorstellung. Er bat um einen Freiwilligen und neben mir schnellte Wolfs Hand in die Luft. Ich sah zu ihm auf.

Natürlich teilte ich seine Begeisterung, aber wollte er sich wirklich von einem Clown vorführen lassen?

Der Clown wählte jemand anderen – ein Glück! – und ich bin sicher, dass Wolf froh war, doch nicht nass gemacht worden zu sein. Es mag unwichtig erscheinen, aber heute wünschte ich, ich hätte ihn damals gefragt.

Es folgte der Zauberer. Zwar war es nicht der Höhepunkt der Vorstellung, für mich aber sollte es das Ende sein – dieses Mal wurde Wolf erwählt. Sein freudiges Lächeln ließ mir das Herz aufgehen.

Zielsicher wurde Wolf auf ein kleines Podest geführt. Über ihm wurde langsam ein Käfig heruntergelassen und er legte seine Hände an die Gitterstäbe. Der Zauberer wies ihn kurz zurecht, Wolf ließ los und stellte sich mittig auf die Plattform. Oh, mein Wolfram.

»Meine Damen und Herren, liebes Publikum!«, intonierte der Magier hölzern. »Zu Beginn werde ich unseren lieben …«, er musterte Wolf mit einem mir undefinierbaren Blick, »… Besucher verschwinden lassen. Vor aller Augen! Es wird nichts übrigbleiben, nicht ein Haar. Seht her!«

Eine Decke fiel. Erst auf den Käfig. Dann auf den Boden. Der Magier riss sie beiseite und vom Käfig fehlte jede Spur.

Mein Wolf war fort.

Im Publikum machte sich ein erstauntes Raunen breit – ich jedoch konnte mich nicht vom Zauberer lösen: Was war das für ein Akzent in seiner Stimme? Woher mochte er wohl kommen? Warum bewegte er sich so … ungelenk?

»Doch fürchtet euch nicht! Der arme Teufel bewegt sich gerade zwar in anderen Sphären, aber es kostet mich bloß …«, er platzierte wieder die Decke, wo er sie entfernt hatte,

»... ein Fingerschnippen!« Und der Stoff wuchs wieder in die Höhe.

Wahrscheinlich eine Falltür unter dem Käfig, das Erstaunen der anderen Leute wusste ich leider nicht zu teilen, doch mir war längst unwohl, meine Finger schwitzten – Wolf sollte zu mir zurückkommen!

Die Decke hob sich, mein Schatz war zurück, es regnete Beifall. Blutleer verbeugte sich der Zauberer, ließ seinen Lohn um sich auf den Boden prasseln. Mit einer kurzen Geste wies er Wolf an zu gehen, und bat sofort um einen neuen Freiwilligen. Niemand achtete mehr auf meinen Ehemann, der etwas verkrampft zu mir zurück stakste.

Je näher er kam, desto eisiger wurde mir. Seine Züge, die Bewegungen – ich sah die steifen Jongleure wieder vor mir, die ausdruckslose Frau am Kartenschalter – es war, als käme der Zauberer selbst auf mich zu.

»He, Wolf, ist alles in Ordnung mit dir? Du wirkst so blass«, fragte ich ihn leise.

»Oh, Röschen«, sprach seine Stimme kühl. »Alles ist gut. Leider habe ich nicht viel gesehen.« Dann setzte er sich neben mich, als sei das Gespräch beendet.

Meine stechende Ahnung wollte es nicht dabei belassen, doch die Aufführung nahm keine Rücksicht. Ein neuer Freiwilliger aus den vorderen Rängen stolperte auf die Bühne – ich beobachtete ihn und den Zauberer genau – und legte sich in einen Holzkasten. Mir kam er einem Sarg gleich; die Säge des Zauberers blitzte bedrohlich.

Der Deckel schloss sich, dann wurde der Mann langsam vor unser aller Augen zersägt und wieder zusammengeleimt.

Ich sah zu. Und je weiter der Abend fortschritt, desto mehr ergab alles Sinn.

Nun liegen wir in unserem Bett. Das Herz schlägt mir bis zur Kehle, mein Atem ist ohrenbetäubend und schwerfällig. Der Heimweg ist unerträglich gewesen und dauerte eine quälende Ewigkeit.

Doch nun bin ich mir sicher.

Ich höre seinen Atem nicht. Keinen Herzschlag.

Mein Ohr an der Matratze aber vernimmt ein fernes Geräusch, ein feines leises Rattern, eine winzige Uhr.

Sabine Kraft

DER KRISTALL

Der Baum, knorrig und alt, hatte schon viele Dinge gesehen. Zeitalter, die gekommen und wieder gegangen waren. Könige, ob gut, ob schlecht. Vieles veränderte sich im Laufe der Zeit, doch eines blieb immer gleich.

Der Wechsel zwischen Licht und Schatten.

Erschöpft lehnte sich Shara an den rauen Stamm. Ihr Herz hämmerte wild in ihrer Brust. Ihr kam es wie Stunden vor, die sie hier schon im Wald herumirrte. Wo war nur diese verdammte Lichtung? Diese Stelle, an der er auf sie wartete?

Du hast keine Zeit! Dieser Gedanke trieb sie erneut weiter. Was, wenn er dort nicht mehr auf sie wartete? Vielleicht war dann alles umsonst gewesen?

Der Streit mit ihren Eltern fiel ihr ein. Sie hatte es wirklich versucht, ihnen von ihm zu erzählen. Doch wie jedes Mal hatten sie ihr überhaupt nicht zugehört. In ihren Augen war sie nicht wichtig, unbedeutend, noch ein Kind.

Er hingegen sah sie ganz anders. Für ihn war sie bereits eine Frau. Nein! Sie würde ihn nicht aufgeben. Dieser Preis war einfach zu hoch. Dieses Hin und Her musste ein Ende haben! Sie gehörte zu ihm und genau das würde sie ihm heute Abend sagen! Irgendwann würden es auch ihre Eltern akzeptieren.

Der Kristall erwärmte sich auf ihrer Haut. Shara zog an der Lederschnur, an der er hing. Wie erwartet leuchtete er in einem funkensprühenden Weiß. Der Lichtschein vertrieb die Dunkelheit aus ihrer Umgebung. Für einen Moment gönnte sich Shara den Luxus, in glücklichen Erinnerungen zu schwelgen. Ihr erstes Aufeinandertreffen und die Folgezeit. Ihre Treffen auf der Lichtung. Ein kleiner Bachlauf, in der Sonne glitzernd. Ihr geheimes Versteck, der Ort, an dem sie mit ihm zusammen sein konnte. Ohne sich vor ihren Eltern rechtfertigen zu müssen, ohne an die Folgen zu denken. Traditionen und Verhaltensregeln spielten hier keine Rolle. An diesem Platz zählte nur ihre Liebe füreinander …

Ein lauter Schrei riss Shara aus dem Tagtraum. Dem Schreck folgte die Angst. Sie wusste, wovon sie verfolgt wurde. Und sie waren nahe, sehr nahe. Schatten! Kreaturen mit messerscharfen Zähnen und Klauen. Mehr Mensch als Tier. Shara stieß sich vom Baumstamm ab, steckte den Kristall unter ihre Kleidung und rannte, so schnell sie konnte. Die Umgebung versank wieder in Dunkelheit. In dem wenigen Mondlicht, das durch das dichte Blattwerk fiel, erkannte sie nur schattenhafte Umrisse in ihrer Umgebung. *Schnell, er braucht dich!* Die gewisperten Worte, schienen von überall her zu kommen. Sharas Herz zog sich bei den Worten schmerzhaft zusammen.

Ein weiterer Schrei ertönte, dieses Mal noch näher als zuvor. Strähnen ihres dunklen Haares klebten ihr schweißnass an der Stirn. Der Waldboden war uneben, von hochstehenden Wurzeln durchzogen, dorniges Gestrüpp wuchs zwischen den Stämmen und rankte sich nach oben. Wie Finger, die sie daran hindern wollten, schneller vorwärtszukommen, verhakten sie sich immer wieder in ihrer Kleidung. Ein weiterer Zweig traf sie am Arm und hinterließ eine blutige Spur. Shara ignorierte den Schmerz, blieb nicht stehen.

Die Verfolger waren ihr dicht auf den Fersen. Sie konnte sie im Unterholz hören. Das Knacken der Äste. Die Angst, dass man sie einholte, trieb sie voran. *Weiter, du musst weiter!*

Sie rannte Richtung Osten. Aus welchem Grund, wusste sie nicht zu sagen, es war nur ein Gefühl, dem sie folgte. Wie von einem unsichtbaren Band gezogen wusste sie plötzlich, dass ihre Lichtung ganz in der Nähe lag. Dass er dort auf sie wartete! War er vielleicht verletzt? Hatte sie darum dieses drängende Gefühl? Die Verletzungen würde sie dank des Kristalls heilen können. Er barg ihre ganze Kraft in sich. In seinem Innern waren ihre Stärke, ihr Licht und ihre Macht vereint.

Plötzlich stolperte sie über eine der hochstehenden Wurzeln. Der unebene Waldboden kam ihr entgegen. Sie schaffte es gerade noch, den Oberkörper zur Seite zu drehen. Der Aufprall war hart. Dornenzweige, die den Boden bedeckten, bohrten sich tief in ihre Haut. Mit Mühe unterdrückte sie einen Schmerzenslaut. Was war geschehen? Sie fühlte sich schwach. So schwach, dass sie es kaum schaffte, den Oberkörper aufzurichten.

Alles drehte sich vor ihren Augen. Einem Gefühl folgend zog sie an der Lederschnur um ihren Hals.

Der Kristall in ihren beiden offenen Händen flackerte unruhig. Sein Licht, vorher hell und klar, war nicht mehr als ein schwaches Schimmern.

Was passiert hier? Wie konnte das sein?

Wie von weit her hörte sie die Stimme ihrer Großmutter. Sie hatte Shara in ihrer Kindheit von den alten Mythen und Legenden ihres Volkes erzählt. Oh, diese Geschichten hatte sie immer geliebt. Stundenlang hatte sie ihr zugehört. »Der Düsterwald! Dort leben Wesen zwischen Licht und Schatten.

Am Tage nehmen sie die Gestalt von unsresgleichen an, doch des Nachts verwandeln sie sich in finstere Kreaturen. Mehr Tier und Ungeheuer als Mensch. Es heißt, dass es allen so geht, die die Pfade des Waldes des Nachts verlassen. Sie werden zu eben diesen Schattenwesen, verdammt, auf ewig im Düsterwald zu leben. Deswegen, Kind, gib immer acht, wem du dein Vertrauen schenkst!«

Shara riss im plötzlichen Verstehen die Augen auf, starrte in das Licht ihres schwächer werdenden Kristalls.

»Nein! Bitte, das darf nicht sein. Er kann kein Schatten sein!« Und trotz ihrer Bitte ergab plötzlich alles, was sie in den letzten Wochen mit ihm erlebt hatte, einen Sinn.

Sie hatten sich nur bei Tag getroffen! Immer waren sie alleine gewesen! Kein anderer war ihnen je begegnet! Er hatte sie darum gebeten, niemandem von ihm zu erzählen! Seine verärgerte Reaktion, als sie ihm sagte, dass sie versuchen würde mit ihren Eltern zu reden.

Der Kristall, der sich jedes Mal erwärmte, wenn sie an ihn dachte!

Im Schein des verglimmenden Kristalls sah sie die große Gestalt. Sie erhob sich wie ein düsterer Schatten zwischen den dunklen Bäumen.

Dunkel, riesig kam er Schritt für Schritt auf sie zu.

Maximilian J. Gley

DAS MONDKÄSEFONDUE

»Was für ein rosiger Morgen!«, streckte sich das klitzekleine Kätzchen und gähnte. Der Sonnenaufgang tauchte den Himmel in Rosa und Orange und das weite Farbenmeer dazwischen. Über der ganzen Weite der Huckeligen Hügel verfing sich das Licht in Grashalmspitzen und Blätterdächern. Verzückt vom Anblick tapste das klitzekleine Kätzchen den Trampelpfad entlang durch den so rosigen Morgen.

Es dauerte nur marginal müde Minuten, bis es die Katzenklappe erreichte und ins Haus eintrat.

»Miau!«

»Oh, guten Morgen, kleine Mulle!«, gähnte Dr. Dalia Dunkeldussel am Küchentisch. »Ich hoffe, du hast besser geschlafen als ich.«

»Guten Morgen, Frau Doktor!«, grüßte das klitzekleine Kätzchen und leckte sich das Fell. »Ich habe den ganzen Tag Vögel gejagt. Ich hab gesungen, bin gesprungen, hab mit anderen Kätzchen gerungen, da war ich so müde! Geschlafen hab ich wie ein Stein. Aber Frau Doktor, was hat dich denn wachgehalten?«

»Oh«, jammerte Dr. Dalia Dunkeldussel. »Ich möchte doch wieder zum Mond fliegen, um Käse für mein weltberühmtes Mondkäsefondue zu ernten. Aber ich habe keinen Treibstoff mehr und es kann keiner geliefert werden, weil die Wirtschaftsriesen gigantische Löcher in die Handelswege getrampelt haben. Schon wieder!«

»Oh weh!«, klagte das klitzekleine Kätzchen, kuschelte sich an Dr. Dalias Knöchel und ließ sich kraulen. »Können wir nicht selber Treibstoff mixen? Du kannst doch Chemie machen und so!«

»Das habe ich schon probiert, kleine Miez, aber Raketentreibstoff ist nicht so einfach zu machen. Die Komponenten dafür habe ich nicht zu Hause, wir müssten schon ...«

Da wurde die Wissenschaftlerin ganz still und strahlte bald übers ganze mächtig müde Gesicht.

»Warte kurz«, sagte sie, verschwand geschwind und wie ein flinker Wind kam sie mit dem Legendenlehrenden Lexikon zurück. »Ich habe eine Idee!«

Eilig schlug sie die Seiten auf und blätterte und schmetterte und blätterte weiter. Währenddessen kletterte das klitzekleine Kätzchen auf den Küchentisch, wohlbedacht, nicht die Kaffeetasse umzuwerfen.

»Wo ist er denn ... Diedrichdrossel ... Diels-Alder-Reh -Aktion ... Dienstleistungszentaur ... hier!«

Dr. Dalia Dunkeldussels Finger bohrte sich neben dem Bild einer schuppigen Echse ins Papier.

»Der Dieseldraco«, las die Miez. »Habitat: Die Brüchigen Berge ...«

Nun blieb einzig die Frage, wie man der exotischen Echse den Saft abluchsen konnte, ohne zu knusprigem Hähnchen gegrillt zu werden.

Dr. Dunkeldussel machte dem klitzekleinen Kätzchen eine winzige Portion Taubenbrust und stellte ein Eierbecherchen mit Sahne daneben. Während des Frühstücks schmiedeten sie ihren Plan.

»Ist das wirklich eine gute Idee, den Speichel einfach zu klauen, Frau Doktor? Das ist doch nicht nett«, gab das Kätzchen zu bedenken.

»Aber, aber!«, winkte sie ab. »Der Dieseldraco kann mit seinem Speichel sowieso nichts anfangen, also stehlen wir ihn eigentlich gar nicht. Und was sollen wir sonst tun? Einfach fragen und hoffen, dass der Draco nicht ›Nein‹ sagt? Ich will schließlich Mondkäsefondue essen!«

Das leuchtete ein! Gestärkt gingen sie in die Werkstatt und Dalia Dunkeldussel warf sich, bewaffnet mit ihrem Werkzeugkasten, auf einen Haufen Ersatzteile. »Ich weiß schon genau, was ich dir für einen Apparat baue, ich habe es direkt vor Augen, das wird toll, du wirst staunen, die Teile müsste ich sogar alle dahaben, holst du mir meinen Kaffee?« Das klitzekleine Kätzchen betrachtete seine winzigen Pfötchen, aber Dr. Dalia Dunkeldussel werkelte schon mit eisernem Eifer und hatte den Kaffee bereits vergessen.

Begeistert bastelten sie bis in die blaue Stunde und noch länger. Entwarfen, verwarfen, bauten auf und ab und hin und her. Noch müde von der letzten Nacht sank Dalia schließlich als Erste zwischen den Bauteilen zusammen, schnarchte sanft, den schweren Schraubenschlüssel fest in der Hand. Hundemüde – eben noch mausewach – krabbelte das klitzekleine Kätzchen auf ihren Rücken und rollte sich zum Reckenschlaf zusammen, dem rasselnden Rhythmus ihres Schnarchens lauschend.

Am nächsten Morgen – der nicht rosig, sondern mächtig war, und eigentlich auch kein Morgen, sondern ein Mittag, denn Frau Doktor war wirklich müde gewesen – frühstückten sie Käse mit Kräckern. Beides kam nicht vom Mond, schmeckte nach einer Nacht wie dieser aber galaktisch.

Sie packten Dalias Rucksack mit Wasser, Broten, Campingausrüstung, Keksen und dem klitzekleines-Kätzchen-bedienerfreundlichen Spuckeklauapparat. Auf den Gepäckträger kam in einer Plane eingewickeltes Feuerholz. Das Kätzchen machte es sich in Dalias Brusttasche bequem und noch bevor der mächtige Morgen, der ein Mittag war, endete, radelten sie mit dem rostroten Rennrad fort von den Huckeligen Hügeln, hin zu den Brüchigen Bergen.

Die Brüchigen Berge waren schief und spitz und karg und krumm. Raue Felsen ragten riesenhaft in den Himmel. Dalia und das Kätzchen fuhren für einige Stunden einen schmalen Weg entlang. Am Himmel zogen Wolken wie nasse Wolle auf, bald fielen dicke Tropfen. Als die beiden die Höhle erreichten, waren sie nass bis auf die Knochen.

»Also gut, Mieze, wir werden uns noch erkälten. Am besten beeilen wir uns, verschwinden dann ganz schnell nach Hause und legen uns vor den Kamin.«

»Aber Frau Doktor, vielleicht ist das alles doch keine so gute Idee …«

»Wenn man Fondue mit Käse vom Mond essen möchte, dann ist das eine wunderbare Idee!«, protestierte Dr. Dalia Dunkeldussel. »Es kommt nur ganz auf die Hingabe und den Willen an und dann kann man alles schaffen!« Dalia setzte das Kätzchen auf den Boden, wo es sich das Fell schüttelte, dann wühlte sie in ihrem Rucksack. »Eine Pause müssen wir aber wohl doch machen … es war schlau, das Holz einzuwickeln. Ich dachte nicht, dass es so bald regnen würde. So klein, wie du bist, kannst du dich schon mal in der Höhle umsehen. Der Dieseldraco wird dich nicht mal bemerken. Ich mache uns ein Feuer, dann trocknen und wärmen wir uns.«

Dem klitzekleinen Kätzchen war nicht wohl bei dem Gedanken, dass der Dieseldraco hier irgendwo war und vielleicht gerade sein Abendessen zubereitete. »Bist du sicher, dass wir auch in der richtigen Höhle sind?«, fragte das Kätzchen kläglich.

»Ganz sicher«, antwortete Dalia, die gerade das Holz vom Gepäckträger nahm. »Ich habe Schatzsucherforen durchforstet und der Weg ist sehr genau beschrieben, viele haben bereits nach dem Goldschatz in der Höhle gesucht. Nur an der Bestie kam bisher noch keiner vorbei. Außer den Forentrollen natürlich.«

»Wir wollen aber gar nicht den Schatz! Bestimmt können wir einfach mit dem Draco reden!«

»Ach«, winkte Dalia ab, »die olle Echse ist Eindringlinge gewöhnt und würde uns wahrscheinlich nicht mal zuhören. Könnte ja alles ein fauler Trick sein. Nein, nein. Wir halten uns an den Plan und gut ist.« Der Holzhaufen war vorbildlich aufgeschichtet, jetzt ging Dalia an die Glut.

Missmutig und ohne weitere Widerworte tapste das klitzekleine Kätzchen in die Höhle hinein.

»Der Dieseldraco hält mich wahrscheinlich bloß für eine Ratte«, dachte es und war trotzdem nicht beruhigt. In der Höhle war es dunkel und obwohl sich klitzekleine Kätzchenaugen schnell daran gewöhnten, hüpfte die Mieze von Stein zu Stein, von Versteck zu Versteck, und lugte mit dem klitzekleinen Köpfchen in die Dunkelheit. Bereit, sich wieder Richtung Eingang zu stürzen.

Die Höhle knackte in der Ferne. Das Kätzchen zuckte zusammen, Pfötchen überm Kopf, und blieb liegen. Als sich nichts tat, raffte es sich wieder auf und tapste leisen Schrittes weiter. Langsam schwoll da ein Grummeln an, Pfötchen um

Pfötchen wurde das rotzige Rasseln lauter, bis der Gang sich in einen breiteren Raum aufweitete. Die Flammenechse lag dort mitten drin, der massige Körper mit dem mächtigen Schwanz reichte einmal durch den ganzen Raum. Ein Durchkommen war unmöglich. Trotz seiner Mühen wusste das klitzekleine Kätzchen nicht, ob es leise war oder nicht, denn das sägende Schnarchen ließ alle anderen Geräusche ertrinken.

Hunderte Hummeln flogen durch des Kätzchens Bäuchlein, die Unruhe war nicht mehr auszuhalten, da nahm es Reißaus und tippelte wie von tausend Taranteln terrorisiert davon.

»Frau Doktor!«, piepste es, als das Feuer ihres Lagers in Sicht kam. Dr. Dalia Dunkeldussel saß vor dem prasselnden Feuerchen und steckte gerade den Spuckeklau-Apparat zusammen.

»Du kommst wie gerufen, kleine Miez! Ich habe dir gerade etwas Taubenkeule ins Schälchen gelegt.« Quietschend wurde eine Mutter festgezogen.

»Ich habe den Dieseldraco gefunden! Es liegt einfach da und schläft!«

»Der hat auch den langweiligsten Job der Welt. Ist Türsteher in einer Gegend, in der es selten Besuch gibt. Ich habe übrigens ein kleines Handtuch dabei.«

Ohne Umschweife rubbelte Dalia das Kätzchen so trocken wie möglich. Dann setzte es sich ans Feuer und putzte sich zur Beruhigung gründlich das noch feuchte Fell. Ohne nachzudenken schlang es seine Täubchenkeule herunter und schlabberte Wasser aus einem Eierbecher. Gleich würde es wieder zu dem Ungeheuer in die Tiefe gehen, weder Essen noch Trinken konnten den Gedanken verdrängen.

Schließlich ließ sich das klitzekleine Kätzchen den hauch-
dünnen Schlauch mit der Saugspitze umschnallen. Mit einem
Klettverschluss konnte er einfach abgelöst werden und ein
kleines Gestell erlaubte, ihn zum Absaugen günstig abstellen
zu können. Dr. Dunkeldussel hatte sich, beflügelt von der
Herausforderung, mit ihrer Ingenieurskunst selbst übertroffen.
Der Schlauch war mit einer leisen Pumpe und einem kleinen
Tank verbunden, gerade groß genug, um eine Ladung
Supertreibstoff für ihre Ein-Frau-Rakete gewinnen zu können.

Mit mulmigem Magen schlichen sie die Höhle hinab. Das
klitzekleine Kätzchen zitterte am ganzen Leib, aber Dalia war
entschlossen und ihre Entschlossenheit zerrte das Kätzchen
hinter sich her.

An der Kaverne angekommen positionierte sich Dr.
Dunkeldussel am Eingang. Sie hatten Glück, der Draco
schlief noch immer und ihm stand halb das mächtige Maul
offen. Sie machte das Handzeichen für das Kätzchen, den
Schlauch anzubringen. Im Dunkel konnte sie selbst kaum
etwas erkennen, das Kätzchen hingegen sah ihre Signale klar
und deutlich.

Das kleine Herz pochte und hämmerte mittlerweile lauter
in den kleinen Ohren als das Schnarchen der exotischen
Flugechse. Fast stolperte das Kätzchen über seine Pfoten, als
es sich ans Maul des Draco anschlich und unter der schweren
Vorrichtung auf seinem Rücken auf die Steine kraxelte, die
der Draco als Kissen benutzte. Vorsichtig löste es den
Klettverschluss und baute mit sanften Pfötchen das kleine,
aber schwere Gestell auf. Kurzer Blick: der Dieseldraco hob
und senkte die Brust unverändert. So weit, so gut. Das
Kätzchen schob behutsam den Schlauch voran, Millimeter für
Millimeter. Die Spitze fuhr sachte in den offenen Mund …

die Lippen bewegten sich mit der Atmung … der Schlauch legte sich neben die Zunge.

Der Draco schlief.

Das klitzekleine Kätzchen atmete auf.

Jetzt noch zurück und Dalia das Signal geben. Erleichtert hopste es die Steine hinunter.

»Was wird das, wenn's fertig ist?« Eine tiefe, tonnenschwere Stimme trampelte durch die ganze Höhle – überall gleichzeitig. Das klitzekleine Kätzchen erstarrte und begriff natürlich, dass es der ganz-und-gar-nicht-schlafende Dieseldraco war, der gerade mit ihm sprach.

»Du … bist wach geworden?«, piepste es.

»Wach geworden? Du hast doch nicht wirklich geglaubt, dass ich während meiner Schicht einfach einschlafe. Das wäre völlig unprofessionell!« Die Pranke der Türsteherechse senkte sich über dem Kätzchen. Zwischen zwei kruden Krallen hob der Draco es vor sein Gesicht. »Für einen Schatzräuber bist du aber mal ein Winzling. Wo sind deine Komplizen?«

»K-komplizen? Ich bin kein Räuber!«, jammerte das klitzekleine Kätzchen.

»Ist das so? Und was sollte dann der Schlauch? Wolltest du mich betäuben? Oder gar vergiften? Jemand mit guten Absichten steckt keinem, ohne zu fragen, einen Schlauch in den Mund. Wenn ich dich hier und jetzt bestrafe …«, der Draco hob das Kätzchen über sein ledriges Echsenmaul, »dann trifft es sicher keinen Falschen!«

»Neineinein!«, quiekte es. »Bitte nicht!«

»Das hättest du dir vorher überlegen sollen, kleiner Dieb! Ich kann dich jetzt nicht einfach laufen lassen, ich habe einen Ruf zu verlieren! Wenn du irgendwem erzählst, dass ich ein netter, angenehmer Geselle wäre, dann rennen mir die Schatzsucher hier die Bude ein.« Die Echse öffnete das Maul weiter, als es möglich sein sollte, Dalia kam mit einem schweren Schraubenschlüssel in die Kaverne gestürmt und das klitzekleine Kätzchen schrie:»Wir wollten doch nur Mondkäsefondue kochen!«

Da hielt der Dieseldraco plötzlich inne und schloss langsam seinen Schlund.

»Mond...käse? Du meinst doch wohl nicht etwa ... Dr. Dalia Dunkeldussels weltberühmtes Mondkäsefondue?! Ach was, du nimmst mich doch auf den Arm!«

»Nein, gar nicht! Wir haben keinen Treibstoff und deine Spucke ist –«

»Ach, so ist das!«

Dalia erstarrte irritiert und ließ ihren stumpfen Gegenstand sinken. Der lange Schwanz der Echse war zum Zuschlagen bereit. Da ließ der Dieseldraco das klitzekleine Kätzchen auf den Boden sinken.

»Ich sag euch was«, sprach der Draco gelassen.»Ich helfe euch. Aber dafür bekocht ihr mich.«

»D-das wäre eine gigantische Portion und das nur für dich!«, protestierte Dalia.

»Na aber!«, hielt die Echse dagegen.»Das ist doch das Mindeste dafür, dass ihr mir so dummdreist die Spucke absaugen wolltet!«

»A-aber ...«, meldete sich das klitzekleine Kätzchen,»was ist mit deinem Ruf? Musst du nicht den bösen Wächter spielen?«

Der Dieseldraco lachte nur:»Aber doch nicht um jeden Preis!«

Astrid Karma

DIE MISSION

Schneller!

Sie musste schneller werden.

Es war jetzt schon unaussprechlich heiß. Keine Wolke gab es am Himmel. Erbarmungslos brannte der Glutball.

Sie wusste, dass diese Hitze gefährlich für ihren Körper war und dass sie sich gut davor schützen musste, sonst stand ihr Leben auf dem Spiel.

Als sie kurz nach dem Morgengrauen den Anderen Lebewohl gesagt und sich auf den Weg gemacht hatte, war es noch angenehm kühl gewesen. Auch wenn sie das Tempo beibehielt, würde sie sehr lange unterwegs sein. Länger als geplant, vielleicht sogar bis zum Abend. Es war möglich, dass sie die Entfernung unterschätzt hatte. Das Ziel war ihr so nahe erschienen, doch der flirrende Schleier über der Strecke ließ eine zuverlässige Schätzung nicht zu.

Vor ihr breitete sich eine endlos weite Fläche aus. Das leere Land nannten sie es. Der Name passte, denn hier wuchs nichts. Der Boden war hart und völlig kahl.

Aber ganz weit am Horizont leuchtete ein schmaler grüner Streifen. Ihn galt es zu erreichen. Sie musste es einfach schaffen. Schließlich war sie die schnellste Läuferin im Langfuß-Stamm. Ihr schlanker, muskulöser Körper hatte kein Gramm Fett.

Der Streifen am Horizont versprach Nahrung in Hülle und Fülle, denn wo Grün war, wuchs etwas. Und wo etwas wuchs, gab es etwas zu essen.

Auch zu Hause waren alle satt geworden. Doch das würde nicht so bleiben. Seit dem Frühling wuchsen im Süden ihrer Heimat Bauten in den Himmel, die sie Wolken-Riesen nannten, weil sie fast mit diesen zusammenstießen. Es wurden immer mehr und sie rückten bedrohlich näher. Schon seit Wochen hatte der Langfuß-Stamm unzählige Flüchtlinge zu versorgen, die aus den Gebieten kamen, wo sich jetzt diese monströsen, glatten Wände erhoben. Sie verdunkelten die Sonne und fraßen ihren Lebensraum auf. Mit jedem Tag wurde er kleiner. Die Stammesältesten hatten das Orakel befragt, was sie tun sollten, und als Antwort eine Vision erhalten. Ein verzerrtes, flimmerndes Abbild des grünen Streifens am fernen Ende des leeren Landes. Es war das, was sie selbst in diesem Moment vor sich sah. Die Ältesten waren zu dem Schluss gekommen, dass dort die Hoffnung ihres Volkes lag.

Deshalb musste einer den Weg dahin finden. Einen Weg, den auch die Schwachen und Kranken bewältigen konnten, denn keiner sollte zurückgelassen werden. Vor ihr hatten es schon einige versucht. Doch niemand wusste, was sich auf der anderen Seite befand, weil niemals einer zurückgekommen war. Dort musste das Paradies sein.

Beunruhigt sah sie zur Sonne, die unaufhaltsam höher stieg. Sie merkte, wie ihre Bewegungen langsamer wurden. Wo war ihre Flinkheit geblieben, ihre Geschmeidigkeit, ihr atemberaubendes Tempo?

Gestern hatten die Ältesten wieder die Trommel geschlagen, um erneut jemanden auszusenden und Freiwillige dafür zu rufen. Aber keiner außer ihr war für die Aufgabe bereit gewesen.

Deshalb hatte sie sich heute Morgen auf den Weg gemacht. Und sie würde zurückkommen. Sie wagte sich nicht zum ersten Mal ins leere Land. Gefährlich war es dort immer. Niemandem hatte sie bislang von den schwarzen Schatten erzählt, die blitzschnell über den Himmel huschten. Oder von den Giganten. So nannte sie die zornig brüllenden Monster, die die Erde erzittern ließen, wenn sie heranstürmten. Noch nie hatte einer von ihnen sie erwischt, obwohl sie gegen deren Tempo chancenlos war. Deshalb vermutete sie, dass die Giganten blind waren, und verharrte absolut still und reglos, wenn einer nahte.

Jetzt verschnaufte sie einen Augenblick, obwohl es gefährlich war, anzuhalten. Wenn sie hinter sich schaute, sah sie ihre Spur. Unübersehbar zeigte sie den Weg, den sie zurückgelegt hatte. Weit in der Ferne konnte sie den grünen Streifen ausmachen, von dem sie gekommen war. Ihre Heimat, wo die anderen zurückgeblieben waren, ihr nachgesehen hatten und auf ihre Rückkehr warteten.

»Weiter!«, trieb sie sich an, »noch schneller!«

Immer höher stieg die Sonne. Sie spürte die sengende Hitze auf ihrer Haut. Weit und breit gab es nichts, was Schatten spenden konnte.

Bislang war sie nicht übermäßig erschöpft, aber sie wusste, das würde sich ändern. Die Zeit war ihr härtester Gegner, denn mit jeder Minute, die verging, wurde es heißer. Erbarmungslos hüllte die aufgeheizte Luft sie ein. Noch hatte sie genügend von der Substanz, aber bald würde ihr Körper mehr davon benötigen, um ihre Haut wirksam vor dem Austrocknen zu schützen. Sie musste sparsam damit sein.

Kam sie dem grünen Saum am Horizont näher? Er war nur undeutlich zu sehen durch diesen flirrenden Schleier, der ihn seltsam verzerrte und zittern ließ. Dieses Flimmern musste sie erst noch durchdringen. Wie es sich wohl anfühlen würde? Keiner hatte es ihr sagen können.

Bald würde sie es wissen. Nur immer weiter, nicht nachlassen!

Ein Schatten huschte über sie hinweg. Erschrocken sah sie nach oben und versuchte instinktiv, sich klein zu machen. Es gab nirgends Deckung, nichts, worunter sie sich verbergen konnte. Ein zweiter Schatten, gleich darauf ein dritter. Sie wusste genau: Über ihr war etwas und dieses unheimliche, schwarze Huschen flößte ihr Furcht ein. Am ganzen Körper bebend verharrte sie, jeden Moment damit rechnend, dass einer dieser schwarzen Schatten aus dem Himmel herab auf sie niederstürzen würde. Doch als nach einigen Sekunden atemlosen Wartens nichts geschah, wollte sie weiter.

Doch als wäre die Gefahr von oben noch nicht genug, begann in dem Moment der Boden zu zittern. Ein sachtes Beben, das unaufhaltsam und vor allem unsagbar schnell näherkam.

Mühsam rang sie ihre Angst nieder. Sie kannte es. Eines der blinden, brüllenden Monster, ein Gigant, näherte sich. Niemals war ihr einer von ihnen so laut und so bedrohlich nahe erschienen wie dieses Mal! Immer stärker wurde das Zittern, immer lauter das Brummen. Es verstärkte sich zu einem Donnern und Dröhnen, das viel näher zu sein schien als sonst. Wie schon vorhin bei den Schatten erstarrte sie förmlich und versuchte sich so klein wie möglich zu machen.

Und dann fegte ein heißer Luftzug über sie hinweg. Der Gigant war vorbei. Die riesigen, walzenartigen Beine hatten sie verfehlt. Das Dröhnen wandelte sich wieder in ein

Brummen, das immer leiser wurde. So schnell, wie es gekommen war, erstarb es auch.

Befreit atmete sie auf. Erneut war sie nicht gesehen worden.

Ihr Herz hämmerte in harten Stößen. Weiter, weiter!

Nur noch durch diesen flirrenden Schleier hindurch, um das Grün zu erreichen. Das Paradies, wovon sie bei ihrer Rückkehr erzählen konnte und wohin sie eines Tages ihr Volk führen würde.

Verbissen strengte sie sich an, verdoppelte ihre Bemühungen. Eine Weile ging es wieder besser voran. Aber dann kamen die Schmerzen. Die Substanz war aufgebraucht.

Jetzt ging es um nichts anderes als um ihr Leben. Jede Bewegung tat weh und ihre Haut fing an zu brennen.

Unerbittlich warf die Sonne Glut vom Himmel und brachte sie an den Rand der totalen Erschöpfung. Das Brennen wurde heftiger, die Schmerzen bei jeder Bewegung stärker. Der Gedanke, aufzugeben, wandelte sich zum alles beherrschenden Wunsch. Kaum konnte sie der Versuchung widerstehen, ein bisschen auszuruhen.

Doch das durfte sie nicht. Nicht sie, die schnellste Läuferin vom Langfuß-Stamm. Sie würde nicht aufgeben. Die anderen verließen sich darauf, dass sie das Ziel erreichte.

Gerade als sie ihre letzten Reserven mobilisierte und das Tempo noch einmal erhöhte, hörte sie wieder eines der brüllenden Monster näherkommen.

Einen Moment später fuhr ein LKW über die erschöpfte Schnecke, die bereits zwei Drittel der Straße überquert hatte.

Georg Sensenbach

RABENTAG

An dem Tag, als die schwarzen Vögel den Himmel verdunkelten, änderte sich mein Leben auf eine Weise, wie ich es nie geahnt, erhofft oder befürchtet hätte.

Alles begann damit, dass ich für das Spiel des Jahres kein Ticket bekommen hatte. Trotzdem machte ich es mir mit dem Transistorradio auf dem Balkon gemütlich. Der Balkonkühlschrank brummte zufrieden und kühlte das Halbzeitbier auf Trinktemperatur. Als die Raben kamen.

Anfangs flatterten nur einzelne Tiere am Balkon vorbei und ich beachtete sie nicht weiter. Erst als sich ein alter, grauer Herr auf das Geländer setzte und mich mit seinen klugen Vogelaugen betrachtete, wurde ich aufmerksam.

»Was machst du denn hier? Kommst du mich besuchen?« Ich prostete dem Vogel zu und nahm einen Schluck. Das Tier legte den Kopf schief und beäugte mich skeptisch. Vergeblich versuchte ich, dem Blick standzuhalten.

»Hmm. Ich hatte mehr erwartet, als ein betrunkenes Kind anzutreffen.« Die Stimme hallte seltsam in meinen Ohren.

»Wie bitte? Ist da jemand?« Ich erhob mich aus dem Sessel und lehnte mich über das Balkongeländer, um zu schauen, wer da gesprochen hatte. Aber es war niemand zu sehen, nur ein paar Hauskatzen strichen um die Bäume.

Der Rabe blieb ungerührt an seinem Platz. »Erwartest du dort unten jemanden?«

»Nein, ich erwarte niemanden, die sind alle beim Spiel!« Hey, redete ich gerade mit einem Vogel?

»Du hast ja schöne Freunde«, sagte der Rabe.

»Ich rede nicht mit dir!«, entschied ich unwirsch.

»Warum nicht?«

»Weil Raben nicht reden können.«

»Das … Das ist ein zweifelhaftes Argument und nur von Vorurteilen geprägt. Wie oft hast du es denn versucht?« Der graue Herr scharrte ungeduldig mit den Krallen und warf einen suchenden Blick in den Himmel.

In diesem Moment landete ein zweiter Rabe auf dem Balkongeländer. Er war schlank und schwarz wie die Nacht. »Ist er das? Süßer Junge!« Die weibliche Stimme klang jung und melodisch.

Ich musste mich also korrigieren. Die Räbin war schlank und schwarz wie die Nacht!

»Er hat zu viel Speck auf den Hüften und interessiert sich nur für Bier und Fußball. Eine Enttäuschung.«

»Du hast mir oft davon erzählt, wie du den letzten Wächter nach Corvis geführt hast. War es damals so viel anders? Den Hüftspeck wird er schon loswerden«, beruhigte das Rabenmädchen.

»Hmm. Wir werden sehen«, grummelte der alte Rabe und strich sich mit dem Schnabel eine Feder glatt. »Es dauert nicht mehr lang. Die Schwarzflügel sollten längst hier sein.«

»Ähh«, brachte ich hervor. Die Raben sahen mich aufmerksam an. Selbstverständlich glaubte ich nicht an sprechende Vögel, also zumindest nicht an solche, die mehr als ein paar Worte plapperten. Trotzdem ärgerte ich mich darüber, dass die Tiere über mich redeten, als sei ich nicht vorhanden.

»Okay, das ist ein schlechter Scherz. Rolf, bist du das? Hast du die Raben abgerichtet, um mich zu ärgern?« Rolf war für seine blöden Scherze bekannt, obwohl mir die Rabennummer etwas aufwendig für einen Streich schien.

Das Rabenmädchen sah mich entrüstet an und spreizte die Flügel. »Sehe ich für dich aus wie ein schlechter Scherz?«

Hatte ich jetzt ihre Gefühle verletzt? Die Situation kam mir zunehmend bizarr vor. »Ich wollte niemanden beleidigen. Tut mir leid!«, rief ich hastig. »Ehrlich!«

Der Graumelierte brummte amüsiert. »Ich habe dir ja gesagt, Ravena, mit dem jungen Mann haben wir noch viel Arbeit. Aber welche Wahl haben wir? Nachdem der alte Wächter den Katzen zum Opfer gefallen ist.«

»Den Katzen?«, fragte ich dümmlich.

»Die Katziden versuchen seit jeher, sich Zugang zu Corvis zu verschaffen. Der Wächter allein kann die Barriere bewachen.«

»Die Schwarzflügel haben beachtliche Siege gegen die Katzen errungen!« Das Rabenmädchen klang verärgert.

»Es gibt keinen Anlass, eingeschnappt zu sein. Das ziemt sich nicht, Hoheit«, tadelte der graue Rabe streng.

»Entschuldigt, Meister Corvus.« Die pechschwarze Räbin beugte verlegen den Kopf.

Raben, Katzen, Wächter, Hoheit, Meister. Mir schwirrte der Kopf. »Was habt ihr gegen ein paar Miezekatzen?«, fragte ich, um die Kontrolle über die absonderliche Situation zurückzuerlangen.

Der alte Rabe seufzte und sah mich mitleidig an. »Hauskatzen! Für euch sind diese Ausgeburten der Hölle nichts anderes als Hauskatzen. Geschickt haben sie sich ein ansprechendes Äußeres gegeben. Das weiche Fell und das anschmiegsame Gemüt. Das Schnurren! Alles nur vorgespielt. Glaubt mir. Dies ist nicht ihr wahres Gesicht. Wenn ihre Zahl groß genug ist und euer Vertrauen endlos, werden sich die Katziden euch Menschen ungeschminkt zeigen. Dann wird es zu spät sein. Für die Menschen und für uns Raben.«

Ich runzelte die Stirn. Wenn ich drüber nachdachte, hatte ich Katzen noch nie richtig über den Weg getraut und mir als Kind so manchen Kratzer eingehandelt.

»Man sagt, ihr Raben seid Unglücksbringer«, rutschte es mir heraus.

»Alles Propaganda der Katziden«, zischte Ravena aufgebracht und sprang näher. »Glaubt so etwas nicht! Wir Raben sind die Einzigen, die euch Menschen seit Jahrtausenden vor der Versklavung bewahren!«

»Schon gut. Schon gut!« Ich wich zurück. Die Räbin war ganz schön ungestüm. »Aber was hat all dies mit mir zu tun?«

»Nun«, sagte der alte Meister. »Wir Raben schützen diese Welt, das ist richtig. Aber die Barriere zwischen Menschenwelt und Corvis wird vom Wächter bewacht. Stirbt der alte Wächter, erwacht ein neuer in der Menschenwelt. Wir sind hier, um den Erwachten nach Corvis zu geleiten. Bevor ihn die Katziden finden.«

»Ahh. Soll ich euch helfen, den neuen Wächter zu finden?« Es klingelte an der Tür. Eine willkommene Ablenkung von dem Irrsinn, der sich offenbar gerade in meinem Kopf abspielte. Das letzte Bier musste schlecht gewesen sein.

»Nein.« Das Rabenmädchen blickte unruhig zur Balkontür hin und sah mich dann direkt an. »Du bist der nächste Wächter!«

»Na sicher«, kicherte ich nervös und tastete nach meinem Bier.

»Hoheit! Wir wollten langsam vorgehen!«, rief der alte Rabe vorwurfsvoll.

»Wir haben keine Zeit, Meister. Da steht ein Katzide vor der Tür und verlangt Einlass.«

»Seid Ihr sicher?« Der Graue lugte misstrauisch zur Balkontür hin.

Wieder ignorierten mich die beiden. Auch ich schaute unsicher in die Wohnung. Ein seltsames Gefühl der Unruhe erfasste mich. Irgendetwas lauerte dort, das spürte ich mit Gewissheit. Gleichzeitig nahm ich einen leichten, aber alarmierenden Geruch von ungepflegter Katzentoilette wahr.

»Wer ist da?«, rief ich.

Ein Moment der Stille. Dann schien etwas an der Tür zu kratzen.

»Pizza!« Die Stimme war sanft und schnurrend. Nicht unangenehm, trotzdem richteten sich meine Nackenhaare auf.

»Ich habe nichts bestellt«, flüsterte ich nervös.

»Die Katziden haben den neuen Wächter aufgespürt«, stellte die Räbin nüchtern fest. »Sind die Schwarzflügel zu sehen?«

»In der Ferne sehe ich eine einzelne dunkle Wolke. Sie könnten es sein.«

»Das dauert zu lange!«, rief das Rabenmädchen.

In diesem Moment wurde das Kratzen an der Tür lauter, dann splitterte Holz.

»Verdammt. Was soll ich tun?« Ich ging in Richtung Tür, merkte jedoch, dass dies nicht meine beste Idee war, und trat wieder zurück.

»Du wirst schneller lernen müssen als geplant, Küken-wächter!«

Etwas bewegte sich im Flur. Es schepperte. Das war wohl die Kommode. Ein aggressives Fauchen ertönte.

»Scheiße!«

»Aber Eure Hoheit!«

»Keine Zeit für Höflichkeiten. Et corvus habitabunt in homine!« Vor der Räbin flimmerte die Luft silbrig, eine schimmernde, halb-transparente Blase bildete sich auf meinem Balkon und nahm Form an. Die Räbin stöhnte. Ihre Gestalt erschien mir plötzlich seltsam strukturlos, als löse sie sich vor meinen Augen in eine dunkle Wolke auf. Mit einem Zischen strömte der schwarze Nebel in die silbrige Blase.

Dann stand Ravena vor mir. Ihre langen Haare lagen in einer Vielzahl schwarzer Zöpfe über den Schultern. Sie war schlank wie ein Reh und schön wie ein Sommerabend. In der Hand hielt sie einen Stab aus hellem Holz, der in scharfem Kontrast zu ihrer kupferfarbenen Haut stand. Ihr Leib war teilweise mit schwarzen Rabenfedern bekleidet. Einige Körperteile blieben jedoch unbedeckt.

»Was starrst du so?«

»Ich … Eh!« Vom Wohnzimmer her erscholl ein triumphierendes Fauchen. Aus dem Augenwinkel erkannte ich eine schattenhafte Gestalt. Gelbe Katzenaugen starrten uns hasserfüllt entgegen.

»Ich glaub es nicht! Da macht man alles, um dem fetten Jungen den Arsch zu retten, und der hat nichts Besseres zu tun, als mir auf die Brüste zu starren!«

Ihren plötzlichen Ausbruch fand ich ausgesprochen unfair, wenn überhaupt hatte ich nur kurz geguckt. Außerdem brachte mich die Situation gerade an den Rand eines Nervenzusammenbruchs. Und da war ja noch das zwei Meter große Katzenvieh in meinem Wohnzimmer.

»Eure Hoheit. Die Katziden!«, gab der alte Rabe zu bedenken.

»Ist doch nur einer!« Mit einer eleganten Bewegung hob sie den Stab.

»Eure Hoheit, das Fenster!«, krächzte der Graufedrige warnend.

Was immer sie mit dem Stab angestellt hatte, es stoppte den Katziden mitten im Sprung und schleuderte ihn an die gegenüberliegende Wand. Scheppernd kam er in meinem Bücherregal zum Halt. Gleichzeitig zerplatzte das Balkonfenster in tausend Bruchstücke.

»Ups«, kommentierte Ravena trocken und zuckte ungerührt mit den Schultern. Dann wandte sie sich mir zu, wohl um ihr Donnerwetter fortzusetzen.

»Dafür haben wir keine Zeit«, unterbrach sie der alte Rabe. »Da kommen bereits weitere!«

Tatsächlich strömten dutzende Katziden vor meinem Balkon zusammen. Sie schienen aus allen Richtungen zu kommen. Mit Hauskatzen hatten diese dämonengleichen Wesen nichts gemeinsam. Einzig ihr Fell und die katzenhaften Gesichter erinnerten an die Stubentiger, so wie ich sie kannte. Ihre Augen funkelten voller Hass und wilder Mordlust.

»Können die hier hoch?«, fragte ich ängstlich.

»Ob die hier hochkommen? Kindchen, das sind Katziden!«, schnaufte Ravena. Sie hatte mich Kindchen genannt, dabei war sie keinen Tag älter als ich. Ich beschloss, ihr zumindest verbal etwas entgegenzusetzen, aber die Katziden kletterten die Hauswand empor. Ein Anblick, der mich erst mal verstummen ließ.

In diesem Moment erhob sich ein ohrenbetäubendes Rauschen. Ein Schatten fiel auf den Balkon.

Ich sah auf.

Ein riesiger Schwarm schwarzer Vögel verdunkelte die Sonne.

»Jetzt gilt es. Spring oder stirb, junger Wächter!«, rief der graue Rabe aus. Der Schwarm zog am Balkon vorbei. Ein undurchdringliches Meer schwarzer, fedriger Leiber.

»Was?«, schrie ich verzweifelt. Die ersten Katziden hatten den Balkon erreicht und scharrten an der Plastikumrandung.

»Das hat doch so alles keinen Sinn«, schimpfte das Rabenmädchen. Ich spürte den Druck ihres Stabes im Rücken und wurde mit einem Ruck über die Balkonbrüstung in den tobenden Schwarm gestoßen.

Ich schrie wie am Spieß.

Aber zu meinem Erstaunen fiel ich nicht in den sicheren Tod. Im Gegenteil. Die Vögel hielten mich, trugen mich höher und höher. Dann ging es in stetigem Flug weiter. In welche Richtung, konnte ich nicht ausmachen.

»Wohin bringt ihr mich?« Trotz der rasanten Ereignisse blieb ich eigentümlich ruhig.

»Wir bringen dich nach Corvis. Auf deinen Weg!« Es war die Stimme des alten Raben, er flog direkt neben mir.

Mein Weg!

Es sollte sich erweisen, dass dieser eigentümliche Aufbruch ins Irgendwo nur der Auftakt für das ungewöhnlichste Abenteuer darstellte, das je ein Mensch erfahren hatte.

Alexander Bringmann

SCHATTEN DER VERGANGENHEIT

»Verneigt euch vor Claudius, dem Großen, Kaiser von Argutera, Bezwinger der neun Königreiche, Zerstörer der ...«

Claudius ließ seinen gelangweilten Blick über den gut gefüllten Thronsaal gleiten, während der Zeremonienmeister den endlosen Titel zum wiederholten Male aufsagte. Von seinem erhöhten Platz aus konnte er die Menge gut überschauen. Der Saal war bereits ordentlich gefüllt mit Vertretern aus allen Teilen des Reiches. Noch immer kamen neue Adlige, um ihm ihre Ehrerbietung zu erweisen. Da waren die Häupter der Zwerge aus den grünen Bergen oder die gefürchteten Waldmenschen. Sie alle beugten ihr Knie vor ihm.

Eine grimmig wirkende Frau erschien vor dem Thron. Die Großfürstin der Toleras war gekommen und verbeugte sich tief. Claudius dachte zufrieden an die Unterwerfung dieses renitenten Völkchens. Ja, die Toleras waren würdige Gegner gewesen, das Reitervolk hatte zu den Letzten gehört, die sich dem Imperium widersetzten.

Claudius wusste, welchen Beinamen er beim Volk hatte: Der Grausame. Doch er war stolz auf seine Taten und seinen Ruf. Seit Jahren hatte es keinen Krieg mehr gegeben, weil keiner so tollkühn war, sich mit ihm anzulegen. Wenn man herrschen wollte, musste man hart sein, keine Gnade kennen. Der Preis, den er dafür zahlte, war die permanente Einsamkeit; durch die ständigen Hofintrigen konnte er kaum einer Seele vertrauen.

Dann sah er die Frau in dem rot schimmernden Kleid. Ihr Haar schien fast golden. Sie gehörte zu einem der niederen Provinzfürsten. Einem jungen, schlaksigen Kerl, der gerade erst die Regentschaft von seinem Vater übernommen hatte.

»Graf Ferdinand von Krachdorf nebst Gemahlin«, stellte der Zeremonienmeister die Gäste vor.

Die Frau faszinierte Claudius. Sie sprach etwas in ihm an, doch er konnte nicht genau sagen, was es war. Sie war jung und schön, das mochte schon sein, aber das waren seine zahlreichen Kurtisanen auch. Dieses Gesicht, es wirkte vertraut. Für die nächsten Gäste hatte er kaum ein Auge, stattdessen folgte er dem roten Punkt in dem rauschenden Meer von Kleidern. Der Rest der Zeremonie fühlte sich wie eine Ewigkeit an.

Wie von Zauberhand leerte sich die Mitte des Saals. Alle warteten darauf, dass er den Tanz eröffnete. Langsam erhob er sich und schritt die Stufen vom Thron herunter, gefolgt von seinem Schatten, dem Leibwächter Cato. Er war der einzige Mann, dem Claudius vertraute, und er verkörperte das, was einem Freund am nächsten kam. Der Kaiser schritt an seiner Lieblingskurtisane in ihrem strahlend blauen Kleid vorbei, seiner Lieblingsfarbe, und dann an den anderen Hofdamen, die um seine Gunst warben.

Die Frau in Rot stand nicht in der ersten Reihe der Schaulustigen, doch als er auf sie zusteuerte, öffnete sich die Menge. Er hielt ihr die Hand hin und ein Raunen ging durch den Saal. Gab es eine neue Favoritin?

Sie schien zu zögern, bevor sie ihm schließlich ihre Hand entgegenstreckte. Ihr Mann erbleichte, doch er war klug genug nichts zu sagen.

Claudius fühlte ihre warme Hand, als er sie zur Tanzfläche führte. Die Musiker fingen an zu spielen. Zu leisen Klängen verbeugten sie sich voreinander. Claudius war trotz seiner fast fünfzig Jahre immer noch in bestechend guter Form. Täglich trainierte er mit Cato den Schwertkampf und auch im Tanzen hatte er viel Übung.

Die Musik floss ruhig dahin und sie tanzten eng zusammen. Und immer noch war dieses vertraute Gefühl da. »Wie ist Euer Name, Madame«, fragte er sie.

»Aurelia«, sagte sie mit feiner Stimme. Im Takt der schneller werdenden Musik wirbelte er sie einmal um die eigene Achse.

Ihr blondes Haar flog genauso wie ihr feuriges Kleid und plötzlich wusste er, an wen sie ihn erinnerte. Melina, sie sieht aus wie Melina, dachte er. Fast hätte er den Takt verpasst, doch die Musik wurde wieder ruhiger und so fiel es nicht weiter auf.

»Ihr bewegt euch gut auf der Tanzfläche. Doch sagt, wo kommt Ihr her?«, fragte er sie. Er schaute sie genauer an, musterte ihr Gesicht, als sie über die Tanzfläche wogten. Tatsächlich sah sie ihr erstaunlich ähnlich, der einzigen Frau, die er je wirklich geliebt hatte. Vielleicht lag es auch am roten Kleid, Melina hatte diese Farbe mit Vorliebe getragen.

Sie lächelte. »Interessiert es Euch wirklich? Jetzt bin ich doch hier.« Er musste sie haben, schon weil sie ihn an alte, unbeschwerte Zeiten erinnerte! Die Musik schwoll immer stärker an, er wirbelte sie über die Tanzfläche. Er genoss den Tanz, auch wenn er langsam ins Schwitzen kam.

Als die Musik wieder etwas ruhiger wurde und sie sich eng aneinanderschmiegten, raunte sie ihm zu: »Ihr seid wirklich sehr gut, Euer Majestät. Habt Ihr schon immer viel getanzt?«

Er dachte an seine geliebte Melina und ein Anflug von Wehmut überkam ihn. »Früher viel, aber jetzt kaum noch, fast nur zu offiziellen Anlässen«, sagte er. Er dachte daran, wie es damals endete.

»Ihr erinnert mich an jemanden«, sagte er und schaute in ihre unergründlichen Augen.

Melina hatte ihn verraten und sich auf die Seite seiner Feinde gestellt, nur weil er diese läppische Stadt zerstört hatte. Wie hieß sie doch gleich? Damals hatte er zum letzten Mal Gnade gezeigt! Er hatte ihr nicht die Haut abziehen lassen, wie er es sonst mit Verrätern zu tun pflegte. Er hatte sie nur in die Sklaverei verkauft und nie wieder etwas von ihr gehört.

»Ich weiß, an wen ich Euch erinnere. An meine Mutter«, sagte sie, gerade als die Musik wieder schneller wurde. Wieder wirbelte er sie herum, doch eigentlich fühlte er sich selber schwindelig. War sie wirklich ihre Tochter? Wie war es Melina ergangen? Lebte sie vielleicht noch? Ein Gefühl kam auf, das er lange nicht mehr gekannt hatte: Schuld. So lange hatte er versucht, jeden Gedanken an sie zu verdrängen, doch nun brach alles über ihn herein. Ein Gefühl von Übelkeit breitete sich aus.

»Wie kann es sein?«, fragte er, doch die Musik wurde immer schneller und so verzögerte sich die Antwort. Eigentlich hätte der Einführungstanz längst beendet sein sollen, damit auch alle anderen anfangen konnten zu tanzen. Doch solange er keine Anstalten machte, aufzuhören, spielten die Musiker weiter.

»Wie geht es ihr?«, fragte er, obwohl er die Antwort auf die vorherige Frage noch nicht bekommen hatte.

»Sie ist tot ... Genau wie du!«, sagte sie mit Genugtuung in der Stimme.

Er ließ sie abrupt los. Was hatte sie getan? Er sah die kleine Nadel in ihrer Hand. Der Schweiß lief ihm über die Stirn und er sackte zusammen. Plötzlich war Cato hinter ihm. »Majestät, was ist los?«, fragte er aufrichtig besorgt.

Ein Raunen ging durch die Menge, doch Claudius schaute nur auf Aurelia. Er sah den Zorn in ihren Augen und ihre Stärke. Diesen Blick hatte Melina niemals gehabt. Sie war immer so sanft gewesen. In Aurelias Augen erkannte er sich selbst. Was musste sie alles getan haben, um hierher zu kommen? Der Schmerz breitete sich in seinem Körper aus. Er kannte die Symptome des Talingaris-Giftes - unheilbar, schnell wirkend und verdammt schmerzhaft.

»Vergiftet«, sagte er nur.

Cato begriff sofort und mit gezücktem Schwert sprang er auf Aurelia zu. Diese ließ die Nadel fallen und machte keine Anstalten, zu fliehen oder sich zu wehren, sondern erwartete den tödlichen Schlag mit stoischer Gelassenheit.

»Stopp«, sagte Claudius und Cato erstarrte in der Bewegung. Mit fragender Miene sah er seinen Kaiser und Freund an. »Du hast den Kaiser von Argutera ermordet. Doch ich selbst werde noch das Urteil über dich verhängen.«

Eine Schmerzwelle ging durch seinen Körper. Er würde sie leiden lassen, auch wenn er damit den letzten Rest von der Erinnerung an Melina zerstörte.

Immer mehr Wachen strömten herbei und drängten die Schaulustigen zurück, die sich am Anblick des gefallenen Kaisers ungläubig ergötzten.

Ein Reich hielt man nur mit Stärke zusammen, danach hatte er immer gelebt. Hatte er sich nicht aufgeopfert, um das

Reich zusammenzuhalten? Er sah in die Gesichter der Leute um ihn herum - der Könige, Fürsten und Stammesführer, die alle in der Sekunde seines Todes nach der Macht greifen würden. Er begriff, er hatte alles verloren. Durch Unterdrückung aufgebaut, würde das Reich in einer Spirale der Gewalt untergehen. Dafür musste er sie hart bestrafen. Sie mochte sein Fleisch und Blut sein, doch Gnade lag nicht in seinem Wesen.

Für die Macht hatte er seine Liebe geopfert und erst jetzt fühlte er den Verlust. Claudius konnte nicht mehr klar sehen und auch sein Geist wurde immer mehr vernebelt. Er blickte Aurelia an, doch er sah Melina mit ihrem sanften Gesicht. Mit letzter Kraft schob er die Illusion beiseite.

»Ich …« Schmerzen flossen durch seinen Körper. »Ich verurteile dich, Aurelia, dazu, mein Erbe anzutreten.«

Er sah Aurelias fassungsloses Gesicht, wie sie mit Schmerz, Zorn und einem Anflug von Trauer kämpfte. Ihr Bild zerrann vor seinen Augen zu einem gleißenden Licht. Dann wurde alles schwarz.

Patrick Hahmann

DER GRENZPOSTEN

Sand. Egal wohin er blickte, sah er nichts als Sand. Tagsüber von einer hellen, an Mehl erinnernden Farbe, war der staubige Wüstenboden nachts nicht von gewöhnlicher Erde zu unterscheiden. Die Einöde zeigte sich in der kühlen Dunkelheit wesentlich freundlicher als in der brennenden Hitze des Tages. Daher war Robert durchaus froh, diesmal die Nachtwache abbekommen zu haben. Langweilig war es trotzdem, stundenlang durch die leere Wüste zu laufen und den Grenzposten an der Handelsstraße nach Tiza zu bewachen. Aber immerhin wurde man nicht in seiner Rüstung gebraten. Und langweilig war immer noch besser als tot.

Die Beziehungen zwischen seinem Heimatland Calden und Tiza waren gelinde gesagt angespannt, was dazu führte, dass kaum Händler, geschweige denn Reisende vorbeikamen. Dementsprechend war es hier recht trist – aber sicher. Zumindest solange die Lage nicht eskalierte. Dies war auch der Grund, warum Robert sich für diesen Posten gemeldet hatte. Er hatte keine Lust, sich in den umkämpften Grenzgebieten im Norden von Calden von den immer wieder einfallenden Kriegern des Eisvolkes aus Firoir den Schädel einschlagen zu lassen.

Osar, die Hauptstadt Firoirs, hatte keinerlei Kontrolle über die primitiven Nomadenvölker im Südwesten des Landes. Es war nur eine Frage der Zeit, bis das Gebiet aufgegeben werden würde. Zwar stellten die Überfälle der mit einfachen Speeren und Eismagie kämpfenden Barbaren selten eine echte

Gefahr für die gut ausgebildeten und ausgerüsteten Soldaten Caldens dar, aber hin und wieder kam es vor, dass eine Wachmannschaft ausgelöscht wurde. Da an jedem Grenzposten ein Magier anwesend war, wurden die Schneekrieger so gut wie immer von diesem vernichtet – selbst wenn sie die gewöhnlichen Soldaten überwinden konnten.

Robert hingegen war seit zwei Tagen hier im Süden stationiert und erwartungsgemäß war nichts passiert. Also hatte er die Zeit genutzt, seine Kameraden etwas besser kennenzulernen. Die Wachgarnison bestand aus zehn Soldaten und einem Magier.

»Robert!«, hörte er seinen Namen durch die Dunkelheit schallen.

Er erkannte die Stimme des Hauptmanns. »Ja, Sir?«, antwortete er prompt.

»Du bist dran, rauf da. Schick Brendan runter.« Er deutete auf einen der drei Wachtürme. Auf jedem hielt jeweils ein Soldat Wache und unterstützte bei Kämpfen gegebenenfalls mit dem Bogen.

»Jawohl, Sir«, bestätigte er den Befehl und wartete, bis Brendan herabgestiegen war.

Brendan freute sich, vom Turm runterzukommen. »Viel Spaß da oben«, meinte er, »schlaf nicht ein.«

Robert brummte, übernahm den Bogen von Brendan und erklomm die Leiter.

Die nächste Zeit verbrachte er damit, in die Dunkelheit zu starren und sich wachzuhalten. Als er sich gerade fragte, was er tun sollte, um nicht einzuschlafen, sah er ein Leuchten in etwa einhundert Metern Entfernung. Rasch wurde es heller und er merkte, was da auf ihn zukam. Mit einem lauten Knall schlug der Ball aus Feuer und schwarzer Magie in seinen

Wachturm ein. Der Treffer riss ihn von den Beinen und brachte den Turm gefährlich ins Schwanken.

Er prallte auf die Holzbohlen, rappelte sich aber sofort wieder hoch. »Angriff!«, brüllte er und versuchte, etwas in der Dunkelheit auszumachen. Erneut erkannte er das Leuchten in der Finsternis. Robert zielte auf den Ausgangspunkt des Zaubers und schoss einen Pfeil ab. Kurz danach schlug der Feuerball ein und Robert klammerte sich am Geländer fest. Er spürte, wie der Turm unter ihm zusammenzubrechen begann. Krampfhaft versuchte er, sich auf den Beinen zu halten und den Wachturm hinunterzukommen, ehe er endgültig in sich zusammenfiel. Es gelang ihm nicht. Die Standbeine der Plattform gaben knirschend auf und knickten ein. Knapp zwei Meter tief fiel Robert, als die Leiter nach hinten kippte. Der harte Aufprall auf dem Sand raubte ihm den Atem und ließ ihn benommen liegen bleiben. Verschwommen sah der Soldat die Reste seines Wachturms in einem Funkensturm verschwinden und seine Kameraden durcheinanderlaufen.

Sein Hauptmann schrie Befehle durch das Chaos, welche er aber nicht verstand.

Brendan kam herüber und half ihm auf. »Alles in Ordnung? Was hast du gesehen?«, wollte er wissen.

Robert nickte. »Feuerball«, keuchte er.

Sie sammelten sich und eilten in Richtung der restlichen Männer. Die umfallende Leiter hatte Robert weit genug vom Turm wegbefördert, um ihn vor Verletzungen durch das zusammenbrechende Holzbauwerk zu bewahren. Auch sein Bogen, den er nun mit eingelegtem Pfeil und halb gespannter Sehne vor sich hielt, war erstaunlicherweise heil geblieben.

Seit dem zweiten Feuerball war es ruhig, aber die Wachmannschaft blickte angespannt in die Nacht. Die Männer liefen in einer Linie nebeneinander her, die Waffen gezogen, der Magier wenige Schritte hinter ihnen. Der Hauptmann wies Robert wortlos an, sich in die zweite Reihe zurückfallen zu lassen.

Er gehorchte, reihte sich etwa fünf Meter hinter Brendan ein und war insgeheim froh, nicht an vorderster Front stehen zu müssen. Er blickte sich um und sah die beiden anderen Bogenschützen auf den Türmen, welche wie er mit eingelegtem Pfeil in die Dunkelheit zielten.

Die Zeit nach dem ersten Angriff erschien Robert wie eine Ewigkeit. Dann schälten sich mit einem feurigen Fauchen plötzlich drei Kreaturen aus den Schatten der Nacht, als würden sie aus der Finsternis selbst springen. Die Wesen aus Schatten und Flammen begannen unvermittelt, auf die Soldaten einzuschlagen.

Zwei Männer schafften es, ihre Schilde hochzureißen und zwischen sich und die Angreifer zu bringen, sodass die Waffen an diesen abprallten. Brendan war jedoch zu langsam und wurde vom Hieb einer Kreatur an der Brust getroffen. Kurz taumelte er und zuckte dann zusammen, als der Schatten ihm die seltsam surrealen Klingen in den Bauch rammte, bis sie am Rücken wieder sichtbar wurden. Brendan stand einen Moment reglos da und fiel dann stumm nach hinten um. Schockiert starrte Robert den Toten an. Er sah den tiefen Kratzer, den der eröffnende Hieb in Brendans Rüstung hinterlassen hatte. Der erste Angriff hatte das Kettenhemd nicht durchdrungen. Dem darauffolgenden Stichangriff hatte es aber nichts entgegenzusetzen gehabt.

Das skelettartige Wesen, das von Rauch und dunklem Feuer verschleiert war, fixierte Robert mit einem schrillen Schrei und rannte auf ihn zu.

Fluchend löste er sich aus seiner Schockstarre, spannte die Sehne und ließ den Pfeil auf den Angreifer los. Das Geschoss surrte auf die Brust des Monsters zu. Dieses jedoch verschwand in einer Explosion aus schwarzem Rauch und Flammen, ehe es getroffen wurde.

Robert traute seinen Augen nicht, als der Pfeil ins Nichts flog und das Wesen direkt vor ihm erneut aus der Finsternis sprang. Er riss instinktiv den Bogen hoch und versuchte, den Schlag abzuwehren, was nur von mäßigem Erfolg gekrönt war. Das Holz zersplitterte in seinen Händen und er wurde an der Schulter getroffen. Er spürte die Klinge des Feindes in sein Fleisch dringen und schrie auf. Geistesgegenwärtig ließ er sich nach hinten fallen, um der folgenden Attacke auszuweichen. Erstaunt beobachtete er, wie der Angreifer aufgrund des fehlenden Widerstandes ins Straucheln geriet.

Robert ignorierte das Brennen in seiner Schulter und trat mit aller Kraft dorthin, wo die rot leuchtenden Augen ein Gesicht vermuten ließen. Sein Angriff verschaffte ihm ein paar Augenblicke, in denen er sein Schwert ziehen konnte. Am Boden liegend schlug er nach der Kreatur. Er war sich sicher, sie am Bein getroffen zu haben, spürte aber keinerlei Widerstand. Er fluchte innerlich und erwartete, den folgenden Angriff nicht zu überleben. Das Wesen stand zum Angriff bereit direkt über ihm und Robert konnte erkennen, dass die Waffen des stummen Angreifers mit dessen Armen verwachsen waren.

Schwer atmend starrte er den Schatten an. Er schloss die Augen und versuchte in einem letzten verzweifelten Angriff, sein Schwert in die Brust der Kreatur zu rammen.

Die Waffe glitt aus seiner Hand und fand ihr Ziel nicht. Plötzlich hörte er einen schrillen Schrei und öffnete die Augen wieder. Das Wesen über ihm wankte zurück, als es von vielen kleinen Lichtkugeln getroffen wurde.

»*Der Magier!*«, fuhr es ihm durch den Kopf. Robert hatte seinen Namen vergessen, war aber froh, dass der Zauberer ein Mittel gegen die Wesen gefunden hatte. Jeder Treffer der magischen Geschosse ließ den Schatten weiter zerplatzen, bis er schließlich in einer Rauchwolke verschwand. Nur ein schwarzes Skelett verblieb, welches zusammenfiel und dunklen Staub über Robert verteilte.

Dieser blieb liegen und sah sich schwer atmend um. Das letzte Schattenwesen zerplatzte unter den schnellen Angriffen des Magiers. Erleichtert legte Robert den Kopf in den Sand und blickte einen Augenblick in den Himmel. Er dankte den Göttern für den Zauberer.

»Schattenläufer«, erklärte dieser. »Ein Wesen aus schwarzer Magie, aber sehr empfindlich gegen Licht.«

»Deswegen Schattenläufer«, kommentierte der Hauptmann - einer der Glücklichen, die den Angriff überstanden hatten. Die beiden unterhielten sich weiter, während Robert sich aufrappelte und umsah. Die dunklen Wesen hatten sechs der zehn Soldaten getötet, wobei außer ihm und dem Hauptmann nur die beiden Bogenschützen in den Türmen überlebt hatten. Zusammen mit dem Magier waren also noch fünf Leute am Leben und kampffähig. Die anderen waren in erbärmlichem Zustand. Einer der Soldaten, die den Angriff mit dem Schild abwehren konnten, hatte die weiteren Attacken offensichtlich nicht viel besser ertragen als Brendan. Sein Schild lag - samt dem Arm, der ihn trug - etwa einen Meter neben dem Rest des Körpers. Das zerschnittene Gesicht starrte mit aufgeschlitzter Kehle in den klaren Nachthimmel.

Die übrigen Gefallenen sahen nicht viel besser aus und trugen allesamt klaffende Wunden.

Seit dem ersten Feuerball war kaum Zeit vergangen und dennoch schienen die Ruhe und Langeweile Jahre her zu sein. Gerade noch war alles in Ordnung gewesen und jetzt standen die wenigen verbliebenen Soldaten im Blut der gefallenen Kameraden. Genau das hatte Robert vermeiden wollen. Darum hatte er sich hier gemeldet. Aber es war, wie es war und er versuchte, sich an die neue Situation anzupassen. Jetzt war nicht die Zeit, sich Gedanken darüber zu machen. Zuerst einmal galt es, zu überleben. Mit dem Fuß schob er angewidert den abgetrennten Arm vom Schild und hob ihn und sein Schwert vom Boden auf. Er war bereit.

»Zweite Runde!«, rief der Hauptmann und deutete in den Nachthimmel, wo sich deutlich eine Kugel aus Feuer und Schatten abzeichnete.

Sie schlug in einen der beiden verbleibenden Wachtürme ein. Anders als bei Roberts Turm wurde diesmal die Plattform selbst getroffen, wodurch dem Bogenschützen keine Chance blieb. Er wurde herunter geschleudert und landete brennend mit einem dumpfen Geräusch im Wüstensand. Ohne jemals sein Bewusstsein wiederzuerlangen, verbrannte er in kurzer Zeit im magischen Feuer zu einem Haufen verkohlter Knochen. Reste seiner einst glänzenden Rüstung lagen dunkel und verrußt zwischen den Überbleibseln des Turmwächters.

Sofort begann der andere Schütze den Abstieg von seinem Turm. Keinen Moment zu früh, denn auch der letzte Wachturm wurde getroffen und ging in Flammen auf.

Weitere Schattenläufer erschienen, wurden jedoch fast umgehend von den Zaubern des Magiers vernichtet. Diesmal wurde er nicht vom Auftauchen der Wesen überrascht und reagierte sofort. Es hatte einen Grund, dass an jedem Wachposten ein Zauberkundiger stationiert wurde.

Wieder gab es eine kurze Pause. Das Warten machte Robert fast verrückt. Er hatte keine Ahnung, *worauf* er eigentlich wartete, und das konzentrierte Schweigen des Magiers bot ihm auch keine Antwort. Er hielt nach weiteren magischen Wesen Ausschau. Nach einer Armee, die sich über die sandigen Dünen schob, oder Hinweisen, dass der Boden sich unter seinen Füßen auftat und ihn in einen Abgrund stürzte. Aber nichts geschah. Vorerst. Als das Warten dann jedoch ein Ende hatte, war es anders. Es waren keine schnellen, in Rauchwolken verschwindenden Schattenwesen, die aus dem Nichts auftauchten und ohne Vorwarnung die Soldaten aufschlitzten.

Robert sah zwei Gestalten in der Dunkelheit, wobei eine ungewöhnlich groß, breit und muskulös gebaut war, dazu trug sie eine Kriegsaxt, welche die Schwerter der Soldaten wie Spielzeug aussehen ließ. Die andere war von hochgewachsener, aber schlanker Statur. Fast wie ein Elf. Robert konnte sich nicht vorstellen, dass ein solcher sie angreifen würde, aber er hatte schon von Elfen gehört, die der Dunkelheit verfallen waren.

Einige Sekunden standen sich die beiden Parteien fast fünfzig Meter voneinander entfernt gegenüber, ohne dass etwas passierte. Dann verlor der Bogenschütze, der sich vom

Turm gerettet hatte, die Nerven und feuerte einen Pfeil in Richtung der beiden Gestalten.

Zu Roberts Erstaunen traf er sogar. Das Geschoss drang in die Schulter des Hünen ein und ließ ihn brüllend zurückzucken. Die Antwort folgte sofort. Der scheinbare Elf hob wortlos die Arme und seine Hände begannen, dunkelrot zu leuchten. Plötzlich brach ein wahrer Höllensturm los, als hunderte von kleinen Schattenfeuerbällen auf sie zuflogen.

»Schilde hoch!«, brüllte der Hauptmann lautstark.

Robert hatte den Schild längst in die Höhe gezogen und versteckte sich dahinter, so gut es ging. Die Feuerbälle schlugen prasselnd auf dem Holz ein und kleine Splitter platzten heraus. Aus den Augenwinkeln sah er, wie der arme Wurm, der den Pfeil abgeschossen hatte, in Stücke gerissen wurde. Sein Bogen bot keinerlei Schutz gegen die magischen Geschosse.

Nachdem das Prasseln aufhörte, senkte Robert den Schild und sah die Gestalt mit der Axt auf die kleine Gruppe von drei Leuten zustürmen. Als der Hüne zum Sprung ansetzte und die Axt über den Kopf hob, wusste Robert, dass sein Schild den Schlag nicht abfangen würde. Er riss ihn dennoch erneut hoch und spürte ... nichts. Der Magier hatte ihm zum zweiten Mal das Leben gerettet und einen Wall aus magischer Energie erschaffen, an der der Axthieb abprallte.

Plötzlich zerriss ein weiterer Feuerball des Fremden den Oberkörper des Magiers, der - erschöpft von den Anstrengungen - seine Verteidigung aufgegeben hatte, um Robert zu retten. Der Wall brach augenblicklich zusammen und Robert war dem Angreifer ausgeliefert. Er starrte entsetzt in das vernarbte Gesicht des Hünen, der seine Axt in dem Schild einhakte und ihm diesen mit einem Ruck aus den Händen riss.

Sein halbherziger Schwerthieb wurde mühelos abgewehrt und der Krieger rammte ihm den Stiel seiner Axt in die Brust.

Die Luft blieb ihm weg und seine Rippen brachen. Die Kraft des Stoßes war unglaublich. Er wurde zurück geschleudert und landete im noch glühenden Holzgerüst eines Wachturms. Mit dem Kopf knallte er gegen einen verkohlten Holzbalken. Einen Moment wurde ihm schwarz vor Augen, ehe sein Blick sich wieder etwas klärte.

»Bleibt noch einer«, knurrte der Hüne und wandte sich dem letzten Überlebenden des Wachpostens zu.

Benommen beobachtete Robert den Kampf wie durch einen Schleier. Er versuchte aufzustehen, doch Schwindel und Übelkeit verhinderten dies.

Der Hauptmann erwies sich als besserer Kämpfer als der Rest seiner Truppe. Der Hüne hatte mit seiner verletzten Schulter einige Mühe, Angriffe in schneller Folge auszuführen, aber dennoch kostete jedes Ausweichmanöver den Hauptmann Kraft. Dessen Hiebe blockte der Axtkämpfer hingegen problemlos. Nach kurzer Zeit gelang es dem Offizier nicht mehr, der Axt zu entrinnen. Die Klinge durchtrennte sein Bein mühelos und er brach schreiend zusammen. Das vernarbte Gesicht des Hünen verzog sich zu so etwas Ähnlichem wie einem Grinsen, als er die Axt ein letztes Mal hob.

Die Augen des Hexenmeisters glühten kurz rot auf, als das Schreien des Hauptmanns mit dem stumpfen Geräusch der fallenden Axt verstummte. Die einzige Gefühlsregung, die er äußerte. Es war geschafft. Er ging langsam in Richtung seines Gefährten, wobei er, ohne seine Bewegung zu unterbrechen, in einer Rauchwolke verschwand und knapp neben dem verstümmelten Leichnam des Hauptmanns auftauchte. Das

Wandeln in den Schatten kostete ihn keine Mühe. Er sah sich um und erkannte die traurigen Überreste des Magiers. Er rümpfte die Nase. Die Zauberer Caldens waren zwar keine Gefahr für ihn, aber ihre magische Barriere konnte er in seinem momentanen Zustand nicht durchdringen. Problemlos hätte sein Widersacher den Schutzzauber aufrechterhalten und verschwinden können.

Der Hüne mochte denken, er habe mit seinem Angriff die Verteidigung des Magiers gestört. Der Hexer selbst wusste es besser. Wäre der Zauberer weggelaufen, hätte er bis zum nächsten Posten mindestens einen halben Tag gebraucht. Eine lange Zeit, um vor einer anstehenden Invasion zu warnen, und der Marsch durch die Wüste war selbst für einen Magier ohne Ausrüstung und Trinkwasser nicht ungefährlich. Starb ein Magier aber im Kampf, wurde sein Tod augenblicklich von seinem Ausbilder, einem der Erzmagier in Weißhafen, der Hauptstadt Caldens, wahrgenommen und als Warnung verstanden. Eigentlich eine höchst unangenehme Angewohnheit dieser Zunft, aber *er* wusste dies gegen sie zu nutzen.

Er warf einen letzten verächtlichen Blick auf den blutigen Haufen, der gerade noch seine Schattenläufer vernichtet hatte. Anschließend wandte er sich in Richtung des Wachturms, in dessen Ruinen der Soldat geschleudert worden war. Er wusste, dass dieser noch am Leben war. Gerade so. Er konnte es spüren. Mit einer Bewegung seiner Rechten ließ er Robert aus dem Schrotthaufen vor sich schweben. Er hielt dem schlaffen Körper, der wie an unsichtbaren Fäden aufgehängt in der Luft hing, die Hand vors Gesicht. Ohne ein Wort webte er den Zauber und dünne, rotschwarze Rauchfäden wanderten von seinen Fingerspitzen in Mund, Nase und Augen des

Soldaten. Als er die Beschwörung vollendet hatte, entließ er den Körper aus seinem dunklen Griff. Augenblicklich sackte dieser in sich zusammen und blieb reglos liegen.

Der erste Schritt war getan.

Bald würde er seine wahre Macht zurückgewinnen.

Karen Glauer

DIE JAHRESUHR

»Es interessiert mich überhaupt nicht, wer von euch angefangen hat!«

Die Mutter stand mit verschränkten Armen und dem Blick einer vor Zorn sprühenden Göttin vor ihrer zwölfköpfigen Kinderschar. In der Linken wippte noch die Haselnussgerte, die sie gerade von einem Strauch hinterm Haus abgeschnitten hatte. Aufgrund der Streitereien, deren Auswirkungen mittlerweile das ganze Umfeld mitbekam, war sie gezwungen gewesen, ihre Bande zu sich zu zitieren und dieser die Leviten zu lesen.

»Was ist passiert?«, wandte sie sich an den fünften Spross.

Der fuhr sich durch das sonnengelbe Haar. »Der April hat schon wieder Hagel gemacht! Schon wieder! Erst klaut er mir die Kirschblüten, dann hat er so viel Sonne, dass alle Welt schon im Garten sitzt. Und wenn ich dann dran bin, schickt er Hagel!« Die Anklage war vernichtend.

»Da kann ich doch nichts dafür!«, fuhr der Beschuldigte auf. »Ich habe nun mal gerade keinen Regen zur Verfügung, den ich schön mit Sonne und Schnee und Wind mixen kann. Denkst du, mir macht das Spaß, die ganze Zeit konstante Temperaturen und strahlend blauen Himmel zu präsentieren? Ich werde schon nicht mehr ernst genommen!«

»Heul doch!«, knurrten die größten Zwillinge. »Ihr müsst euch wenigstens nicht anhören, dass kein Kind Schlitten fahren kann und es trotzdem die ganze Zeit doof draußen ist. Wenn es nach uns gehen würde, hätten wir alles mit einer schönen Schneedecke überzogen, aber nein – März muss ja wieder alle seine Blumensamen zu uns rüberschicken, auf dass die Krokusse im Februar blühen.«

»Als ob ich das freiwillig machen würde!«, zürnte die älteste Tochter. »Ich würde ja auch gerne meine Pflanzen Schritt für Schritt aufblühen lassen, damit es immer was Neues zum Staunen und Freuen gibt. Stattdessen explodieren die Wiesen binnen weniger Tage mit allem, was da kreucht und fleucht.«

»Und dann besinnt sich der April auf seine Pflichten und schickt nochmal Frost, damit alles wieder stirbt«, kicherte eines der braunhaarigen Vierlingsmädchen.

»Ihr seid besser ganz still!«, brauste der Oktober auf. »Ihr langweiligen Dinger mit eurer Dürre, eurer Hitze und der ganzen Sommer-Monotonie. Eine wie die andere. Früher galt ich noch als Liebling, die Leute genossen die letzten warmen Tage, in meinen Zuständigkeitsbereich fiel die Erntezeit, die Kastaniensammelei und die Vorbereitung auf die langen, kalten Wintermonate.«

Verächtliches Schnauben vom November. »Ja danke, ich wurde in den letzten Jahren als überdurchschnittlich warm deklariert. Wenn der erste Advent bei mir landete, schien draußen meistens die Sonne und die Leute machten im T-Shirt ihren Sonntagsspaziergang.«

»Was soll ich da sagen?«, murrte der Dezember. »Alle Welt erwartet Postkarten-Wintermärchen-Idylle. Kann mich nicht entsinnen, wann ich das letzte Mal ordentlich Schnee oder über mehrere Tage Dauerfrost gebracht hätte. Keiner von uns ist mehr das, was er mal war, aber Hauptsache, der Mai beschwert sich über Hagel. Vergiss deine Eisheiligen nicht!«

Der Mai machte eine wegwerfende Geste. »Ach die. Die haben *mich* vergessen in den letzten Jahren!«

In diesem Moment krachte ein Donnerschlag und die Monate zogen die Köpfe ein. Das Gewitter über dem Gesicht von Frau Jahr verhieß nichts Gutes.

Eva Heinze

SASHA UND DAS SCHICKSAL DER GRAUBÜFFEL

Es war ein nebliger Morgen im Frühling. Ein Trupp Frost-
riesen vom Stamm der Klaue war aus seiner Festung in den
Bergen herabgestiegen und streifte stolz durch seine üppigen
Jagdgründe. Die gehörnten Jäger taten keinen Schritt, der
nicht auf vertrauten Boden fiel, und beachteten die
Windrichtung mit derselben Selbstverständlichkeit wie das
Laufen selbst. »Autsch!«, winselte eine von ihnen und schlug
sich mit der flachen Hand auf den Unterarm, um ein Insekt zu
zerquetschen, das sie gestochen hatte.

»Still!«, zischte der Anführer zurück und kauerte sich so
tief ins Gras, bis nur seine dunklen Hörner zu sehen waren.
Die Frostriesin hob ihre Hand und betrachtete die Überreste
des Geschöpfs auf ihrer Haut. Es hatte die Größe einer
Wespe, aber es war schwarz und braun gestreift mit acht
haarigen Beinchen und einem langen, weißen Saugrüssel, aus
dem noch ihr frisches Blut tropfte. Stechmücken kannte sie
aus den sumpfigeren Gebieten, aber eine solche Kreatur
erblickten ihre haselnussfarbenen Augen zum ersten Mal.

»Hagen? Kannst du mal gucken?« Sie streckte ihren Arm
in seine Richtung, aber der alte Jäger stieß sie weg und
zischte erneut. Er spannte seinen Bogen und bewegte sich
geduckt nach vorne auf einen Hügel zu. Der Rest des Trupps
hatte ihm zu folgen, oder man würde sie dafür verantwortlich
machen, wenn die Jagd missglückte.

Die Bogensehne ächzte und Hagen zielte am Pfeil entlang auf etwas, das die anderen noch nicht im Blick hatten. Er atmete ein, aber nicht wieder aus, ganz ruhig und völlig konzentriert, als begänne und ende das Universum bei dem pelzigen Ding im Gras.

Das Geschoss surrte durch die Luft und traf das dicke, graue Fell. Aber der Schmerz blieb dem Tier erspart. Es war längst tot.

»Ein Kalb«, meinte er trocken und schaute enttäuscht auf den Körper vor ihm. Es war noch ein Jährling, aber der aufgeblähte Bauch ging ihm trotzdem bis zur Brust und es würde vier erwachsene Männer brauchen, den leblosen Körper zu transportieren. Wenn sie es denn überhaupt für essbar befanden. Die Beckenknochen stachen trotz des struppigen Pelzes deutlich hervor und seine pinkfarbene Zunge hing aus dem Mundwinkel heraus. Es hatte seine Glieder von sich gestreckt und starrte mit leeren Augen in den Himmel. Spuren von Klauen und Zähnen waren nirgendwo zu sehen.

»Ich wette, der quillt vor Bandwürmern über«, beschwerte sich ein Frostriese mit einem abgebrochenen Horn auf der linken Seite und einem langen, grauen Bart. Er kniete sich hin und setzte ein Messer an, um die Bauchdecke zu öffnen und sich die Organe anzusehen. Beute, die sie haben konnten, ohne die sechs Tonnen schweren Kolosse direkt herauszufordern, wäre ein Segen gewesen, aber nicht, wenn das Fleisch sie krank machte.

Die Jägerin zog den Transportschlitten näher und löste bereits die Schnüre in der Annahme, dass sie das Kalb mitnahmen.

»Der müsste noch Milch trinken. Vielleicht wurde das Muttertier gerissen«.

»Kann sein«, schnauzte Hagen, noch immer hörbar frustriert. Er drehte sich weg und lief gemächlich auf die Kuppe des Hügels zu. Er drückte sich gerne um das Entfernen der Organe. Es aß sich leichter, wenn man nicht genau wusste, welche Parasiten es sich zuvor in seiner Portion bequem gemacht hatten.

Als er die Spitze des Hügels erreicht hatte, rief er entsetzt die Namen seiner Gefährten und winkte sie zu sich. Der Anblick, der sich ihnen bot, würde sie bis in ihre finstersten Alpträume verfolgen, denn er verhieß Hunger und Leid für Jahre, wenn nicht sogar für Generationen.

Die Ebene, auf welcher die Herde graste, war bedeckt mit den toten Körpern von Graubüffelkälbern und Jährlingen, die noch nicht von der Muttermilch entwöhnt waren. Reglose, graue Fellbündel lagen überall verstreut, teilweise schon von den Erwachsenen platt getreten. Schwärme von Milliarden schwarz-braun gestreifter Fliegen schwirrten überall um die noch lebenden Tiere herum, vor allem krochen sie über ihre Bäuche, wo die dicksten Blutgefäße verliefen. Wie dichte, schwarze Wolken füllten sie die gesamte Ebene aus. Die Tiere schlugen mit ihren Schweifen, rieben sich an den Felsen und wälzten sich wieder und wieder im hohen Gras, aber die Insekten setzen ihre Angriffe gnadenlos fort.

Die Euter der Kühe waren geschwollen und so rot wie rohes Fleisch. Hagen beobachte, wie ein abgemagertes Kalb immer wieder verzweifelt mit der Nase gegen die Zitzen seiner Mutter stieß, aber die Kuh schrie vor Schmerz und trat ihr Junges so heftig mit ihren tellergroßen Hufen, dass es zu Boden ging. Ein paar Mal noch versuchte das Kleine, zurück auf seine wackeligen Beine zu kommen, doch dann ließ es sich auf die Seite fallen und blieb dehydriert und entkräftet liegen.

Der Nachwuchs der letzten beiden Jahre war bereits verloren und die Fliegen zeigten keine Anzeichen, jemals von ihrer neuen Nahrungsquelle abzulassen.

»Wir müssen es der Seherin sagen«, flüsterte die Jägerin an Hagens Seite. Sie drückte ihr Gesicht auf seine Schulter und er konnte fühlen, wie der Leinenstoff sich mit ihren Tränen vollsog.

Drei Jahre später, auf der anderen Seite der Welt in einem luxuriösen Stall, hockte Sasha auf einem Strohballen und aß einen holzigen Apfel, den er aus dem Futterlager mitgenommen hatte. »Yolonda« war auf ein Schild geritzt, welches an der Tür zu dieser Stall-Box hing. Der Verschlag war für Nashörner gedacht gewesen, aber man hatte ihn mit Metall verstärkt, bis er stabil genug war, um eine ausgewachsene Graubüffelkuh darin gefangen zu halten.

Niemand wusste genau, wie viele Exemplare die Art noch zählte, aber man war sich einig, dass die Invasion der Monrastanischen Nadelfliege sie an den Rand der Ausrottung gedrängt hatte. Die einheimischen Rinder auf den Weiden kamen zurecht, aber bei den gigantischen Graubüffeln führten die Stiche zu Entzündungen und ließen den Milchfluss versiegen. Allein der Winter brachte ihnen noch eine Atempause, bis der Frühling die nächste Generation Larven hervorbrachte.

Der Direktor der Königlichen Menagerie hatte die Oberhäupter der Frostriesenstämme mühsam überzeugen können, ihm einige Exemplare für die Zucht zu überlassen, aber die

Jungtiere, welche hier geboren wurden, waren nur halbe Graubüffel, Tiere mit gesunden Beinen und dichtem Fell, aber ohne Herde und ohne Lebensraum. Selbst wenn die Fliegen eines Tages von den frostigen Ebenen verschwinden würden, wie sollten sie auf sich allein gestellt überleben, wenn sie Wölfe und Bären nicht kannten, von Zweibeinern, die sich näherten, aber Futter erwarteten?

In der dritten Nacht bewegte sich Sashas Schützling unruhig hin und her. Wäre sie frei gewesen, dann hätte sie in diesem verwundbarsten Augenblick Deckung zwischen Sträuchern und Felsen gesucht, aber ihr Stall war so klein, dass sie keine drei Schritte gehen konnte, ohne auf die nächste verstärkte Wand zu treffen. Ihr Euter war prall gefüllt. Einzelne Milchtropfen traten bereits aus und verklebten ihre Hinterbeine. Sie war überfällig.

Sasha blieb bei ihr und hatte das Gefühl, dass mehrere Jahre seines Lebens verstrichen, bis endlich ein graues Bündel zitternd und nass ins Stroh fiel.

Das Kalb hatte noch keine Hörner und seine Hufe wirkten zerbrechlich wie Porzellan, aber es lebte und hob seinen Kopf, um die Welt kennenzulernen, in die es geboren war.

Es war ein Bullenkalb. Das Muttertier drehte sich zu ihm um und streckte ihre weiche, hellgraue Schnauze vor, um den Kleinen ausgiebig zu beschnüffeln. Sie war so gigantisch, verglichen mit ihrem Pfleger, dass der Luftstrom aus ihren Nüstern wie eine Sturmbö an seinen Haaren und Kleidern zog.

Sasha wollte glauben, dass alles gut verlaufen war, aber Yolondas Körperhaltung blieb verspannt. Zuerst wollte er es dem Stress und den ungewohnten Schmerzen zuschreiben, die sie durch die Geburt litt, aber die Gefangenschaft hatte ihre wilde Seele so tief verletzt, dass selbst der natürlichste Trieb in ihr, der Mutterinstinkt, in Aggression umschlug. Ohne ein weiteres Warnzeichen senkte sie ihren mächtigen Kopf und begann ihr Junges mit den Hörnern zu traktieren. Hilferufe eilten durch das Gebäude und andere Tierpfleger unterbrachen ihre Arbeit, um Sasha beizustehen.

Die einzige Antwort, die ihre Pfleger für das Problem hatten, war mehr Gewalt. Mit Peitschen und Mistgabeln drängten sie die Graubüffelkuh zurück und benutzten ein Maulesel-Gespann, um das Kalb aus der Box zu ziehen. Die Natur hatte versagt und es lag nun an Sasha, es aufzuziehen.

Yolonda wurde mit Futter an eine Stelle gelockt, an der man ihren Kopf fixieren konnte, um sie zu melken. Ihre Zitzen waren so groß, dass Sasha sie mit beiden Händen umfassen musste. Ihre Haut hatte einen leichten Flaum, fast wie ein Pfirsich, und die Milch selbst war dick wie fettige Sahne. Vermutlich hätte er sich den Magen verdorben, hätte er davon gekostet, aber er brauchte so oder so jeden Tropfen für das Kalb. Zweieinhalb Jahre würde er ihm die Flasche geben müssen, bis es überhaupt begann an Heu zu knabbern. Er wusste, dass er sein eigenes Leben pausieren musste, um dieser Aufgabe gerecht zu werden, aber wenn es nicht gelang, dann würden nie wieder Graubüffel durch die Tundra streifen. Eine solche Narbe konnte er der Welt nicht zufügen.

Vorsichtig packte er zu und presste seine warmen Finger von oben nach unten zusammen, um ihr Euter zu massieren und das Saugen eines hungrigen Jungtieres zu imitieren. Aber dies war keine zahme Milchkuh und das zeigte sie ihm jeden Tag. Mehrere Minuten dauerte es, bis die ersten Tropfen Milch den Eimer trafen, als würde sie sich dem Vorgang bewusst verweigern.

Diese süße, weiße Flüssigkeit war von den Göttern gemacht. Sie allein konnte das Gewicht eines heranwachsenden Graubüffels verhundertfachen und kein Alchemist der Sonnenwelt konnte sie künstlich erzeugen. Verschüttete er zu viel davon, würde das Jungtier hungern. Heute war ein guter Tag gewesen. Der Eimer war zum ersten Mal seit langem bis zum Rand gefüllt.

Mit Geduld, Sanftmut und stetig wachsender Erfahrung brachte er »Zottel« dazu, die zehn Liter fassende Glasflasche anzunehmen. Das Geräusch, das er beim Trinken machte, erinnerte ihn an fließendes Wasser, das in eine Badewanne lief.

Zottel schüttelte sich ausgiebig, als er mit seiner abendlichen Mahlzeit fertig war und Sasha fand, dass die Milch, die an seiner pelzigen Schnauze zurückgeblieben war, wie ein langer, grauer Bart aussah. Wie der Kleine so dastand und aus dem Stallfenster nach draußen auf die Weide schaute, schien es, als sei er ein weiser, alter Veteran und Sasha das hilflose Kind, das von ihm zu lernen hatte. Würde seine Hand schon die letzte sein, die einen lebenden Graubüffel berührte?

Astrid Karma

DER GEIST UND DIE TÄNZERIN

Die blaugestrichene, mit goldenen Schnörkeln verzierte Tür öffnete sich langsam und *Sie* kam zum Vorschein. Es war, als würde mit ihrem Erscheinen die Sonne in seinem Gemüt aufgehen.

Der Geist seufzte unhörbar. Seit drei Jahrhunderten harrte er in diesem Gemälde aus, das an Scheußlichkeit kaum zu überbieten war.

Nein, das stimmte nicht. Das Gemälde war außerordentlich gut. Aber das Motiv war scheußlich. Mehrmals hatte der Geist hören müssen, wie Leute darüber tuschelten, und manchmal beobachtete er bitter, wie sie sich schaudernd davon abwandten. Es zeigte ein Wesen, das einer morbiden Fantasie entsprungen zu sein schien. Eine furchterregende, geflügelte Kreatur mit glühenden Augen und struppigem, schwarzem Fell, die sich aus dem Dunkel schälte und auf handtellergroßen Tatzen langsam auf den Betrachter zu schlich.

Es zeigte ihn selbst. Das war er früher gewesen: ein nach Menschenblut dürstendes Monster. Des Nachts hatte er die Dörfer terrorisiert, Schrecken verbreitet und unendliches Leid über die Bewohner gebracht, bis die verängstigten Leute eine Magierin um Hilfe ersuchten. Diese hatte nach der Beschreibung der Dorfbewohner ein Bild des grauenhaften Wesens malen lassen. In derselben Nacht, in der es vollendet wurde, zwang ihn die zauberkundige Frau mit nur einem magischen Wort, vor ihr zu erscheinen. Mit einem weiteren tötete sie seinen Körper und ein drittes bannte seinen Geist in dieses Gemälde.

Die glühenden Augen der gemalten Kreatur waren die Fenster seines Gefängnisses, denn sie ermöglichten es ihm, zu sehen.

Das Bild, welches die Magierin aufbewahrt hatte, war nach ihrem Tod versteigert worden und nach einer Odyssee durch Europa in die Villa eines Kaufmannes gekommen. Dort entdeckte es ein Kunstsammler, der es erwarb und hier in diesem Raum seines schlossähnlichen Wohnsitzes an die Wand hängte. Das Zimmer war angefüllt mit Sammelstücken, die der Mann - wie das Gemälde - irgendwann einmal erstanden hatte und hier aufbewahrte, um sie ab und an voller Stolz seinen Gästen zu präsentieren.

Der Geist war verbittert. Fünfhundert Jahre Bann hatte die Strafe gelautet. Waren sie um, würde er erlöst sein und endlich im großen Nichts verschwinden dürfen.

Eine winzige Annehmlichkeit hatte die Magierin ihm damals gewährt. Es stand ihm frei, innerhalb dieser langen Zeit ein Mal sein Gefängnis zu wechseln. Die Bedingung dabei war, dass es ein toter Gegenstand sein musste, in dem er seine Existenz fortführte. Weder Person noch Tier noch Pflanze. Nur ein lebloses Ding.

Er hatte nie davon Gebrauch gemacht. Wozu auch? Warum das Bild verlassen, wenn er *Sie* von hier aus sehen konnte?

Die Jahre vergingen. Er zählte sie nicht. Für ihn stand die Zeit still. *Sie* war der Lichtblick seiner freudlosen Tage, der Höhepunkt dieser endlosen Stunden, von denen sich jede an die eben vergangene reihte, wie diese es schon vor ihr getan hatte.

Sehnsüchtig richtete er seine Augen auf ihre grazile Gestalt. Niemals würde er sich an ihr sattsehen können. Die schlanken Arme hatte sie über sich erhoben und ein wenig angewinkelt, sodass sie fast einen Kreis bildeten. Die Hände waren locker geöffnet und die Finger, die in einer zart wirkenden Geste einander zugewandt verharrten, nicht ganz gestreckt. Die rechte Hand stand dabei ein klein bisschen höher. Das lag daran, dass sie den Oberkörper anmutig ein wenig nach links neigte und auch den Kopf in diese Richtung gewandt hatte. Ihr Blick war auf den Boden neben ihr gerichtet, auf dem sie auf den Fußspitzen stand. Das erkannte er an den winzigen Schuhen, die unter dem tief reichenden Saum des duftigen, weiten Spitzenkleides hervorlugten.

Oft schon hatte er sie gesehen und den Blick nicht von ihr wenden können. *Sie* hatte ihn niemals angeschaut. Den Kopf mit der perfekten Frisur, die ihre ebenholzfarbenen Haare in einen spitzenumhüllten Dutt zwang, drehte sie nicht. Stur sah sie an ihm vorbei. Man hätte meinen können, dass sie den Augenkontakt bewusst vermied.

Wie immer war vorher leise diese liebliche Tonfolge erklungen. Mit Musik konnte der Geist nicht viel anfangen, aber diese Melodie liebte er, weil sie bedeutete, dass *Sie* gleich erscheinen würde.

Und immer, wenn der kleine, hohe Trillerton erklang, öffnete sich die blaue Tür.

Und im selben Augenblick, in dem *Sie* daraus hervorkam, erschien *Er* in der roten Tür: ein aufgeblasener Gockel, der sich steifhielt, als hätte er einen Stock verschluckt. Sein Gesichtsausdruck zeigte Stolz, als sei er das wichtigste Individuum auf dieser Erde. Den linken Arm verbarg er leicht angewinkelt hinter dem Rücken, den rechten hatte er vor der

Brust und in der Hand hielt er eine Rose. Jedes Mal, wenn er kam, trug er eine bei sich. So blutrot, dass sie einen fast schmerzhaften Kontrast zu dem Schwarz seines Gehrockes und dem strahlenden Weiß seiner Hemdbrust bildete.

Der Kerl war nichts als ein hochnäsiger Geck und der Geist hasste ihn mit der ganzen Leidenschaft, zu der er fähig war. Während der eingebildete Frackträger sich langsam auf *Sie* zubewegte, war sein Blick unverwandt auf die Schönheit vor ihm gerichtet. Voller Genugtuung erkannte er, dass sie ihr vornehm gekleidetes Gegenüber auch diesmal keines Blickes würdigte, während sie einander näherkamen. Die Augen blieben niedergeschlagen, der Kopf verharrte in der anmutig gebeugten Haltung, die Linie des erhobenen Armes folgte dem sanften Schwung des zarten Halses.

An einem Punkt ihres Weges begannen beide, sich zu der Melodie zu drehen und sich zusätzlich um eine unsichtbare Mitte zwischen sich zu bewegen. *Er* blieb dabei stocksteif, drehte sich nur langsam und stoisch um die eigene Achse.

Sie tat das auch, fing aber außerdem an, ihren Oberkörper sanft zu neigen. Zuerst nach vorn, wobei sie mit den Armen den weit bauschenden Rock ihres Spitzenkleides berührte, dann nach rechts, hinten und schließlich nach links, um gleich darauf wieder von vorn zu beginnen.

Sie tanzte.

Es wirkte so leicht und anmutig, als sei sie schwerelos. Die Drehungen, die ihre Gestalt während dieser Bewegungen vollführte, verstärkten den Eindruck noch. Welch ein Gegensatz zu ihrem Mittänzer, wenn man dessen starre Haltung mit den an den Körper gepressten Armen überhaupt als Tanz bezeichnen konnte.

So bewegten sie sich zweimal umeinander herum, ohne sich dabei näherzukommen.

Nachdem sie den zweiten Kreis vollendet hatten, hörten beide wie auf geheime Absprache auf, sich um sich selbst zu drehen, und erstarrten wieder. Und während die letzten Töne der Musik perlten, zogen sie sich langsam zu ihren jeweiligen Türen zurück. *Sie* zur blauen, *Er* zur roten.

Als sich diese hinter ihnen geschlossen hatten, fiel die Anspannung von dem Geist ab. Wie jedes Mal, wenn *Er* und *Sie* sich trafen, hatte er grauenhafte Angst gehabt, dass *Sie* dem Rosenkavalier ihre Aufmerksamkeit schenken würde. Es hätte ihn zutiefst getroffen, denn damit wäre er der Einzige gewesen, der von ihr nicht beachtet wurde. Diesen Schmerz hätte er nicht verkraftet. Er wäre daran zerbrochen. All die Jahre der Einsamkeit, zu denen ihn der Bann verurteilte, hatten das nicht schaffen können. *Sie* hätte es allein dadurch bewirkt, dass sie ihren Tanzpartner ansah.

Doch es war auch diesmal nichts dergleichen passiert. Und wie immer begann, sobald die Erleichterung bei ihm nachließ, sofort die nagende Furcht zu wachsen vor dem, was bei der nächsten Begegnung zwischen den beiden geschah. Würde sie stark bleiben? Würde sie *Ihn* weiter ignorieren mit seiner albernen Rose, die er ihr nicht einmal hinreichte, sondern fest an die Brust drückte, als wäre es ihm gar nicht wichtig, dass sie die Blume erhielt?

Eine Stunde musste er nun warten. Eine Stunde lang hoffen, dass der schwarz Befrackte auch beim nächsten Mal mitsamt seiner Rose unverrichteter Dinge wieder verschwand. Eine weitere Stunde ...

Was gäbe der Geist darum, der Tänzerin ein einziges Mal eine solche Blüte reichen zu können. Oder - was noch viel unvergleichlicher wäre und was er weder zu denken noch zu hoffen wagte - einmal mit ihr zu tanzen. Und sei es nur diese steife Drehung um die eigene Achse, mit der der Lackaffe ständig versuchte, sie zu beeindrucken.

Nur ein Mal. Er könnte ihr nahe sein, mit jeder vollen Stunde. So nahe, dass er endlich ihr Gesicht aus der Nähe betrachten und ihr Kleid bewundern konnte, ihr Haar, ihre zarten Hände ...

Nur ein Mal anstelle des Rosenkavaliers aus der roten Tür kommen ...

Er hatte fast eine ganze Woche warten müssen, bevor es von neuem begann. Eine Woche, die alles verändert hatte. Der Lackaffe war beim nächsten Öffnen der roten Tür nicht erschienen. Es knarzte lediglich leise und die Musik erstarb nach dem zweiten Ton. Die Tänzerin verharrte auf ihrer Schwelle. Regungslos.

Drei Tage später erschien das Dienstmädchen zum Abstauben und bemerkte es. Sie holte einen Mann, der mit prüfendem Blick in die rote Tür hineinspähte, den Rosenkavalier herausholte und achtlos auf den Tisch legte. Dann nahm er das Häuschen mitsamt der Tänzerin auf und verschwand.

Nach weiteren drei Tagen kehrte er damit zurück, stellte es ab und setzte den Rosenkavalier, der bis dahin unverändert auf dem Tisch gelegen hatte, wieder auf seinen Platz. Einen Moment wartete er und als leise die Musik erklang, öffneten sich die Türen und beide Tänzer erschienen. Es schien alles wie vorher.

Aber der Geist hatte genau hingesehen. Der Mann dachte vielleicht, alles war wieder wie vorher. Doch er irrte sich. Nichts war wie vorher.

Eine Stunde später - der Mann war längst gegangen - öffnete sich zu der bekannten Melodie langsam die blaugestrichene, mit goldenen Schnörkeln verzierte Tür auf der altertümlichen Uhr und *Sie* erschien.

Die rote Tür, die der blauen genau gegenüberlag, ging ebenfalls auf. Und er kam zum Vorschein. In der Hand trug er die blutrote Rose. Während er sich ihr näherte, ließ er ganz kurz einen Blick hinüberfliegen zu dem Bild an der Wand, in welches er dreihundert Jahre lang gebannt gewesen war. Das Motiv, das der Maler gewählt hatte, war scheußlich. Es zeigte ein Fantasiewesen, eine furchterregende, geflügelte Kreatur mit struppigem, schwarzem Fell, glühenden Augen und handtellergroßen Tatzen, die sich aus dem Dunkel schälte und langsam auf den Betrachter zu schlich.

Das war er einmal gewesen. Früher, vor langer Zeit, in seiner Vergangenheit.

Jetzt trug er ein weißes Hemd und einen schwarzen Gehrock. Und gleich würde er tanzen mit der Dame seines Herzens. Zu jeder vollen Stunde, und das noch zweihundert wunderbare Jahre lang.

Sabine Kraft

AUSERWÄHLT

Es fühlte sich an wie in einem Traum. Es konnte einfach nicht anders sein! Und doch spürte sie mit jeder Faser ihres Körpers, dass das alles wirklich passierte. So lang sie sich zurückerinnern konnte, hatte sie diesen Wunsch gehegt und heute Nacht sollte er Wirklichkeit werden. Sie würde auf der Lichtung inmitten des Steinkreises tanzen!

Wie um es sich selbst zu beweisen, strichen ihre Finger über das weich fließende Gewebe ihres Kleides. Es schimmerte, als hätte man tausende von winzigen Diamanten in den Stoff eingearbeitet. Sie erinnerte sich an die vielen Male, die sie dem Ritual der Erneuerung beigewohnt hatte. Mit staunenden Augen hatte sie die Tänzerinnen bewundert, die in ihren glitzernden Gewändern durch den Säulengang zum Steinkreis schritten. So viele Male hatte sie es sich vorgestellt, eine von ihnen zu sein. Jetzt, da es so weit war, konnte Ellia es nicht fassen. Es war einfach unglaublich! Niemand, am allerwenigsten sie selber, hätte damit gerechnet.

Sie sah noch einmal die überraschten Gesichter um sich herum, als man ihren Namen nannte. Wieder wurde ihr bewusst, wie außergewöhnlich es war, dass sie jetzt dieses Kleid trug. Noch nie war eine der Tänzerinnen aus einem niederen Stand gewählt worden. Diese Ehre war nur den hohen Kasten, den Edlen, vorbehalten. Oh, liebe Herrin, wenn das ein Traum ist, lass mich nicht erwachen, flehte Ellia, schwindelig vor Glück. Tausendmal war sie für sich den Ritus durchgegangen. Heimlich, versteckt vor allen Augen, da es ihr nicht zustand, die heiligen Worte zu sprechen oder die alt überlieferten Schrittfolgen zu üben.

Mit der Erneuerungszeremonie, deren Höhepunkt der Tanz im Steinkreis war, endete ein Zyklus, der alle vier Jahre gefeiert wurde. Ellia hatte ihren Traum nie aufgegeben und jetzt stand sie hier. Mit geschlossenen Augen wiegte sie sich hin und her. Stellte sich vor, wie das Kleid im Mondlicht schimmern würde. Ein tanzender Stern inmitten des Steinkreises! Der Gedanke, ihrer Herrin ganz nahe zu sein, ließ Ellias Herz schneller schlagen. Eine größere Ehre, als in dieser besonderen Nacht unter ihren Augen zu tanzen und damit das Ritual zu vollziehen, gab es nicht. Sie dachte an den sternenübersäten Himmel, den hellen Vollmond. Die besondere Konstellation der Planeten verstärkte die Kraft der Elemente. Nur in dieser Nacht war es möglich, das Ritual der Erneuerung zu vollziehen.

Sie war so in Gedanken versunken, dass sie zusammenzuckte, als sie jemand ansprach.

»Ellia? Träumst du? Sie warten bereits auf dich.« Die leise Stimme ihrer Mutter in ihrem Rücken machte ihr bewusst, wo sie war und vor allem, was man jetzt von ihr erwartete. Sie war nicht länger ein Kind, das einen unrealistischen Traum hegte, sondern jetzt war sie eine Eschaia, eine Auserwählte ihres Volkes, die eine wichtige Aufgabe zu erfüllen hatte. Sie würde im Steinkreis tanzen!

Ellias Pulsschlag beschleunigte sich mit jedem Schritt. Ihre Füße berührten kaum den Waldboden, machten kein Geräusch auf dem Weg durch den Säulengang. Die marmornen, miteinander verschlungenen Säulen wirkten wie bleiche Äste, die im Mondlicht silbrig schimmerten. Sie bewunderte die kunstvoll mit Ornamenten verzierten Bögen, die den Säulengang überspannten.

Rechts und links des Säulengangs sah sie die wartende Menge. Alle waren versammelt, um das Ende des Rituals mitzuerleben. Es herrschte eine andächtige Stille auf der Waldlichtung, nur der leise Singsang der Bäume begleitete jeden ihrer Schritte. Die Bäume sangen für sie und zu ihrer Königin, die im Steinkreis bereits wartete. Ellia konnte das helle Strahlen, das vom Königsstein ausging, sehen. Die Herrin des Waldes stand dort, ihre Gestalt gehüllt in blendendes Licht. Schon seit sie die Lichtung betreten hatte, empfand Ellia eine unbekannte Anziehungskraft, die sie weiterzog. Wie an unsichtbaren Fäden, zum Steinkreis hin. Ob die anderen Tänzerinnen es ebenso spürten?

Ellia drehte den Kopf zu dem Mädchen, das ihr folgte. Auch sie hatte dieses glückselige Lächeln. Das Kleid war ähnlich geschnitten wie ihres. Fließender, schimmernder Stoff, der das silbrige Mondlicht reflektierte. Ihr schwarzes, langes Haar trug sie offen und ein kunstvoller, silberner Haarreifen krönte es. Ellia lächelte ihr zu, doch sie wartete vergeblich auf eine Reaktion. Der verklärte Ausdruck blieb und veränderte sich nicht.

Als sie ihr Gesicht wieder nach vorne wandte, sah Ellia das Mädchen in der Menge. Sie stand an einer der Säulen. Nicht älter als sieben Jahre alt. Ihr rundliches Gesicht strahlte vor Aufregung und Freude. Der Ausdruck grenzenloser Bewunderung in ihren veilchenblauen Augen versetzte Ellia in ihre eigene Vergangenheit. So hatte sie wohl selber vor einigen Jahren ausgesehen. Damals war sie es gewesen, die dort gestanden hatte, voller Bewunderung für die Eschaia, die Tänzerinnen der Königin. Auf besondere Weise durchlebte sie diesen Augenblick noch einmal. Sie spürte die Verbindung zu diesem Kind. Teilte mit ihr die Freude über diesen Moment. Und knüpfte dadurch ein Band zu dem jungen Geschöpf. Doch etwas an diesem Augenblick voller Magie stimmte nicht ...

Bevor Ellia jedoch reagieren konnte, endete diese Verbindung. Sie blinzelte überrascht, brauchte einen Moment, um sich wieder zu erden und bewusst zu machen, wo sie war. Das Mädchen stand immer noch an derselben Stelle, das kindliche Gesicht mit vor Bewunderung strahlenden Augen auf sie gerichtet. Ellia lächelte zurück. Sicher hatte sie sich dieses seltsame Gefühl nur eingebildet. Je weiter sie sich dem Ende des Säulengangs näherten, umso mehr verstärkte sich der Sog des Steinkreises. Mit jedem Schritt wurde die wartende Menge unruhiger und nicht nur die Elben reagierten auf die zunehmende Spannung, sondern auch das Wispern der Bäume nahm zu.

Der Säulengang erweiterte sich zum Steinkreis hin und dort am Rand in der vordersten Reihe, sah sie ihre Eltern. Ihnen kam die Ehre zu, sie in den Steinkreis zu führen. Ihr Vater trug ein blaues Gewand mit weiten Ärmeln, an den Nähten mit Goldborte eingefasst. Sein dunkles, langes Haar war auf traditionelle Art auf den Seiten geflochten und nach hinten gebunden. Das schöne Gesicht wurde beherrscht von den dunklen, leicht schräg stehenden Augen. Nie hatte sie ihren Vater so festlich gekleidet gesehen. Er spürte ihren Blick und lächelte ihr entgegen. Ellia las den Stolz in seinen Augen. Wie konnte er es auch nicht sein? Eine größere Ehre, als eine Auserwählte, eine Eschaia, in den Reihen seiner Sippe zu haben, gab es nicht. Ihr Volk pflegte die alt überlieferten Traditionen und Rituale. Seit frühster Kindheit hatte man sie Ellia gelehrt. An viele Abende in ihrer Kindheit konnte sie sich erinnern, wo sie auf dem Schoß ihrer Mutter den Geschichten und Legenden der Elder lauschte. Der Altehrwürdigen ihres Volkes.

Ihre Mutter, die neben ihrem Vater stand, war der optische Gegensatz zu ihrem Vater. An ihr war alles hell und strahlend, was bei ihm dunkel war. Das blonde Haar fiel wie ein helles Seidengespinst bis zu den schmalen Hüften hinab. Ein kunstvoll gebundener Kranz aus Efeuranken hielt es zurück. Nie hatte ihre Mutter schöner ausgesehen. Sie trug ein golden funkelndes Gewand, das in der Mitte gegürtet war und ihre schlanke Taille betonte.

Fasziniert bemerkte Ellia, dass die Lichtung hell erstrahlte, kaum dass sie als Erste der Eschaia den Säulengang hinter sich ließ. Ihre beiden Elternteile nahmen sie in ihre Mitte. Ellia tauschte einen Blick mit ihrer Mutter. War es eine Lichtspiegelung in den Augen ihrer Mutter oder glänzte es dort feucht? Dies war ein Tag der Freude, es war eine große Ehre, im Steinkreis zu tanzen. Dennoch konnte sie spüren, dass nicht Freude ihre Mutter bewegte. Es blieb keine Zeit, um nach dem Grund zu fragen. Sie drückte ihre Hand, das musste genügen. Alles andere musste warten bis nach der Zeremonie. Zusammen betraten sie den Steinkreis. Hier war die Helligkeit am stärksten. Lag es an der Anwesenheit der Königin? Ellias Blick wurde magisch von ihr angezogen. Von dem wunderschönsten Wesen, das Ellia je erblickt hatte. Fein, zart, beinahe durchscheinend wirkte sie in ihrer Erscheinung. So ganz anders, als Ellia sie in Erinnerung hatte. Ihr feinsilbriges Haar glitzerte im Licht, das sie wie ein Sternenkranz umgab. Nicht länger konnte Ellia die Königin ansehen, denn ihre Eltern versanken mit ihr zusammen in einer tiefen Verneigung. Ihr Herz raste. So oft hatte sie diese Zeremonie gesehen und jetzt war sie es, die hier vor ihrer Königin kniete!

Das Hochgefühl flatterte in ihrer Magengrube. Gab es denn etwas Schöneres, als vor ihr zu tanzen? Sie damit zu ehren? Nicht nur sie wollte Ellia mit ihrem Tanz ehren, sondern auch diese wunderschöne Nacht, den Wald, ihre geliebten Eltern. Und dann, dann würde sie …

Nein! Denk erst an das Hier und Jetzt! Genieß den Augenblick, das hast du doch immer gewollt. Wie jedes Mal, wenn ihre Gedanken in diese Richtung schweiften, hielt sie etwas zurück. Solange sie sich daran erinnern konnte, war es so gewesen. So schnell, wie das ungute Gefühl aufgetaucht war, so schnell war es wieder vorbei. Ein warmes Kribbeln der Vorfreude auf das, was jetzt folgen würde, nahm seine Stelle ein. Die Königin nickte ihr zu, sie hörte es am Raunen der Versammelten. Neben ihr raschelten die Kleider ihrer Eltern, als sie aufstanden. Jetzt kniete sie allein inmitten des Kreises vor dem Königsstein.

»Stehe auf! Du bist eine der Auserwählten, eine Eschaia! Heute Nacht wird das Ritual vollendet. Schon Jahrhunderte feiern wir das Fest der Erneuerung! Und du mein Kind wirst ein Teil davon sein!« Mit diesen Worten spürte Ellia die federleichte Berührung der Königin. Mit den Worten war sie fürs Erste entlassen.

Sie richtete sich auf. Wie von einer Kraft geleitet fand sie ihren Platz inmitten des Steinkreises, der für sie vorgesehen war. Ihre Eltern kehrten zum Rand der Wartenden zurück. Die nächste Tänzerin trat von ihren Eltern flankiert vor den Königsstein. Derweil suchte sie ihre Eltern in der Menge.

Erleichtert atmete sie auf, als sie das zur Seite gewandte Profil ihres Vaters erkannte. Er hatte sein schwarzes Haar mit der Kapuze verhüllt. Ebenso wie ihre Mutter, die ihm zugewandt stand und auf ihn einredete. Selbst auf die Entfernung war zu sehen, dass sie sich stritten. Ein mehr als ungewohntes Bild. Durch die weiten Kapuzen waren ihre Gesichtszüge nicht genau zu erkennen, aber Ellia fühlte deutlich, dass es bei dem Streit um sie ging. Das Hochgefühl verflüchtigte sich nun endgültig.

Am Königsstein folgten weitere Tänzerinnen mit ihren Familien. Insgesamt waren es sechs Tänzerinnen, die zu dem Ritual berufen worden waren. Drei der Mädchen standen bereits auf ihren Plätzen. Blieben noch drei weitere. War es genug Zeit, um ein paar Worte mit ihren Eltern zu wechseln? Den Streit ihrer Eltern zu schlichten? Kaum hatte sie den Entschluss gefasst, zu ihnen zu gehen, fühlte und sah sie es. Silberne Fäden der Macht glitzernd im Mondschein. Entfernt erinnerte es Ellia an ein Spinnennetz. Es war eine sichtbare Verbindung, die die Steine miteinander eingingen. Und noch etwas fiel ihr auf. Je mehr Tänzerinnen ihre Positionen im Steinkreis einnahmen, umso mehr Fäden wurden zwischen den Steinen gewebt. Ihr Zentrum war der Königsstein, der hell erstrahlte.

Ellia war nicht die Einzige, die das bemerkte. Das Mädchen stand rechts von ihr. Ellia fing ihren Blick auf und versuchte zu lächeln. Das Mädchen erwiderte es nicht. Dafür formten ihre Lippen vier Worte. »Siehst du das auch?«

Ellia konnte nur stumm nicken. Das dumpfe Gefühl war nun endgültig Angst gewichen. Sie suchte ihre Eltern in der Menge. Wollte sehen, ob auch sie sahen, was im Steinkreis vor sich ging, doch sie suchte vergeblich. Sie konnte sie nirgendwo mehr entdecken. Ein Schauder der Vorahnung rollte über ihr Rückgrat. So hatte sie das Ritual nicht in Erinnerung. Für sie waren die Tänzerinnen strahlend schön gewesen. Von der Göttin erwählt, um zu ihrer Ehre zu tanzen. Glück und Freude waren die einzigen Gefühle, an die sich Ellia erinnern konnte, oder? Sie rief sich den Augenblick zurück, den sie mit der Eschaia geteilt hatte. Sie hatte etwas gespürt, etwas, was nicht zu dem seligen Gesichtsausdruck der Tänzerin passte.

Etwas Dunkles! Etwas Bedrohliches, was sie auch jetzt spürte. Instinktiv versuchte sie zurückzuweichen, doch das geknüpfte Band verhinderte es. Das Band hielt sie an dem Platz, wo sie gerade stand. Als hätte man sie gefesselt, war sie unfähig sich zu rühren. Sie wollte schreien, sich dagegen wehren. Vergeblich! Ohne es zu merken, war sie zu einem Teil des Steinkreises geworden. Eingewebt in seine Macht.

Gefesselt, unfähig sich zu bewegen, stand sie da. Längst war ihre Angst in Panik umgeschlagen. Doch so sehr sie sich auch gegen die Kraft wehrte, die sie hielt, es war ihr nicht möglich, sich zu bewegen, geschweige denn einen Laut von sich zu geben. Nach endlosen Minuten gab Ellia ihre Gegenwehr auf, stattdessen versuchte sie, mit Blicken auf sich aufmerksam zu machen. Sie stand zu der Menge gewandt, das war ihr Glück.

Ellia sah die spitz zulaufenden Äste des Säulengangs, der sich silbrig glänzend von dem Grün des Waldes abhob. Vor dem offenen Säulengang hatten sich die Elben versammelt. Mittlerweile stimmten sie ein Lied zu Ehren der Königin an. Zu Ehren der Eschaia würde ein weiteres Lied folgen, ehe die Zeremonie begann. So sehr Ellia es auch versuchte, es gelang ihr nicht, mit jemandem Blickkontakt aufzunehmen. Es war

wie ein Zauber, der auf diesem Ort lag. Sie sah hilflos zu, wie
die Letzte der Tänzerinnen vor dem Königsstein niederkniete.
Sie war wunderschön. Ihr Haar dunkel und glänzend. Ellia
erinnerte sich, dass es rötlich schimmerte, wenn die Sonnenstrahlen darauf fielen. Ihre Sippe stammte von den fernen
Ufern des Fereen. Ob die Eltern des Mädchens ahnten, was
hier vorging, und ob es vor allem auch ihre Eltern wussten?
War dies der Grund für den Streit gewesen? Plötzlich ergab
das alles nach und nach einen Sinn. Der traurige Blick ihrer
Mutter, die Tränenspuren auf ihren Wangen, Ellias Gefühl,
dass etwas nicht stimmte, das Empfinden einer Anziehungskraft. Das alles setzte sich Stein für Stein zu einem Bild
zusammen.

Gebannt sah Ellia zu, wie die Eltern des Mädchens
aufstanden und sie am Königsstein allein ließen. Sie hielt den
Atem an, als sie das glitzernde Band sah. Vom Königsstein
ging die Kraft aus, umschlang das Mädchen, webte eine
Verbindung zu dem Stein, der dem noch freien Platz im
Steinkreis am nächsten war. Das silbrige Band zog sie an
ihren Bestimmungsort und nichts, rein gar nichts konnte Ellia
dagegen tun, so sehr sie es auch wollte. Es war zu spät!
Wenige Augenblicke später war das Mädchen ebenso
eingesponnen in den Steinkreis wie sie selbst.

Ein Raunen ging durch die Menge. Die Königin hatte sich
erhoben. Glitzernd und strahlend stand sie auf dem
Königsstein und hatte die Hände erhoben. Ellia sah es und
keuchte innerlich. Nicht länger trübte ein Zauber ihren Blick,
so sah sie die wahre Gestalt in all ihrer Hässlichkeit. Es
erinnerte Ellia an die alten Sagen der Elder, die sie oft von
ihrem Vater gehört hatte. »*Einst waren sie Elben, hochmütig
und stolz. Das wurde ihnen zum Verhängnis. Der Herr der*

Finsternis machte sie sich zu eigen. Nun sind sie seine Diener. Geschaffen, um solche in die Dunkelheit zu ziehen, die dem Laster, der Eitelkeit und der Schönheit anheimfallen.«

Die Stimme ihres Vaters klang in ihrer Erinnerung noch nach, während sie das Wesen weiter beobachtete, das dort auf dem Königsstein stand. Das Gesicht grotesk verzerrt, die langen Wangenknochen traten deutlich hervor, da sich die Haut darüber spannte. Das Kinn seltsam nach vorne gereckt. Blutunterlaufende Augen sahen sie an. Ellia wollte vor dem Blick zurückweichen, konnte es aber nicht. Sie stöhnte lautlos, als das Wesen seine Flügel ausbreitete. Sie erinnerten Ellia an die Flügel einer Fledermaus, nur wesentlich größer.

Das Wesen veränderte sich, wurde wieder zu dem lichtbeschienenen Wesen auf dem Königsstein, was alle sahen. Rein, leuchtend und unschuldig ...

Sie musste gegen ihre aufsteigende Übelkeit schlucken. Laut trommelte der Herzschlag in ihrer Brust. Und einen Moment drehte sich alles in ihrer Umgebung. Das Lied, das die Elben sangen, wurde immer leiser und verklang in einem langgezogenen hohen Ton. Ellia hörte den Nachklang der singenden Bäume, dann wurde es auf der Lichtung totenstill. Allein ihr Herz schlug überlaut vor Angst und Panik. Kalter Schweiß rann über ihr Rückgrat und ließ sie innerlich erschaudern. Dieses Wesen, was jeder für die Königin der Waldelben hielt, stand hoch aufgerichtet auf dem Stein. Die Arme ausgebreitet und erhoben. Ellia sah die weit gespreizten Finger, die sie jetzt, da sie das wahre Wesen dahinter erkannt hatte, an Krallen erinnerten.

Es begann zu sprechen und fesselte Ellia erneut mit seinen Worten. »Der Zeitpunkt ist gekommen, meine lieben Kinder. Wir feiern das Ritual der Erneuerung und ihr alle werdet

Zeugen der Erneuerung sein. Die Welt ist im stetigen Wandel, ein ewiger Kreislauf des Kommens und Gehens. Nichts bleibt ewig, nichts hat ewig Bestand. Alles muss sich erneuern, ob Tier, ob Baum, ob Stein. Sie alle schenken uns Leben! Ist es dann nicht gerecht, dass wir einen Teil davon zurückgeben? Drei Tage und Nächte haben wir gefeiert. Und nun, am Ende des Zyklus, gedenken wir jener, die uns dies alles geschenkt haben. Unsere Allmutter, die Herrin des Himmels und der Erde. Von ihr stammen wir ab. Sie lehrte uns die alten Traditionen. Sie sind es, die uns beschützen, die uns leiten. Lasst uns tanzen zu ihren Ehren, so wie wir es schon seit Jahrhunderten tun!«

Mit dem letzten Wort leuchtete der Königsstein auf. Ellia sah, wie die Fäden hell erglühten, vom Königsstein ausgehend bis zu den Steinen. Auch das Band, das mit ihr verwebt war, erstrahlte, ebenso wie die riesigen Steinovale. Wie von alleine, ohne dass sie etwas dafür tat, bewegten sich ihre Beine. Dabei webte das Spinnennetz neue Verbindungen zu anderen Fäden, auch die anderen Mädchen bewegten sich. Ohne dass Ellia sich dagegen wehren konnte, vollführte sie die komplizierten Tanzschritte, die sie vor nicht allzu langer Zeit mit Feuereifer geübt hatte. Es war der Tanz der Eschaia, den sie von klein auf kannte. Nur dieses Mal empfand sie dabei Panik und Angst statt Freude und Euphorie. Das hatte nichts mehr mit ihrem Wunschtraum zu tun. Ihr Traum war zum Alptraum geworden. Die Trommeln setzten ein. Im Gleichklang zu ihren Schlägen setzte sie die Füße und mit jedem Schlag fühlte Ellia die zunehmende Spannung im Kreis. Der Rhythmus steigerte sich mit jedem Schlag. Ellias Kleid glitzerte im Mondschein. Ein funkelnder Stern inmitten des Kreises. Die Fäden, die sie banden, schimmerten hell.

Ihre ganze Umgebung verschwamm in gleißender Helligkeit. In diesem Taumel aus Trommelschlägen, Helligkeit und rhythmischen Bewegungen ihrer Schritte formte sich ein Gedanke. Er war plötzlich da. Er klang wie ein Widerhall aus ihrer Vergangenheit. Worte, die hinter dieser dunklen Mauer lagen, die jetzt nicht mehr da war.

»Du wirst eins mit mir, wie ich mit dir! Deine Kraft zuteil, in den Steinen verweil! Deine Stärke sei mein, mit den Steinen vereint!«

Sie fühlte sich mit einem Mal losgelöst.

Ausgeglichenheit und Ruhe nahmen den Platz von Angst und Furcht ein. Ein innerer Frieden und ein Gefühl der Freiheit breiteten sich in ihr aus. Sie war nicht länger gebunden. Nichts hielt sie mehr. Ja, sie schwebte hoch über dem Boden. Nie gekannte Euphorie, ein Glücksgefühl ließ sie erschauern. Sie war frei!

Ellia sah hinunter auf den hell erleuchteten Steinkreis. Im ersten Moment verstand sie nicht, was sie dort sah. Ein hell strahlender Königsstein, sechs Tänzerinnen mit schimmernden Gewändern, die sich in Ekstase drehten. Die Gesichter zum Himmel erhoben. Ellia suchte und fand ihr eigenes darunter.

In diesem einen Moment löste sich das Rätsel. Alle Puzzleteile wanderten auf ihren Platz und ergaben für Ellia ein fertiges Bild. Eine Wahrheit, die ihr bisher verborgen geblieben war. Jetzt ergab das Ganze einen Sinn. Das Verhalten ihrer Mutter. Der Streit ihrer Eltern. Die Blicke ihrer Sippe, die sie ihr zugeworfen hatten, als ihr Name in der Versammlung fiel. Sie hatte Bedauern, ja beinahe Mitleid in ihren Augen gelesen. Durch ihre Freude, erwählt worden zu sein, hatte sie die Blicke anders gedeutet. Ellia hatte es als

Missfallen interpretiert, da sie nicht von Stand war wie die anderen Eschaias zuvor. Welch ein Fehlglaube! Sie alle hatten es gewusst, was heute hier geschehen würde. Aber keiner, nicht ein Einziger von ihnen hatte sie davor gewarnt.

Auf den Schmerz in ihrem Inneren war Ellia nicht vorbereitet. Sie fühlte sich verraten, bloßgestellt, verkauft! Neue Gefühle überschwemmten ihren Geist. Wut und maßloser Hass auf die versammelten Elben, auf ihre Sippe, die sie geopfert hatte, ja sogar ihre Familie, die es stillschweigend hingenommen hatte. Gleichzeitig hörte sie eine Stimme in ihrem Kopf. Zischend, dunkel, mit all der Bosheit behaftet, die ihr eigen war, passte sie zu dem Wesen auf dem Königsstein.

»Jetzt erkennst du ihr wahres Wesen, Königsschwester! Sie waren bereit, ihr eigen Fleisch und Blut zu opfern. Seit Jahrzehnten findet dieses Ritual statt. Ich schenke ihnen Schönheit, ein langes Leben. Im Gegenzug fordere ich ihre Erstgeborenen ein. Es ist leicht, Kinder zu täuschen und die Erinnerung an Dinge zu nehmen, die sie nicht wissen sollen, bis sie reif genug für die Ernte sind. Ihr seid ein Teil meiner Macht, Ellia. Und auf dich habe ich im Besonderen gewartet. Denn du bist etwas ganz Besonderes! Ich werde dich lehren, sie zu hassen. Und wenn die Zeit für dich gekommen ist, werde ich dir die Macht verleihen, die Ernte einzufahren. Komm mit mir!«

Eine klauenartige Hand streckte sich ihr vom Königsstein entgegen. Sie sah das Wesen in all seiner Hässlichkeit, doch jetzt hatte es nichts Abschreckendes mehr an sich, gerade im Gegenteil. Dieses Wesen bot ihr einen Weg. Ohne zu zögern griff sie nach der ausgestreckten Hand und tauchte in die gleißende Helligkeit des Steinkreises.

Maximilian J. Gley

BLAUSCHWARZ

So blau, so schwarz, so leer schien es ihr, dass sie zu
schweben glaubte. Sie konnte nicht denken, was es nun war,
das so leer schien, doch ihr Gefühl wusste es. Und dieses
Gefühl trug sie, so erdrückend es auch war.

»Wahnsinn …«, murmelte sie und setzte sich nach einiger
Zeit lethargischen Halbschlafes in ihrem Bett wieder auf.

War es Wahnsinn? Seit sie alle gegangen waren, boten
selbst das vertraute Zimmer und die lieblichen Erinnerungen
an früher keinen Halt mehr und diese Schwebe war ihr
unbegreiflich. Sie war eine bleierne Feder, doch noch nicht
fähig zu fallen. Was war dieser Widerspruch, wenn nicht
wahnsinnig? Vielleicht grausam.

Mit einem Seufzen setzte sie sich auf die Bettkante und
erhob sich langsam. Das Mondlicht fiel kalt durch das Dach-
fenster über ihrem Bett und schnitt in die bläuliche Düsternis
des Hauses hinein. Aufmerksam betrachtete sie die Möbel
und die gerahmten Lichtabbildungen, die an den Wänden
hingen. Mit ihnen konnten die Elfen mittels Magie ein
Geistesbild festhalten. Sie erinnerten sie an die längst
vergangene Zeit, denn immer wieder erschienen dort die alten
Gesichter im Lichte einer Erinnerung. Dunkel war es hier mit
Sicherheit nicht. Und doch lag ein schaler Geschmack in all
der Süße.

Während sie die Treppe hinabschritt, kam es ihr wieder in
den Sinn. Wie gern hatte sie an die eine Liebe in ihrem noch
jungen Leben zurückgedacht. Die sie einst gelebt, der sie

einmal vertraut hatte – von der sie verletzt worden war. Es hatte geschmerzt, aber der Wärme, die in diesem hoffnungslosen Schwärmen lag, hatte sie nicht widerstehen können.

Doch das lag nun weit zurück, war längst verblasst und tat schon lange nicht mehr weh. Dieser Gedanke beruhigte sie, während sie die Lichtbilder betrachtete, die die Treppe entlang die Wand zierten und die im Halbdunkel der klaren Nacht in weißkaltem Schimmer lagen.

Sie erreichte das Erdgeschoss und der weite Flur führte sie wieder in die Leere zurück. Schuld daran war wohl die verspielte Architektur der Elfen, die hier besonders ausgeprägt war und wegen der sie sich fehl am Platz fühlte. Es war nicht einfach gewesen, als sie und die anderen hergekommen waren. Allein als Menschen unter Elfen … doch nun fehlte selbst von ihnen jede Spur. Die Elfen verschwanden von einem Tag auf den nächsten. Ihre Freunde ebenso, bis auf einen. Er zog damals los, die anderen Menschen und die Elfen zu suchen, die noch übrig waren. Vor über fünf Jahren.

Es kamen keine Händler mehr. Keine Fahrzeuge. Und sie hatte keine Flugmaschine mehr am Himmel gesehen. Nichts. Nicht einmal das Silber eines Kondensstreifens am Himmel. Sie hatte lange Zeit Ausschau gehalten.

Ich erinnere mich noch gut an diese Tage, stellte sie fest, als sie in ihrem Nachthemd auf die Straße trat. Und in diesem Moment kam das blauschwarze Gefühl zurück und ließ sie schweben. Und sie wusste es: Es war die Welt, die leer war. Eine Leere, die auch sie immer mehr ausgehöhlt hatte.

Vor ihrer Haustür stehend, wandte sie sich nach links und betrachtete den vagen Umriss der Elfenstadt. Sie lag noch so da wie an dem Tag, an dem die Elfen diese Welt verlassen hatten. Keine Risse in den Straßen und Gebäuden, keine Grashalme in den Fugen. Als wäre es gerade erst einen Augenblick lang her gewesen. Rundherum lag der Waldozean, wie die Elfen den uralten Wald genannt hatten. Er bedeckte einmal den halben Kontinent und in seinem Herzen lagen die wenigen Städte der Elfen. Es war den Menschen geschuldet, dass einige dieser Städte nun seinen Rand markierten.

Ein Schmerz ergriff sie bei jedem Anblick der Ruinen und so wählte sie den rechten Weg, in die Fluten des Waldozeans. Bis die Bäume sie umfingen, hielt sie den Blick gesenkt. Und auch als sie längst eingetaucht war, hob sie den Blick erst, als die Stadt hinter ihr kaum noch in Sichtweite war. Und Stille. Die Tiere waren nicht verschwunden, dennoch schwiegen sie, als wären fünf Jahre Trauer erst der Anfang aller Buße. Doch warum büßten immer die Unschuldigen? Warum hatte man *sie* zurückgelassen?

Einen kurzen Augenblick lang glaubte sie, ein Rascheln hinter sich zu hören, doch als sie herumfuhr, strich ihr nur der Wind die dunkelblonden Haarsträhnen aus dem Gesicht. Gleichzeitig trug er ein weiteres Stückchen in ihr ab und ein hohles Gefühl der Kälte drohte sich in ihr breitzumachen. Sie machte sofort kehrt und rannte davon, aber es jagte sie, so sehr sie es auch abzuschütteln versuchte.

Sie wusste nicht, wohin sie lief, und nahm weder die Welt um sich herum wahr noch spürte sie die Schritte, die sie tat. Machte sie sie überhaupt, wo sie doch schwebte? Und das so leicht und teilnahmslos durch die Schatten der Bäume, bis sie auf eine Wiese lief und vor einem Abhang Halt machte. Und wieder zu Boden glitt. Das Gras an den nackten Füßen kitzelte, während sie in die Tiefe blickte. Was sich dort viele

Fuß unter ihr erstreckte, war wahrhaftig ein Ozean. Er spannte sich weit über den Horizont, von links nach rechts, ohne den Waldrand in Sicht. Vereinzelt waren die Umrisse einer anderen Stadt zu erahnen, die man auch mit einer Ansammlung älterer, größerer Bäume verwechseln konnte. In der leichten Brise der Nacht wogten die Baumkronen gleichmäßig wie die Wellen einer sanften See.

Sie hatte diesen Anblick oft gesehen und doch war sie jedes Mal erneut überwältigt von diesem Ausmaß, dass sie auf eine winzige Größe zusammenzuschrumpfen drohte. Mit tränenden Augen fiel sie auf die Knie, den Oberkörper halb über den Abhang ragend. Sie war allein, ganz allein in diesem Ozean. Und ihr Herz fror.

Wozu noch? Wozu weitermachen? Für wen? Es ist sinnlos. Ich ... bin sinnlos.

Der Klang ihrer Gedanken vergiftete ihren Verstand, machte sie rasend, ließ sie atemlos nach Luft schnappen. Und während ihr der Schmerz heiß und nass aus den Augen die Wangen hinablief, wurde es ihr bewusst.

Ich schwebe nicht mehr ...

Und da lächelte der Abgrund freundlich.

Zögerlich erhob sie sich wieder, die Augen weit offen auf ihn gerichtet. Sie konnte erkennen, wie er langsam seine Arme ausbreitete. Einladend. Und wie ihre Ehrfurcht vor der Tiefe immer weiter schwand, während sie mit den Füßen an der Kante stand. In ihrem Rücken spürte sie die Brise und sie wünschte sich, dass ihr Flügel wuchsen. Die Augen schließend, ließ sie sich nach vorn fallen, vom sanften Wind tragen. Und als da keine Flügel waren, entfuhr ihr nur ein Seufzer. Und der Wind strich durch ihr Haar.

Blinzelnd öffnete sie die Augen, sah noch einer Träne nach, die in die Tiefe fiel und die im kalten Mondschein glitzerte. Sie atmete ruhig und tief und dennoch sah sie ungläubig an sich herunter. Zwei Arme schlangen sich eng um ihren Bauch. Plötzlich bemerkte sie auch, wie sich ein Gesicht warm und feucht an ihre Schulter drückte.

»Bist du das etwa ...?«, flüsterte sie hauchend.

Eine Bewegung an ihrer Schulter. Ein Nicken.

Schweigen.

Es zog sie zurück, ohne Widerstand ließ sie es zu. Zusammen fielen sie in das weiche Gras, nebeneinander. Die Tränen versiegt, drehte sie ihren zerzausten Kopf zu ihm und betrachtete sein verquollenes Gesicht, das die eigenen Tränen wohl noch immer nicht bemerkt hatte. Er starrte sie mit geröteten Augen blinzelnd an, als seien die Pupillen nur Punkte und der Blick aus Nadeln. Langsam und etwas rasselnd holte er Luft.

»Ich bin zurück ... allein.«

Sie nickte vorsichtig.

»Dann sind sie also ...«

»Ja ... allesamt. In den Dörfern, den Städten ... niemand ist mehr hier.«

Enttäuscht, doch gleichzeitig erleichtert über die Gewissheit sah sie zum Himmel auf, auf dem sich deutlich die Sterne abzeichneten. In der Ferne ließ sich bereits der Tag erahnen.

»Ich bin noch eine Weile gewandert, um ganz sicher zu sein ... Die Große Steppe ist völlig verdorrt, fast schon eine Wüste. Und die letzten Zeitungen in den Städten berichten, dass der ganze Osten verstrahlt sein soll ...«, flüsterte er langsam und zittrig, bemüht, sich zu beherrschen.

Sie wusste, dass er ihr Gesicht durch die Tränen nur schwer erkannte und dass er darauf Frustration erwartete. Zu ihrer eigenen Überraschung aber wog die Verblüffung über seine Rückkehr schwerer, sodass ihr Gesicht von einer irritierten, subtilen Freude erfüllt war. Und letztendlich konnten sie diese Worte nach fünf Jahren der Stille nicht mehr erschüttern.

»Es tut mir leid … Ich hätte dir so gern mehr als das mitgebracht …«

»Nein, ist schon gut«, sagte sie kopfschüttelnd. »Das ist mehr, als ich erwartet hatte.«

Vorsichtig drehte sie ihren Kopf wieder zu ihm auf die Seite und sah, wie er sich mit der Hand die Tränen vom Gesicht wischte.

»Natürlich bin ich zurückgekommen. Ich hasse mich dafür, dass ich dich so lange warten ließ, aber ich wollte nichts unversucht lassen … und ging bis an die Küste.«

Seine Züge wirkten mit einem Mal ganz ruhig und bitter.

»Ich hatte schon fast befürchtet, du wärst nicht mehr … Ein Glück, dass ich mich geirrt habe.«

Ein müdes, schiefes Lächeln deutete sich auf seinem Gesicht an.

»Wenn auch nur zum Teil. Du wolltest dich also wirklich …«

Beschämt und auch etwas schuldbewusst wandte sie den Blick von ihm ab und sah dem Horizont hinter dem Abgrund entgegen. Die ersten Sterne verblassten im Licht und der Himmel färbte sich langsam kupfern.

»Ich dachte, du seist tot. Oder gegangen. So wie alle gegangen sind«, murmelte sie. »So konnte ich einfach nicht mehr …«

Langsam schüttelte er den Kopf.

»Es gab keinen Tag, an dem es mich nicht hierher zurückgezogen hat. Vielleicht erinnerst du dich ... An dieser Stelle haben wir uns damals verabschiedet.«

Aufmerksam setzte sie sich etwas auf und blickte sich auf der Wiese um, in die verschwommene Erinnerung vertieft. Es stimmte, hier war es gewesen. In den düsteren Gedanken der Stille war diese Erinnerung irgendwann untergegangen. War sie vielleicht deswegen hierher gegangen, ohne darüber nachzudenken?

»Ich mag fort gewesen sein, aber mein Geist ist immer hiergeblieben. Und als ich dann endlich hier ankam, hat mich der Blick auf den Ozean so gefesselt ... da hatte ich die Zeit völlig vergessen. Und dann warst da plötzlich du.«

Er schaute sie noch immer an, hatte seine Fassung aber zurückerkämpft. Nach einem kurzen Augenblick bemerkte sie seinen Blick und wandte sich ihm wieder zu. Da lag noch immer eine gewisse Taubheit auf ihr, dem Staub der Jahre geschuldet, aus der sie noch nicht völlig erwacht war. Ohne einen einzigen Gedanken zu denken, nahm sie ihn sanft in den Arm.

Und sagte nichts. In ihrem Rücken erhob sich langsam die gelbe Tageshelle, die Hand in Hand mit der Morgenröte ging. Die Leere war langsam aus ihr gewichen, für den Moment zumindest.

Du bist wie einer von ihnen, weißt du das? Sie kommen immer zurück, auch wenn man sie am Tage nicht sehen kann. Du warst weg, aber wärst du ein Stern gewesen, du hättest über mich gewacht.

Wo auch immer du warst, wir haben beide den gleichen Himmel gesehen.

Von der Umarmung noch mehr verunsichert, legte er langsam auch seine Arme um ihren Körper. Die Augenlider fielen ihm müde zu.

»Es ist schön, zurück zu sein.«

Lisa Limacher

AN DEINER STELLE

Es war verboten, in der Nacht noch unterwegs zu sein. Nie zuvor hatte Aya diese Regel missachtet, doch nun stand sie mit klopfendem Herzen an der Tür und schaute durch einen schmalen Spalt nach draußen in die nächtliche Finsternis. Zwei schwankende Lichtpunkte verrieten die beiden Samurai, welche mit Laternen ihre Runde durch das Dorf drehten. Ihnen wollte Aya auf keinen Fall begegnen.

Vorsichtig schloss sie die Schiebetür und lehnte sich gegen die Wand. Es konnte nicht mehr lange dauern, bis sie an ihrem Haus vorbeikamen. Tatsächlich hörte sie kurz darauf ihre rauen Stimmen, auch wenn sie nicht verstand, was sie sich zu erzählen hatten. Aya wartete angespannt in der Finsternis des kleinen Raumes, bis ihre leisen Stimmen nicht mehr zu hören waren und nur noch der rasselnde Atem ihrer Mutter an ihre Ohren drang.

Bleib am Leben, flehte sie, dann schlüpfte sie nach draußen, schob die Tür leise hinter sich zu. Zum Glück befand sich das Haus ihrer Familie gleich am Waldrand. Mit hastigen Schritten überwand sie die paar Meter, dann wurde sie bereits von den Schatten der Bäume verschluckt. Ihr Herz schlug ihr bis zum Hals, doch sie war fest entschlossen, die Sache durchzuziehen. Zwischen den Bäumen und mannshohen Farnen fühlte sie sich etwas sicherer, aber trotzdem warf sie immer wieder Blicke über die Schulter in der Angst, entdeckt zu werden. Die Patrouille ging nicht zimperlich mit nächtlichen Streunern um, doch eigentlich war sie ihr kleinstes Problem. Wer konnte schon sagen, wie lange ihre Mutter noch durchhalten würde? Die Angst um ihre Mutter trieb Aya an. Sie achtete kaum auf die Dornen, die ihre Haut zerkratzten, oder die Kletten, die sich in ihrem Haar verfingen. Die Blume! Sie musste sie erreichen, bevor jemand anderes das wertvolle Kraut pflückte.

Aya erklomm einen Hang, dann blieb sie stehen. Bis zu dieser Stelle hatte der Arzt ihr den Weg beschrieben. Sie atmete einmal tief durch, um sich zu beruhigen, dann schob sie die Hand in eine Falte ihres Gewandes und zog das hölzerne Kästchen hervor, welches der Arzt ihr gegeben hatte. Sie öffnete es und starrte auf den Klumpen Lehm, der darin lag. Wie sollte dieser Klumpen ihr helfen, die Blume zu finden?

Du musst hineinpusten, hatte der Arzt ihr erklärt. *Dann wird er dir den Weg zeigen. Und ich schicke dir einen zweiten Helfer nach. Er wird dafür sorgen, dass die Blume nicht in die falschen Hände gerät, also schau nicht so bedrückt drein. Du musst sie nur pflücken, das ist alles.*

Mehr hatte er ihr nicht verraten. Es war zum Verrücktwerden! Doch es war die einzige Hoffnung, die ihr geblieben war. Angesichts des nahenden Todes ihrer Mutter war ihr jede noch so abstruse Idee recht, wenn sie nur etwas tun konnte!

Aya hob das Kästchen an die Lippen und blies sacht ihren Atem hinein. Zu ihrem Schrecken begann das Kästchen zu vibrieren und sie hätte es beinahe fallen lassen.

»Was zum …«, setzte sie an, doch der nächste Blick in die Schatulle verschlug ihr glatt die Sprache.

Der Lehmklumpen hatte begonnen, sich zu verändern. Als bestünde er aus vielen kleinen Lebewesen, die ihre Position änderten, krochen die Lehmklümpchen übereinander. Aya sah erst keine Ordnung in der Bewegung, doch dann erkannte sie, dass sich auf der einen Seite ein Kopf mit einem Schnabel zu formen begann und auf der anderen zwei dünne Beine mit Krallen, halb verdeckt durch kurze Schwanzfedern. Bereits Sekunden später hüpfte ein kleiner Vogel in der Schachtel auf und ab und schaute sie aus seinen dunklen Knopfaugen an. Er hatte ungefähr die Größe eines Sperlings, doch sein Gefieder verbreitete einen rötlichen Schimmer.

»Bist du mein Helfer?«, fragte Aya, als sie ihre Sprache wiederfand. »Kannst du mich zur Mondblume führen?«

Der tönerne Vogel legte den Kopf schief, als versuchte er nachzudenken. Dann spreizte er die Flügel, flatterte probeweise und hüpfte dann über den Rand des Kästchens hinaus.

»Huch!«, machte Aya, als er absackte, doch schon fing er sich wieder und flitzte in die Höhe. Dank seiner rotschimmernden Federn war er leicht in der Dunkelheit auszumachen.

Nun ging die Reise erst richtig los. Der Vogel flatterte immer ein paar Schritte weit voraus und setzte sich dann abwartend auf einen Ast, damit Aya ihm folgen konnte. Er schien tatsächlich genau zu wissen, wohin er wollte, und Aya konnte nur hoffen, dass sein Ziel wirklich die Blume war.

Ich hätte nicht gedacht, dass der Arzt im Besitz eines solch praktischen Spielzeugs ist, dachte Aya und fragte sich, wo er das wohl herhatte.

Doch etwas unterbrach ihre Gedanken. Ein schwaches, bläuliches Licht fiel durch die Bäume vor ihr. Konnte es sein, dass sie bereits angekommen waren? Der Vogel führte Aya auf eine Lichtung hinaus, fuhr in den wolkendurchzogenen Himmel hinauf und verschwand aus ihrer Sicht. Ein paar wenige Sterne glitzerten am Nachthimmel, der Mond schimmerte nur am Rande einer Wolke hervor.

Doch Aya hatte keinen Blick für das Strahlen über ihr übrig. All ihre Sinne wurden von der Blume eingefangen, die nur ein paar Schritte entfernt mitten auf der Wiese stand. Aya hatte noch nie in ihrem Leben etwas Schöneres gesehen. Stolz und erhaben reckte sie ihre Blätter in die Höhe, der Weite des Himmels entgegen. Als wollte auch der Mond die schönste aller Blumen betrachten, gaben ihm die Wolken den Blick frei und er warf sein silbernes Licht auf die Erde. Es verfing sich in ihrer Blüte, wurde in mystisch glitzerndem Blau zurückgeworfen. War dies ihre Art, dem Mond zurück-zulächeln?

Der Anblick hatte etwas Heiliges und für einen Moment vergaß Aya ganz, weshalb sie hergekommen war. Andächtig betrachtete sie die Blume und wagte schließlich, sich langsam zu nähern.

Mit klopfendem Herzen kniete sie sich nieder. *Diese Blume will nicht gepflückt werden,* dachte sie unwillkürlich. *Sie gehört dem Mond allein.*

Doch hatte sie eine Wahl? Was bedeutete das Leben einer Blume, wenn man es mit dem Leben eines Menschen aufwog?

Ihre Hand zitterte, als sie sich nach dem zarten Hals der Blüte ausstreckte. Ihre Finger berührten den von feinen, silbern leuchtenden Haaren besetzten Stiel. Er war leicht warm. Erschrocken zuckte sie zurück – sie hatte ein Pulsieren gespürt! Wie von einem schlagenden Herzen. Aya schluckte einmal trocken und riss sich zusammen.

Ich muss sie pflücken, spornte sie sich selbst an. *Sie ist die letzte Chance, meine Mutter zu retten!*

Sie zog den Ärmel ihres Gewandes nach vorne, bedeckte damit ihre Finger, kniff die Augen zusammen, griff nach der

Blume und riss sie mit einer schnellen Bewegung aus der Erde. Durch den Stoff hindurch fühlte sie das Pulsieren der Blume.

Entschuldige, liebe Blume, dachte sie. *Aber ich habe gute Gründe, dich zu pflücken.* Erleichtert atmete sie aus. *Wo bleibt eigentlich der Helfer, den der Arzt mir versprochen hat?*

Doch sie hatte auf keinen Fall vor, hier zu warten, denn das Pochen unter ihren Fingern wurde schneller. Sie konnte auch ohne diesen zweiten Helfer zurückgehen. Mit hastigen Schritten näherte sie sich den Bäumen, während der Pulsschlag der Blume immer wütender wurde. Hatte sie einen Fehler begangen? Erschrocken beobachtete sie, wie die Blüte sich dunkel verfärbte und in ein glühendes Rot verwandelte. Aya ließ die Blume los, doch diese schien an ihrer Hand festzukleben. Ihre Hand brannte, wo die Blume sie berührte. In dem Moment krachte etwas auf die Lichtung, keine zwei Schritte von ihr entfernt. Aya schrie und taumelte zurück.

Das Ding vor ihr richtete sich auf. Sie konnte nicht mit Sicherheit sagen, was es war. Zwar hatte es gewisse Ähnlichkeiten mit einem Menschen, aber die Schultern waren viel zu breit, die Arme zu lang und muskulös, die Haut schwarz. Es brüllte, drehte sich zu ihr um. Rot flammende Augen starrten ihr entgegen. Aya war wie festgenagelt, konnte nicht wegsehen. Das Wesen machte einen Schritt auf sie zu. Der brennende Schmerz jagte ihren Arm hinauf und weckte sie aus der Lähmung. Sie drehte sich um, rannte los. Zurück in den Wald. Während sie zwischen die Büsche stolperte, warf sie einen Blick auf ihren Arm. Die Wurzeln der Blume hatten sich darum geschlungen, wuchsen an ihm entlang, brannten sich wie Nesseln in ihre Haut. Schreiend versuchte sie die Pflanze abzuschütteln, kratzte und zerrte, doch es half nichts. War das die Rache dafür, dass sie die Blume aus der Erde gerissen hatte? Aya trat in ein Loch im Boden, blieb mit dem Fuß hängen und fiel der Länge nach hin.

Sie hörte das Monster hinter sich. Doch noch bevor sie sich umdrehen konnte, landete es mit seinem ganzen Gewicht auf ihr, drückte sie zu Boden. Die Luft wurde aus Ayas Brustkorb gepresst und sie glaubte, ihre Rippen müssten jeden Moment brechen. Mit seinen seltsamen, klauenartigen Fingern griff das Ungetüm nach der Blume. Funken stoben, das Monster brüllte vor Schmerz und sprang zurück. Aya nutzte den Moment und befreite ihren Fuß aus dem Erdloch. Sie wollte weiterrennen, doch jemand versperrte ihr den Weg. Ein Mensch. Ein Junge?

»Weg da!«, schrie sie, doch er packte sie und drückte sie nach unten.

Schon wieder schlug sie auf dem feuchten Waldboden auf. Benommen hob sie den Kopf. Das Monster kam auf allen vieren angerannt. Der Junge streifte seine Kapuze ab, ein geschorener Kopf kam zum Vorschein. Er gehörte also zum Kloster! Wollte auch er die Blume haben? Oder hatte der Arzt ihn geschickt?

Er legte die Hände aneinander, murmelte ein Mantra. Aya erkannte die Worte. Sie gehörten zum Herz-Sutra Buddhas. Sie hatte sie selbst schon oft im Tempel gebetet.

Das Monster wurde von einem hellen Lichtstrahl zurückgeworfen. Es prallte gegen den Stamm eines Baumes, der gefährlich knackte, als wolle er gleich brechen. Der Junge rezitierte weiter und Schlingpflanzen wuchsen schlängelnd aus der Erde, wickelten sich um das Monster, fesselten es an den Baumstamm.

Aya hatte genug gesehen, sie wollte verschwinden. Doch sie konnte nicht aufstehen. Erst jetzt bemerkte sie die Schlingen, die sich auch um ihre Glieder gewunden hatten. Sie versuchte, sich zu befreien, doch es war unmöglich. Warum hielt er auch sie gefangen? Inzwischen hatte der Junge sich dem Monster bis auf Armeslänge genähert. Ein geheimnisvolles Leuchten ging von seiner Haut aus, während er seine Gebetskette durch die Finger gleiten ließ, noch immer murmelnd. Das Monster schrie, warf sich hin und her. Es musste unerträgliche Schmerzen leiden.

Aya zerrte an den Fesseln. So wollte sie nicht enden! Doch der Junge war nicht ihre dringlichste Sorge. Die Wurzeln der Blume hatten nun ihren Hals erreicht. Wie feine Nadeln bohrten sie sich in ihre Haut, drangen tiefer und tiefer ein in ihre Halsschlagader. Die Blume leuchtete verräterisch, dann wurde Aya schwarz vor den Augen.

Aya blinzelte. Wo war sie? Ihr Körper schmerzte, vor allem der Nacken. Sie musste in einer unglaublich schrecklichen Position geschlafen haben. Doch sie lag in einem weichen Bett - das jedoch nicht ihr eigenes war. Sie schreckte hoch, als die Erinnerung an letzte Nacht sie wieder einholte. Panisch schaute sie auf ihren Arm, doch da war nichts. Keine Wurzeln, die daran hochkletterten und sich in ihr Fleisch gruben.

»Du bist wach«, hörte sie eine ausdruckslose Stimme unweit von ihr.

Sie schaute hoch. Da an der Wand stand der Junge, die Arme hinter dem Rücken verschränkt, wachsam. Er hatte die Kapuze wieder über den Kopf gezogen, doch sie war sich sicher, dass er es war. Instinktiv schob sie sich weiter weg von ihm. Sie erinnerte sich noch gut daran, dass er auch sie mit seinen Fesseln gebunden hatte, also konnte er nicht der Helfer sein, von dem der Arzt gesprochen hatte. Aber wo war dann dieser Helfer geblieben? Das Monster konnte er ja unmöglich gemeint haben …

»Warum hältst du mich gefangen?!«, fuhr sie ihn an. »Wo bin ich hier?«

»Wir sind im Kloster«, antwortete er gelassen, doch seine Augen funkelten prüfend unter der Kapuze hervor.

Ayas Blick schweifte kurz durch das kleine Zimmer. Tatsächlich hing das Bild Buddhas an der Wand und nun, da sie darauf achtete, bemerkte sie auch den schwachen Geruch von Räucherstäbchen. Da der Junge nach seiner Robe zu urteilen ein Novize war, entsprach seine Aussage wohl der Wahrheit.

»Hast du mich hergebracht? Lass mich nach Hause gehen«, verlangte Aya.

»Es tut mir leid, aber du musst noch bleiben – zu deiner eigenen Sicherheit.«

»Wie soll das denn zu meiner Sicherheit sein?«, entrüstete sich Aya. »Ich muss nach Hause! Und wo ist die Blume?! Ich habe sie zuerst gesehen, gib sie mir zurück!«

Sie erinnerte sich zwar nicht gerne an das schreckliche Kraut, aber immerhin war diese Blume ihre einzige Hoffnung!

»Du weißt nicht, wovon du da redest«, erwiderte er bemerkenswert ruhig. »Die Blume hätte nie in deinen Besitz geraten dürfen. Ein Dorfmädchen wie du sollte eigentlich gar nichts von ihrer Existenz wissen.« Sein Blick bohrte sich in den ihren. »Wie hast du von der Blume erfahren?«

»Das geht dich gar nichts an«, antwortete sie schnippisch.

»Du hast ja keine Ahnung, worauf du dich da eingelassen hast!«, zischte er. Also war er doch etwas in Rage. Aus seinen blauen, klaren Augen sah er sie scharf an. Sie erinnerten Aya an das Leuchten der Blume.

»Auf was denn?«, fragte sie eingeschnappt. »Du willst mir doch nur Angst einjagen.« Und davon hatte sie bereits genug, da brauchte sie nur an dieses Monster oder die Blume zu denken, die sich gierig in ihr Fleisch gebohrt hatte. Doch wenigstens für den Moment verdeckte Aya die Angst mit Wut. Wut auf den Jungen und auf den Arzt, der sie in diese verrückte Sache hineingeschickt hatte.

»Das geht nur uns vom Kloster etwas an.« Er schaute sie abweisend an. Oder war das ein Funke von Unsicherheit in seinen Augen? Sie verschränkte trotzig die Arme.

»Erklär es mir«, forderte sie ihn auf. »Schließlich passiert es nicht alle Tage, dass man von einem Monster angegriffen und von einer Blume verspeist wird.«

Doch der Junge machte keine Anstalten, ihr mehr zu verraten. Stumm blieb er stehen und musterte sie noch immer mit diesem forschenden Blick.

»Wenn du mir nicht erzählst, warum ich hier festgehalten werde, dann sehe ich auch keinen Grund, länger zu bleiben«, setzte sie von Neuem an und machte Anstalten, sich von dem Bett zu erheben. Sie glaubte nicht wirklich daran, dass sie auch nur drei Schritte weit kommen würde, aber sie musste es zumindest versuchen. Nach allem konnte sie nun nicht einfach aufgeben!

Er seufzte und trat auf sie zu. Bildete sie es sich nur ein oder hatte er eben tatsächlich leicht gelächelt?

»Nun gut, ich schlage dir einen Tausch vor. Du sagst mir, wer dir von der Blume erzählt hat, und ich sage dir, was es damit auf sich hat.«

Das klang gerecht. Sobald sie mehr Informationen hatte, konnte sie immer noch einen Fluchtversuch planen.

»Aber du beginnst«, forderte sie.

Einen Moment lang musterte er sie abschätzend. Dann seufzte er wieder und strich mit den Fingern über seine Gebetsschnur. Augenblicklich verkrampfte sich Aya. Sie hatte gesehen, was er damit anrichten konnte. Ihre Reaktion schien ihm nicht entgangen zu sein, denn er ließ seine Hand sinken.

»Keine Sorge, es wird dir nichts geschehen«, versprach er.

»Gut, es kann nicht schaden, wenn ich beginne. Hör gut zu.«

Sie nickte und er begann zu erzählen: »Die Blume wächst nur alle einhundert Jahre, in dem Wald, in welchem du sie gefunden hast. Wo genau sie wachsen wird, das ist jedoch jeweils unbekannt.«

Das war ihr nichts Neues, so viel hatte der Arzt ihr bereits erzählt.

Er fuhr fort: »Unten im Klosterhof steht ein sehr alter, mächtiger Baum. Er ist das Herzstück des Klosters, denn er verbindet die Erde mit dem Himmel, dem Reich der Götter. Ohne ihn wären all unsere Gebete bedeutungslos.

Die Mönche behaupten, er sei bereits über eintausend Jahre alt. Doch immer nach genau hundert Jahren beginnt der Baum abzusterben. Die Blume ist nur aus dem einen Grund da: Um dem Baum neues Leben zu geben.«

»Du lügst!«, entfuhr es ihr.

Das konnte nicht wahr sein. Der Arzt hatte ihr etwas ganz anderes erzählt!

»Was? Warum sollte - «

Brennender Schmerz schoss ihr in die Beine, sodass sie jäh aufschrie. Sie warf die Bettdecke beiseite und starrte entsetzt auf die Wurzeln, die aus ihrer Haut sprossen.

»Mach es weg!«

Der Junge stand bereits über ihr und presste seine Gebetskette auf ihre Brust, murmelte wieder die Worte in der Sprache der Götter. Der Schmerz ließ nach. Die Wurzeln zogen sich zurück. Zurück blieben nur ihre Beine, jedenfalls dem Anschein nach.

»Alles in Ordnung?«, fragte er, sichtlich erschöpft. Glitzernde Schweißperlen standen ihm auf der Stirn.

»Natürlich«, antwortete sie bissig und schob ihn grob weg von sich. »Was war das gerade? Ich dachte, ihr hättet dieses Ding an euch genommen!«

»Ich habe dir doch gesagt, es sei zu deiner eigenen Sicherheit, dass du hier bist.«

»Erklär es mir!«, schrie sie hysterisch.

»Beruhige dich.« Er hob beschwichtigend die Hände. »Wir haben versucht, die Blume von deiner Haut zu trennen, doch sie hat sich in deinen Körper zurückgezogen.«

Was sollte das bedeuten? Sie schaute auf ihre Hände. Sie war immer noch da drin? Es grauste ihr vor sich selbst. Es war ihr, als wäre das gar nicht mehr ihr Körper, als wäre er verschmutzt.

»Kann man sie wieder rausnehmen?«, fragte sie zittrig.

»Das versuchen die Älteren herauszufinden. Sie haben zuversichtlich ausgesehen«, versuchte er sie zu beruhigen. »Es gibt keine weiseren Männer, sie werden wissen, was zu tun ist.«

Sorgte er sich wirklich um sie? Oder war er nur an der Blume interessiert?

»Und was kann ich jetzt machen?«

»Bleib einfach hier. Wir können dir helfen. Es ist meine Aufgabe, auf dich aufzupassen. Und ich verspreche dir, ich werde dich keinen Augenblick aus den Augen lassen.«

Er klang so ernst. Das machte ihr noch mehr Angst.

»Ich muss zurück, zu meiner Mutter«, sagte sie flehend.

Er antwortete nichts, sah sie nur an. Es war klar, dass er sie nicht würde gehen lassen. War nun alles vergebens gewesen? Warum hatte sie sich das dann überhaupt angetan? Nun wünschte sie sich, sie hätte die Blume nie angefasst.

»Sie ist krank«, erzählte sie niedergeschlagen. »Deshalb habe ich die Blume gepflückt. Der Arzt hat gesagt, dass die Blume sie retten kann.«

Sie ließ den Kopf hängen, schaute wieder auf ihre Hände. Waren sie anders als sonst? Schon befürchtete sie, Wurzeln draus hervorsprießen zu sehen.

»Er hat gesagt, ich dürfe niemandem davon erzählen.«

»Der Arzt des Dorfes? Woher weiß er von der Blume?«, fragte der Junge misstrauisch.

»Ich weiß es nicht, ich habe nicht weiter gefragt. Schließlich ist er Arzt, er wird wohl wissen, was er tut.«

»Wir kümmern uns um deine Mutter, du brauchst dir deswegen keine Sorgen zu machen. Unsere Mittel sind besser als die eines kleinen Dorfarztes«, versprach der Junge unvermittelt.

»Wann?«, wollte sie wissen. Konnte sie ihm trauen? Warum sollte er ihr helfen? Aber womöglich war dies der einzige Weg, wie ihre Mutter noch gesund werden konnte. »Es geht ihr wirklich nicht gut. Und nun bin ich nicht einmal bei ihr, um sie zu pflegen.«

»Sobald wie möglich«, versicherte er und sie konnte keine Lüge in seinen Worten entdecken. »Meister Kenzo sollte bald zurück sein, dann werde ich ihm von deiner Mutter erzählen. Bis dahin solltest du dich ausruhen.«

Diese Nachricht überraschte sie. Meister Kenzo war das Oberhaupt des Klosters. Er schien ein schwer beschäftigter Mann zu sein, auf jeden Fall war er im Dorf nur höchst selten anzutreffen. Vielleicht würde ja doch noch alles gut werden.

Aya nickte, schaute noch immer auf ihre Hände. Als er näher trat, sah sie auf. Er zögerte, schien sich nicht sicher zu sein, was er tun sollte.

»Schließe die Augen«, forderte er sie auf. »Ich werde versuchen, die Blume etwas zu beruhigen, damit sie nicht mehr ...«

Sie zögerte, doch was blieb ihr anderes übrig? Aya schloss die Augen, versuchte ruhig zu atmen. Sie spürte, dass er ganz sanft die Hand an ihre Wange legte. Ein warmes Gefühl breitete sich in ihrem Körper aus. Sie lächelte ein wenig. Ihr Körper schien wieder mehr ihr eigener zu sein.

»Danke«, murmelte sie und öffnete die Augen. Zu ihrer Überraschung hob er die Hand und strich eine Strähne ihres langen, schwarzen Haares aus ihrem Gesicht.

»Ich passe auf dich auf«, sagte er leise, dann trat er ans Fenster. »Schau, da unten siehst du den Baum.«

Sie drehte sich zum Fenster um. Sie musste sich aufrichten, um auf den kreisrunden Klosterhof hinunterzusehen. Der Baum, der in dessen Mitte stand, zog sofort ihren Blick auf sich. Er sah tatsächlich aus, als wäre er bereits abgestorben. Kein einziges Blatt hing mehr an den schwarzgrauen Ästen.

»Könnt ihr ihn wirklich noch retten?«

200

»Wenn wir die Blume bis in drei Tagen wieder aus deinem Körper hinausbekommen können ...«

Ich hätte sie wirklich nicht pflücken sollen. Warum nur hat der Arzt mich angelogen, fragte sie sich bitter.

Es klopfte an der Tür. Aya zuckte zusammen, zog die Decke schützend bis ans Kinn hoch. Zwei Männer traten ein, in dunkle Mönchsroben gehüllt. Sie verbeugten sich. Auch sie nickte mit dem Kopf.

»Willkommen im Kloster«, grüßte der ältere Herr. »Es ist eine Seltenheit, dass wir weibliche Gäste in unseren Räumlichkeiten unterbringen dürfen.«

Der Mönch schaute sie freundlich an. Etliche Lachfalten zierten seine Augenwinkel. Er schien ein netter Mann zu sein. Ihre Anspannung löste sich ein wenig.

»Mein Name ist Kenzo«, stellte er sich vor und Aya machte große Augen, als sie dies hörte. Er war also das Oberhaupt des Klosters. »Ich hoffe, unser Novize hat sich anständig verhalten?«

Sie warf dem Jungen einen nervösen Blick zu. Er stand schweigend da, das Gesicht ohne Regung.

»Ja, alles in Ordnung«, sagte sie und erinnerte sich daran, dass sie sich noch nicht vorgestellt hatte. »Mein Name ist Aya. Ich wohne unten im Dorf.«

Meister Kenzo nickte.

»Schön, dich bei uns zu haben. Was hast du bereits von Sora gehört?«

Die Frage verunsicherte sie. Sie wusste nicht, ob sie ihn in Schwierigkeiten brachte, wenn sie die Wahrheit sagte. Sie warf ihm einen Blick zu, doch er schaute sie nicht an.

»Nicht viel«, sagte sie deshalb ausweichend. »Dass es besser für mich ist, hier zu bleiben.«

Wieder nickte Meister Kenzo.

»Und kannst du das tun? Wir versprechen, uns gut um dich zu kümmern, bis du wieder nach Hause zurückkehren kannst.«

Der Mönch schien vertrauenswürdig zu sein, also fasste sie Mut und sagte: »Meister Kenzo, meine Mutter ist schwer krank. Deshalb wollte ich die Blume holen, um sie wieder gesund zu machen.«

»Was für ein interessanter Gedanke.« Er lächelte und drehte sich zur Tür. »Haruma.«

Ein junger Novize öffnete die Tür und trat mit einer Verbeugung ein.

»Schick Kunai ins Dorf hinunter. Er soll sich um Ayas Mutter kümmern.«

Haruma nickte und trat wieder hinaus.

»Wird sie gesund werden?«, fragte Aya hoffnungsvoll.

»Kunai, unser Arzt, ist sehr erfahren. Allerdings sind unsere Kräfte durch den bedauerlichen Zustand des heiligen Baumes etwas eingeschränkt. Nach seiner Erneuerung wird es ihm sicherlich möglich sein, deiner Mutter zu helfen.«

Erleichterung breitete sich in ihr aus. Anscheinend hatte der Novize ihr die Wahrheit erzählt.

»Danke, Meister Kenzo!« Tränen traten ihr in die Augen.

»Keine Sorge. Du wirst bald wieder bei ihr sein können.« Er trat zu ihr ans Bett, schaute sie mit seinen blassgrauen Augen unverwandt an. »Dass die Blume in dir wohnt, ist eine große Ehre. Du solltest es nicht als etwas Schlechtes ansehen, denn nicht viele Menschen wären dazu in der Lage, sie in sich zu tragen.«

Aya wusste nicht, was sie darauf erwidern sollte. Die Blume konnte ihr gestohlen bleiben – solange nur ihre Mutter wieder gesund wurde.

»Ich würde sie Euch geben, wenn ich könnte«, sagte sie aufrichtig.

»Das glaube ich dir. Aber nun ist es Zeit für dich, zu schlafen.«

»Wartet – bitte. Woher weiß der Arzt denn, wo meine Mutter wohnt?«

Meister Kenzo schmunzelte. »Sei unbesorgt. Die Bewohner des Dorfes sind wie unsere Kinder. Wir kennen all ihre Namen.«

Aya war zu verwirrt, um etwas darauf zu erwidern. Der Mönch legte ihr eine seiner Hände auf den Kopf. Wohlige Ruhe breitete sich in ihr aus.

»Schlaf nun.«

Als Aya erwachte, fühlte sie sich ausgeruht. Sie setzte sich auf. Wo war er? Er hatte gesagt, er würde bei ihr bleiben. Sie blickte sich im Zimmer um und entdeckte ihn in einem Stuhl sitzend. Er schlief.

Sora, hauchte sie stumm seinen Namen. Er bedeutete *Himmel* in ihrer Sprache. *Wie schön.*

Neugierig betrachtete sie das Gesicht des Schlafenden. Es war das erste Mal, dass sie einen der Novizen nicht nur aus der Ferne sah. Normalerweise hielten sie sich im Hintergrund, verbargen ihre Gestalt in dunklen Gewändern und ihre Gefühle hinter einem steinernen Antlitz, das genauso wenig preisgab wie die Klostermauern. Auch Sora schien da keine Ausnahme zu sein, oder doch?

Als hätte er ihren Blick gespürt, öffnete er die Augen. Er setzte sich aufrecht hin, warf ihr einen flüchtigen Blick zu. Dann winkelte er die Beine an, bis er im Lotussitz auf dem Stuhl saß, faltete die Hände in seinem Schoß und schloss abermals die Augen. Mit einem Gesicht wie versteinert.

Sie beobachtete ihn. Was wohl gerade in ihm vorging? Wenn er so dasaß, auf einem Stuhl, der ganz offensichtlich nicht fürs Meditieren gedacht war. So leise wie möglich stand sie auf, schlich näher. Hörte er sie? Oder war er in sich selbst versunken? Sie streckte die Hand aus, verharrte, als ihre Finger nur noch wenige Zentimeter von seinem Gesicht entfernt waren. Seine Lider flogen auf und sein Blick bohrte sich in den ihren. Erschrocken ließ sie die Hand sinken. Sie setzte sich auf das Bett zurück.

»Was würdest du tun, wenn du nur noch einen Tag zu leben hättest?«, fragte er unvermittelt in die Stille hinein.

Aya fühlte sich etwas überrumpelt. Wie er wohl auf so eine Frage kam?

»Ich würde diesen Tag mit meiner Mutter und meinen Geschwistern verbringen wollen«, überlegte sie. »Außerdem würde ich in den Wald gehen. Zwischen den Bäumen fühle ich mich wohl.«

Sie sah ihn erwartungsvoll an. Er hatte seinen Blick starr auf die Wand gerichtet.

»Und du?«

»Ich würde wohl nichts anderes tun als sonst auch. Ich würde die Arbeiten erledigen, die mir aufgetragen werden. Ich würde hier in diesem Zimmer sitzen und dir beim Schlafen zusehen.« Ayas Herz machte einen Satz. Hatte er sie etwa auch beobachtet? Sein Gesicht war unverändert geblieben.

»Oder ich würde den ganzen Tag in der Schreinhalle sitzen und meditieren.«

Ayas Magen knurrte laut und durchbrach die angespannte Stimmung. Wie lange sie wohl geschlafen hatte? Ihrem Hunger nach zu urteilen musste es eine Ewigkeit her sein, seit sie zuletzt etwas gegessen hatte. Sie wusste nicht einmal, wie lange sie schon hier in diesem Zimmer war.

»Lass uns etwas essen gehen«, schlug er vor und erhob sich mit einer fließenden Bewegung.

»Wirklich? Ich darf das Zimmer verlassen?«

»Du bist keine Gefangene. Solange du bei mir bleibst, ist alles in Ordnung«, versprach er und hielt ihr die Tür in den Flur hinaus auf.

Im Speiseraum herrschte gerade Hochbetrieb, als sie eintraten. Aya war überrascht, wie lebendig es hier zuging. Überall wurde geredet, sogar wild gestikulierend saßen die Mönche beisammen. Oder nein. Mönche waren weit und breit keine zu sehen. Anhand der Roben erkannte sie, dass die hier versammelten Männer allesamt Novizen waren. Auch Kinder trollten sich zwischen den Bänken, ebenso in die dunkelgrauen Roben des Klosters gehüllt wie die Erwachsenen.

Unsicher stand sie im Eingang. Ein Novize drängte sich an ihr vorbei, warf ihr einen missbilligenden Blick zu. Am liebsten hätte sie sich unsichtbar gemacht. Eine Frau im Männerkloster musste einem Skandal gleichkommen. Wie sollte sie sich verhalten? Sie hörte bereits Getuschel und die ersten Köpfe wandten sich in ihre Richtung. Sora legte ihr eine Hand auf die Schulter. Dass dies einen viel größeren Skandal bedeutete, erkannte sie an den erschrockenen Gesichtern der Anwesenden.

»Dort drüben ist die Küche.« Er schob sie leicht in die richtige Richtung. Mit gesenktem Kopf durchquerte sie den Raum, dicht hinter ihr ging Sora.

»Wo ist denn deine stolze Haltung von vorhin geblieben?«, flüsterte er ihr ins Ohr.

Trotzig richtete sie sich auf.

»Die ist wohl im Gemurmel deiner Freunde untergegangen«, entgegnete sie und betrat die Klosterküche. Hier duftete es nach Reis und Gemüse. Ein kleiner Mönch stand an einem Topf und blickte ihnen gutmütig entgegen.

»Die werte Dame ist also aufgewacht, wie ich sehe«, begrüßte er sie mit einem Schmunzeln.

»Hast du etwas von Yuuma-sama gehört, Osamu-senpai?«, fragte Sora mit ernster Miene.

Der Koch verneinte schweigend.

»Du solltest dich in Geduld üben und essen, mein Junge«, riet ihm Osamu und schöpfte mit einer großen Kelle Reis und Gemüse in zwei Holzschalen. »Das Leben nimmt seinen Lauf und wohin es geht, entscheiden nicht wir.«

Sora nahm die Schalen entgegen. Aya warf einen nervösen Blick über die Schulter. Wollte er wirklich da draußen essen? Sie wäre viel lieber bei dem freundlichen Mönch in der Küche geblieben, doch bevor sie etwas einwenden konnte, war Sora ihr bereits vorausgegangen und hatte den Speiseraum wieder betreten. Sie kniff den Mund zusammen und folgte ihm.

Aufrecht, ermahnte sie sich, doch sie fühlte sich nicht halb so mutig, wie sie es sich gewünscht hätte.

Sora trat an einen Tisch in der Ecke. Sofort rückten zwei Novizen etwas zur Seite, um ihnen Platz zu machen. Sora stellte ihre Schale neben seine, sodass sie zwischen ihm und der Wand saß. Ob er gemerkt hatte, dass es ihr nicht wohl war, hier zu sein? Aber hätten sie dann nicht auch im Zimmer essen können? Sie setzte sich.

»Iss«, forderte Sora sie auf.

Sie wurde nicht schlau aus ihm. In einem Moment konnte er warmherzig und freundlich sein und im nächsten schon wieder kühl und abweisend. Die anderen Novizen aßen schweigend und mit gesenkten Köpfen. Wahrscheinlich war es ihnen unangenehm, eine Frau am selben Tisch zu haben. Aya versuchte die anderen zu ignorieren und konzentrierte sich auf ihr Essen, wie Sora es ihr gesagt hatte.

»Mach mal Platz«, rief eine raue Stimme und Aya blickte scheu auf. Ein großgewachsener Novize drängte sich gegenüber von Sora auf die Bank.

»Hast auch schon besser ausgesehen«, stellte der Neuankömmling fest und fixierte Sora mit seinem Blick.

»Kümmere dich um deine Angelegenheiten, Masao«, entgegnete Sora trocken.

»Höflichkeit ist eine Tugend, die gerne unterschätzt wird«, meinte Masao ungerührt und begann sich sein Essen in den Mund zu schaufeln.

»Das könntest du dir selbst ebenso sagen«, konterte Sora.

Aya verfolgte das Gespräch mit Erstaunen und vergaß darüber einen Moment lang ihre eigene Situation. Sie hatte sich das Zusammenleben im Kloster ganz anders vorgestellt. Wer hätte gedacht, dass hinter den verschlossenen und strengen Gelehrten tatsächlich Menschen mit all ihren Eigenarten steckten?

»Sind unsere Mitmenschen nicht alle nur Spiegel unserer selbst?« Masao grinste herausfordernd. »Hast du dir bereits eine Abschiedsrede überlegt, Sora?«

Soras Augen verengten sich. »Es gibt nichts zu sagen. Der Schicksalsfaden wird weitergesponnen, Zeit vergeht.«

»Du bist so unnahbar wie immer. Nun, da der Baum zu seinem Ende kommt, hätte ich gedacht, das würde sich vielleicht ändern. Aber vielleicht überraschst du uns alle ja noch.«

»Das reicht.« Einer der Novizen hatte sich erhoben. »Dein Verhalten ist unwürdig.«

»Spricht man so zu einem Älteren?«, fragte Masao gelassen.

Die Anspannung am Tisch war merklich zu spüren und Aya wünschte sich mehr denn je in ihr Zimmer zurück. Oder nach Hause. Eigentlich sollte sie am Bett ihrer Mutter sitzen und über sie wachen und nicht hier in einem Kloster, in welchem sie ganz offensichtlich nichts zu suchen hatte.

»Du hast dein Essen noch kaum angerührt, Aya.«

Sie zuckte zusammen, als ihr Name so unerwartet genannt wurde. Sora sah sie forschend an.

»Tut mir leid«, murmelte sie verlegen. Nun waren die Blicke der am Tisch Sitzenden plötzlich auf sie gerichtet. Verärgert stellte sie fest, dass ihre Hand leicht zitterte, als sie ihre Essstäbchen anhob, um etwas Reis zum Mund zu führen.

»Du hast Recht, wir sollten essen. Wer weiß, was der morgige Tag bringen wird«, stellte Masao fest. »Setz dich«, fügte er an den Novizen gewandt hinzu, welcher sich ohne Widerworte wieder auf die Bank niederließ und sich seiner Schale zuwandte.

Den Rest des Mahls verbrachten sie schweigend. Als Sora sich erhob, sah Masao zu ihm auf. »Schau zu, dass du uns nicht enttäuschst. Hundert Jahre sind eine lange Zeit«, bemerkte er.

Soras Miene war hart und sein Blick von einer Eiseskälte erfüllt, die Aya eine Gänsehaut verursachte.

»Ich kenne meine Aufgabe, Masao«, sagte er und wandte sich ab.

Aya musste sich beeilen, um mit seinem forschen Schritt mithalten zu können. Sie hätte ihn gerne gefragt, worum es in dem Gespräch gerade gegangen war, doch sie traute sich nicht. Es schien ihr, als hätte er eine undurchdringliche Mauer aus Eis um sich herum aufgebaut, durch die nichts und niemand zu dringen vermochte. Mit einem unguten Gefühl im Bauch marschierte sie hinter ihm her, bis sie schließlich vor ihrer Kammer standen. Wieder hielt er ihr die Tür auf und sie trottete gehorsam hinein.

»Schlaf«, wies er sie an.

Überrascht blickte sie auf. »Ich bin nicht müde«, entgegnete sie.

Er trat auf sie zu und hob eine Hand. Unsicher wich sie ein Stück zurück. Da wurde sein Blick weicher.

»Du musst viel schlafen. Die Blume entzieht dir Kraft und dein Körper ist zu schwach, um sie lange in sich zu tragen.«

Sie musste zugeben, dass sie sich erschöpft fühlte. Außerdem brannten ihre Augen und ihre Glieder schmerzten unangenehm.

Dabei habe ich gerade erst geschlafen.

»Erzählst du mir mehr über den Baum? Wie verbindet er den Himmel mit der Erde?«, fragte sie, um ihn abzulenken.

Er trat zurück und setzte sich wieder mit untergeschlagenen Beinen auf den Stuhl.

»Ich erzähle es dir, wenn du dich hinlegst«, verlangte er.

Wieder ein Tausch, dachte sie und legte sich folgsam auf das Bett, dann schaute sie ihn erwartungsvoll an. Kaum merklich huschte ein Lächeln über sein Gesicht.

»Der Legende zufolge wurde der Baum vom Gott des Mondes geschaffen. Er soll sich vor unzähligen Jahren in eine Sterbliche verliebt haben. Sie war eine einfache Frau, die zufrieden mit ihrem Mann und ihren Kindern auf einem kleinen Hof lebte. Der Mondgott hat sich ihr in Menschengestalt genähert, um sie zu verführen, doch sie wollte sich nicht von ihrem Mann trennen. Da erschien ihr der Mondgott in seiner wahren Gestalt, um sie mit Gewalt in die Welt der Götter mitzunehmen. Ihr Gatte jedoch hat sich törichterweise gegen ihn gestellt und so hat der Gott ihn und die Kinder umgebracht«, erzählte Sora.

»Aber das ist doch ungerecht«, empörte sich Aya.

»Die Götter gehen ihre eigenen Wege.«

Aya schlug schuldbewusst die Augen nieder.

Ich sollte nicht an den Göttern zweifeln, schalt sie sich.

»Entschuldige. Erzählst du weiter?«, bat sie hoffnungsvoll.

Es war schön, ihm zuzuhören. Wenn er erzählte, wurde sein Gesicht weicher, außerdem gab ihr dies einen Grund, ihn anzusehen. Seine Augen hatten einen Glanz, der sie verzauberte und sie ertappte sich dabei, wie ihr Blick zu seinen fein geschwungenen Lippen wanderte. Wie er wohl wäre, wenn er als normaler Junge in ihrem Dorf aufgewachsen wäre?

Sora fuhr fort: »Die Frau flehte den Mondgott an, ihr ihren Mann und die Kinder zurückzubringen. Er schlug ihr einen Tauschhandel vor. Wenn sie ihr Dasein bis in alle Ewigkeiten den Göttern widmen würde, so würde er ihre Kinder wieder zum Leben erwecken. Sie willigte ein und er verwandelte sie in den heiligen Baum, der noch heute unten im Klosterhof steht.«

»Das ist doch grauenhaft!«, entfuhr es Aya. »Soll das etwa gerecht sein?«

Sie hatte sich eigentlich zurückhalten wollen, doch die Art und Weise, wie der Gott des Mondes diese Menschenfrau behandelt hatte, erschien ihr einfach zu grausam.

Sora legte einen Finger an die Lippen.

»Die Götter haben gute Ohren«, ermahnte er sie.

Erschrocken schaute sie sich um, als könne auf einmal eine Gottheit neben ihr auftauchen, um sie ebenfalls in einen Baum zu verwandeln.

»Der Mondgott hat sein Versprechen gehalten und die Kinder wieder zurückgebracht. Sie haben neben dem Baum einen Schrein errichtet und sich um diese heilige Stätte gekümmert. Daraus ist später das Kloster entstanden. Durch die Verehrung des Baumes können wir in Kontakt mit der Götterwelt treten. Ohne ihn wäre dies nicht möglich. Und alle hundert Jahre wird der Pakt mit dem Mondgott erneuert, mit Hilfe der Blume, die du gefunden hast.«

»Wird sie wieder rauskommen?«, fragte Aya verunsichert. Aus welchem Körperteil würde sie als Nächstes sprießen? Aus ihrem Bauch? Oder dem Kopf?

»Wenn du nun eine Weile schläfst, wird sie sich sicherlich ruhig verhalten.«

Tatsächlich spürte sie ein seltsames Kribbeln in ihrem Körper. Sie nickte, doch sie glaubte nicht, dass sie würde einschlafen können. Nicht nach allem, was passiert war. Da trat Sora neben sie ans Bett, legte ihr die Hand auf die Stirn, wie Meister Kenzo es getan hatte, und kurz darauf glitt sie über in die Welt des Schlafes.

Als sie erwachte, brannte ihr Körper. Ihre Haut war heiß. Keuchend richtete sie sich auf, doch ihre Arme knickten unter ihrem Gewicht weg, sodass sie wieder zurück auf ihr Kissen fiel. Sofort war Sora neben ihr. Sie sah ihn nicht deutlich, denn es war zu dunkel, doch sie war sich sicher, dass er es war. Sie hörte das Rascheln seines Gewandes, dann spürte sie die Perlen seiner Gebetskette an ihrer Wange. Die Holzmurmeln fühlten sich auf ihrer überhitzten Haut an wie Eis.

»Ich fühle mich nicht gut«, brachte sie hervor.

»Schhh«, machte er und legte seine freie Hand an ihre andere Wange.

Tränen stiegen ihr in die Augen und sie keuchte auf, als ein brennender Schmerz durch ihre Brust jagte. Haltsuchend klammerte sie sich an sein Gewand.

»Es schmerzt!«, rief sie und spürte, wie ihr Magen rebellierte. Gleich würde sie sich übergeben müssen.

Soras gemurmeltes Mantra erreichte ihre Ohren kaum noch. Sie beugte sich über den Bettrand, doch er zog sie in eine sitzende Position hoch. Die Gebetsschnur leuchtete wie auch Soras Gesicht. Die Übelkeit ließ etwas nach. Seine Hände an ihren Wangen zitterten ebenso wie ihre und als der Schmerz endlich abgeklungen war, war er ebenso in Schweiß gebadet wie sie. Schwer atmend ließ er sich neben sie auf das Bett sinken. Nun, da die Hitze aus ihrem Körper gewichen war, begann sie zu frieren. Aus müden Augen blickte er sie an.

»Dies ist eine größere Prüfung, als ich dachte«, gestand er und sie schauderte. »Ich bringe dir andere Kleider. Du erkältest dich noch.«

Er will mich allein lassen, fuhr es ihr durch den Kopf und sie griff instinktiv nach dem Ärmel seines Gewandes.

»Ich habe Angst«, flüsterte sie weinerlich.

Was, wenn es zurückkommt, wenn er weg ist?

Sora senkte den Kopf. Er schien sich erheben zu wollen, doch dann entschied er sich anders und rückte näher zu ihr.

»Ob sich der Mann so gefühlt hat, als er sich gegen den Mondgott erhoben hat?«, flüsterte er, mehr zu sich selbst und zu Ayas Erstaunen schloss er sie in seine Arme. Einen Moment lang war sie so überrascht, dass sie steif wie ein Pfahl auf dem Bett saß, doch dann entspannte sie sich und die Tränen quollen aus ihren Augen. Schluchzend presste sie ihr Gesicht an seine Brust und vergrub ihre Hände in seinem Gewand.

Aya wusste nicht, wie viel Zeit vergangen war, bis er sich schließlich von ihr löste. Ihr Atem ging wieder gleichmäßig und draußen zwitscherten bereits die ersten Vögel, obwohl die Dämmerung eben erst eingesetzt hatte.

»Danke«, flüsterte sie verlegen und wischte sich über die Wangen.

Auch ihm schien die Situation etwas unangenehm zu sein, doch er lächelte zaghaft. Wie verzaubert starrte sie ihn an. Wie hübsch er doch war, wenn er nicht so ernst dreinsah. Sie hatte ihn doch falsch eingeschätzt. Sie hatte noch nie einen Novizen gesehen, der so viele Gefühle auf seinem Gesicht trug. Obwohl er in Anwesenheit von Meister Kenzo oder anderer Mönche auch eher einer Steinstatue als einem Menschen glich, war er oft ganz anders, wenn sie nur zu zweit waren.

Schnell erhob er sich und trat ein paar Schritte zurück.

»Meister Kenzo und Yuuma-sama erwarten uns schon bald unten im Klosterhof. Sie haben einen Weg gefunden, die Blume aus deinem Körper zu entfernen. Bei Sonnenaufgang soll die Übergabe stattfinden«, erklärte er und verbarg sich wieder hinter einer Maske der Gefühllosigkeit.

Aya nickte erleichtert über diese Nachricht.

»Bis dahin solltest du dich umziehen«, fügte er an und trat an einen Schrank. Sie spürte, wie sie errötete, als er ihr einen einfachen Yukata hinhielt, der wohl eigentlich für Männer gedacht war. Die Tatsache, dass sie sich vor wenigen Augenblicken noch an ihn geklammert und geheult hatte, war ihr nun mehr als peinlich. Sobald sie das Kleidungsstück entgegengenommen hatte, drehte er sich um.

Er ist ein Novize, er wird nicht schauen, sprach sie sich selbst Mut zu und begann ihre verschwitzten Kleider auszuziehen. Zu ihrem Erschrecken begann nun auch Sora, sein Mönchstuch an der Hüfte zu lösen. Wollte er sich etwa auch hier umziehen? Schnell wandte sie sich ab. Vor Nervosität brachte sie es kaum fertig, den Obi, der ihr Kleid zusammenhielt, zu öffnen.

Ich benehme mich viel zu kindisch, fand sie und endlich gelang es ihr, sich von dem Obi zu befreien und den verschwitzen Baumwollstoff abzulegen, den sie normalerweise trug. Sie zwang sich, nicht über die Schulter zu schauen, um sicherzugehen, dass er noch immer mit dem Rücken zu ihr stand. Als sie fertig war, setzte sie sich mit dem Gesicht zum Fenster auf das Bett zurück. Draußen begann es allmählich hell zu werden.

»Bist du fertig?«, fragte er leise.

»Mhm«, antwortete sie und wagte es, ihn anzusehen. Er stand, in eine frische Robe gekleidet, an der Tür. Sie beeilte sich aufzustehen, doch sie war viel schwächer, als sie es erwartet hatte. Hätte er sie nicht im letzten Moment aufgefangen, wäre sie auf den Fußboden gestürzt.

»Ich hatte nicht gedacht, dass sie dich so sehr schwächt«, stellte er beunruhigt fest und drückte sie zurück auf die Matratze. »Leg diese um«, sagte er und zog die Gebetskette aus seinem weiten Ärmel hervor. »Sie schützt dich vor dem Einfluss der Blume.«

Schon streifte er ihr die Mala über den Kopf und tatsächlich spürte sie, wie sich ein Wohlgefühl in ihrem Körper ausbreitete.

»Danke«, murmelte sie. »Hast du eigentlich etwas von meiner Mutter gehört?«

»Ihr Zustand hat sich stabilisiert. Ich bin mir sicher, dass sie nach dem Ritual wieder vollkommen gesund wird«, sprach er ihr Mut zu. »Bald wirst du sie wiedersehen.«

Erleichtert lächelte sie. »Danke«, sagte sie aus vollem Herzen.

Eine Mischung aus Trauer und Zärtlichkeit zeigte sich auf seinem Gesicht und sein Mund die Andeutung eines Lächelns.

»Ich wünsche dir, dass du glücklich wirst«, flüsterte er, hob die Hand und strich ihr über die Wange. Die sanfte Berührung ließ ihr Herz schneller schlagen, doch bevor sie etwas erwidern konnte, zog er sich wieder zurück und fragte: »Kannst du aufstehen?«

Sie versuchte es, doch ihre Beine wollten sie nicht tragen. Eine tiefe Falte grub sich zwischen seine Augenbrauen.

»Ich trag dich.«

Zögernd legte sie die Arme um seinen Hals, als er vor ihr in die Hocke ging. Er trug sie aus dem Zimmer, einen dunklen Korridor entlang.

»Es war schön, dich kennenzulernen«, sagte er unvermittelt.

Er schien sich darauf zu verstehen, sie zu überraschen. Von einem Moment zum anderen konnte seine Stimmung wechseln.

»Danke, dass du auf mich aufpasst«, sagte sie und merkte, dass ihr leicht schwindlig wurde. Ob das an der Wirkung der Blume lag?

Sie traten nach draußen in den kreisrunden Klosterhof, in dessen Zentrum der uralte Baum seine knorrigen Äste in Richtung Himmel reckte.

»Können wir ihn wirklich noch retten?«, fragte sie benommen.

»Mit der Blume, ja.«

Er setzte sie neben dem Stamm ab. Erschöpft lehnte sie sich dagegen und sah zu, wie er eine Glocke läutete. Wie schnell doch ihre Energie nachgelassen hatte.

»Aya«, setzte er an. Seine Stimme war leise, nicht mehr als ein Flüstern. Er sah seltsam verletzlich aus. Was wollte er ihr sagen? Er sah hoch zu den verdorrten Ästen über ihr.

»Ich werde immer über dich wachen, aus dem Verborgenen, wie ich es schon früher getan habe«, flüsterte er mit brüchiger Stimme.

Aya wusste nicht, ob sie ihn wirklich richtig verstanden hatte. »Was heißt das?«, wollte sie wissen, doch in dem Moment betraten mehrere Mönche den Hof. Sie kamen aus allen Richtungen auf sie zu, bildeten ein Meer aus graugewandeten Leibern. Ein sehr alter Mönch trat auf Sora zu, schloss ihn in seine Arme.

»Yuuma-sama, uns bleibt nicht mehr viel Zeit!«, hörte sie Soras drängende Stimme. »Bitte lasst die Zeremonie beginnen. Wir müssen die Blume so schnell wie möglich übertragen.«

Doch der alte Mann schüttelte den Kopf.

»Es ist zu spät, Junge.«

»Was?!« Schockiert löste sich Sora von dem Mönch. »Nein! Ihr redet Unsinn. Ihr habt gesagt – es ist meine Aufgabe! Ich habe mich jahrelang darauf vorbereitet. Es *muss* einen Weg geben!«

Aya nahm all ihre Kraft zusammen und zog sich an der toten Rinde des Baumes hoch. Sie ergriff Soras Hand.

»Was ist los?« Ihre Stimme war schwach. Sie musste sich an ihm festhalten, um nicht hinzufallen.

»Aya.« In seinem Blick lag so viel Angst.

Das Brennen kehrte zurück. Es breitete sich von ihrer Brust über den Körper aus. Die Gebetskette begann zu glühen.

»Yuuma-sama, tut doch etwas!«, rief Sora und blickte sich über seine Schulter zu dem Mönch um.

»Nimm sie raus, Sora«, flehte Aya.

Sora schlang einen Arm um ihre Hüften, damit sie nicht hinfiel. Mit verzweifeltem Gesicht sah er zum Himmel empor. »Gott des Mondes!«, rief er mit lauter Stimme. »Mich hast du zu deinem Opfer auserwählt! Lass Aya in Frieden!«

Was für ein Opfer, dachte Aya. Die Schmerzen vernebelten ihre Sinne und es war schwer, einen klaren Gedanken zu fassen. *Sora sollte ein Opfer für diesen Gott werden? Ist er denn so gefräßig, dass ihm die Frau nicht reichte?*

Ein markerschütternder Schrei zerriss die Luft und es dauerte einen Moment, bis Aya begriff, dass sie sich selbst schreien hörte. Eine schwarze Ranke hatte ihre Schulter durchbohrt. Die Gebetskette zersprang mit einem lauten Knall und die Perlen flogen in alle Richtungen.

»Sora!«, schrie sie mit schriller Stimme. »Was passiert hier?! Was geschieht mit mir?«

Das Entsetzen stand ihm ins Gesicht geschrieben, doch bevor er etwas tun konnte, packte sie etwas von hinten und zerrte sie mit sich. Sora versuchte sie festzuhalten, doch der Baum war stärker. Mit Leichtigkeit entriss er sie ihm mit seinen knorrigen Armen und presste sie gegen seinen schwarzen Stamm. Panisch versuchte sie sich zu wehren, während sich einer der Äste um ihre Kehle legte. Einen Moment lang wurden die Schmerzen unerträglich, dann plötzlich stand Sora vor ihr. Er nahm ihren Kopf in seine Hände, legte seine Stirn an die ihre.

»Du sollst hier nicht sterben, es ist meine Aufgabe. Ich sollte das Opfer für den Baum werden. Alle hundert Jahre ein Opfer.«

Er begann zu beten, die Worte des Mantras hüllten sie ein. Der Griff des Baumes lockerte sich ein wenig. Wieder sah sie das Glühen von Soras Haut ausgehen, nur diesmal so stark, dass es sie beinahe erblinden ließ. Er war so schön, strahlte wie ein übernatürliches Wesen. Sie kniff die Augen zusammen. Sie fühlte, wie der Stamm in ihrem Rücken nachgab, weich wurde. Langsam wurde sie in den Baum hineingesogen.

»Nein, Aya!«

Sie sah ihre eigene Panik in seinen Augen.

»Lass mich nicht -«, presste sie hervor, doch sie hatte keine Kraft mehr. Ihr Blickfeld verschwamm, der Baum nahm sie zusammen mit der Mondblume in sich auf. Das Letzte, was sie sah, war sein verzweifeltes Gesicht, dann wurde sie in Dunkelheit gehüllt.

Für immer.

Lisa Limacher

DER PRINZESSIN AUF DER SPUR

Die Prinzessin war verschwunden. Er folgte der heißen Spur! Ganz klar, Bratensauce. Die Linie führte ihn bis zum Kleiderschrank der Prinzessin, dort vollführte sie einen wunderschönen, braunen Kringel auf dem schneeweißen Teppich. Er schaute in den Schrank hinein, da war sie nicht. Also lief er der Linie entlang zurück, die ihren Anfang beim Bett der Prinzessin nahm. Mit einem Satz sprang er hinein. Hier roch es überall nach ihr! Zufrieden rollte er über die Decken. Sie waren noch warm.

»He, du, raus aus dem Bett der Prinzessin!«

Immer der gleiche Störenfried, der verstand einfach keinen Spaß. Also hopste er wieder vom Bett und schnellte an dem Eindringling vorbei auf den Flur hinaus. Der kreisrunde Saucenkringel beim Schrank konnte auch ein Hinweis sein. Womöglich deutete er auf den Springbrunnen im Garten hin? Ein Bad darin wäre wunderbar! Oder ein Hähnchen mit Bratensauce zu Mittag. Er lief die Treppe hinunter, die Diener öffneten ihm die Tür und er erreichte die Terrasse. Von hier aus hatte er einen guten Überblick über den Garten. Und da in der Mitte war auch der Springbrunnen. Doch wo war die Prinzessin? Konnte es sein, dass sie sich versteckte? Er rannte los, in vollem Karacho, flitzte um den Brunnen herum, roch sie, bevor er sie sah, und sprang in ihre Arme. Sie kraulte ihn hinter den langen Schlappohren und er leckte ihr übers Gesicht. Sie lachte.

»Bernhard, feiner Junge, du hast mich gefunden!«

Georg Sensenbach

SONNE, BIER UND MEER

Im August des Jahres 232 nach der Separation strahlte die Sonne unbarmherzig auf Südstaden herab. Der ganze Sommer war bereits ungewöhnlich trocken und heiß gewesen. Schon seit Wochen lag das Meer glatt und warm in der Sandbucht, sodass die ersten Fische bauchoben im Hafenwasser trieben. Doch selbst die Möwen warfen nur gelangweilte Blicke auf die leichte Beute und zogen sich träge in den Schatten zurück.

Seit Tagen lagen die Schiffe fest im Hafen vertäut, denn es wehte nicht ein Hauch von Wind. Nur abends, wenn die Sonne am Horizont verschwand, trauten sich die Menschen auf die Straße. Dann erwachten die Kaschemmen am Hafen zum Leben.

Trotz der Abendhitze zog der junge Mann die Kapuze seines Umhangs weit ins Gesicht. Es galt, den Blicken der Passanten zu entgehen und zu vermeiden, dass der Meister von seinem Ausflug erfuhr. Die eindringliche Warnung, nicht allein auf Erkundung in die Stadt zu gehen, hallte noch in seinen Ohren. Zu häufig geschah es, dass junge Männer auf der Suche nach Abwechslung und Abenteuer in eine dunkle Gasse im Hafenviertel gelockt und ausgeraubt wurden. So mancher erwachte nach einer ausschweifenden Nacht auf hoher See und fand sich als Decksjunge wieder.

Aber Ignatus war nicht irgendein Junge vom Dorf. Selbstbewusst klapperten seine Stiefel auf dem Pflaster aus grob gehauenen Steinen. Er bog in die Fischergasse ein und fand sein Ziel. Eine Kaschemme am Ende des schmalen

Weges. Knarrend öffnete sich die schwere Tür. Ein dichter, feuchter Geruch von Pfeifenrauch, Schweiß und verdorbenem Bier ließ ihm kurz den Atem stocken. Aber besser als die langweilige Kajüte auf dem Schiff erschien ihm das kleine Gasthaus allemal.

Er trat ein. Als die Tür geräuschvoll zufiel, verstummten die Gespräche. Die Blicke der Seeleute und Fischer lagen auf ihm. Einige Nordmänner sahen von ihrem Kartenspiel auf. Die wilden Krieger musterten ihn abschätzend. Ignatus überlegte kurz, ob er zu seinem Schwert greifen sollte. Dann tastete er in Gedanken durch den Raum und entspannte sich etwas. Es drohte keine unmittelbare Gefahr.

An dem Tisch neben dem geöffneten Fenster schlief ein rundlicher Mann in der typischen Kluft eines Gilde-kaufmanns. Sein Kopf lag friedlich auf dem Arm gebettet, mit der Hand hielt er den Bierkrug umklammert. Ignatus legte den Umhang ab, setzte sich an den freien Tisch neben dem Kaufmann und hängte sein Kurzschwert über die Stuhllehne. Die Nordmänner nahmen ihre Gespräche wieder auf.

Ein schmächtiger Junge mit sonnengebräunter Haut und dichten, schwarzen Locken huschte aus einer Ecke hervor und wischte hastig die öligen Brocken Brot vom Tisch. Achtlos ließ er die Reste auf den bräunlichen Sand fallen, der als Bodenbelag und Einstreu zu dienen schien. Ignatus ahnte schon Schlimmes, was die Qualität der Getränke und Speisen betraf. Als ihn der nervöse Junge in einem kaum verständlichen Akzent ansprach, bestellte er dennoch etwas zu essen und deutete auf den Krug des schnarchenden Kaufmannes neben ihm.

»Piva«, bestätigte der junge Mann nickend und verschwand. Als er wieder erschien, schob er einen Holzteller auf den Tisch und stellte einen großen Krug Bier daneben.

»Dengi«, verlangte er und bewegte Daumen und Finger aneinander. Ignatus nahm den kleinen Beutel aus dem Mantel und kramte zwei Kupfermünzen hervor. Sie wurden misstrauisch geprüft.

»Harascho«, sagte der Junge schließlich und lächelte erleichtert. Der Brei auf dem Teller duftete unerwartet gut, daneben lag ein Stück fettiges, rotes Fleisch. Ignatus nahm den Holzlöffel und wischte ihn an seinem Hemd sauber. Das Mus aus roten Rüben und Kartoffeln schmeckte süßlich und deftig zugleich. Das Fleisch war zart und würzig. Aber jetzt kam die Hauptsache. Ignatus nahm einen tiefen Schluck und grunzte zufrieden. Das Bier hatte nur einen leichten Stich und mundete weitaus besser als bei seinem letzten unerlaubten Ausflug.

»Hmm?« Der Kaufmann am Nachbartisch öffnete die Augen und blinzelte. Seine Wangen waren leicht gerötet und die grobporige, dicke Nase wirkte wie eine Kartoffel, die sich nur zufällig in das rundliche Gesicht verirrt hatte. Er bemerkte Ignatus und musterte ihn neugierig. Dann griff er nach seinem Krug und setzte ihn an.

»Hmmm?« Der Krug war offensichtlich leer.

Als der Kleine vorbeieilte, deutete Ignatus auf den Kaufmann.

»Zwei«, verlangte er, denn er verspürte Lust auf eine Unterhaltung.

»Dwa«, bestätigte der dicke Mann erfreut, der die hiesige Sprache leidlich zu sprechen schien. »Harascho Piva!«, ermahnte er den Jungen.

»Dengi«, verlangte dieser.

»Wie viel habt Ihr ihm gegeben?«, flüsterte der Kaufmann.

»Zwei Kupfermünzen«, sagte Ignatus.

»Das ist zu viel. Njet Dengi«, rief der gut gelaunte Mann mit einer resoluten Handbewegung.

Der Junge zuckte nur gleichgültig mit den Achseln und kam mit zwei Krügen schäumenden Biers zurück. Inzwischen hatte sich der Kaufmann zu Ignatus an den Tisch gesetzt.

»Es ist mir ein Vergnügen, junger Mann. Ich heiße Hinrich und bin mit der großen Kogge gekommen, die unten im Hafen liegt. Jetzt sitze ich hier fest, Schietwetter. Eine glühende Sonne und kein Wind«, lachte Hinrich.

»Das scheint Euch nicht zu stören«, grinste Ignatus. Ihm gefiel der fröhliche Trinker.

»Nein, das stört mich gar nicht«, sagte Hinrich verschwörerisch. »Ich zeige dir mal, warum.« Er nahm den Bierkrug. Die beiden stießen an. Kühl und frisch lief das Bier Ignatus' Kehle hinab. Das war ein anderes Getränk als sein Erstes.

»Was ist das?«, rief er voller Erstaunen aus.

»Das ist das beste Bier nördlich der Zuckerberge«, grinste Hinrich. Der Schaum tropfte von seinem Schnurrbart. »Diese Kaschemme ist eine Drecksbude, aber Bier brauen können sie.«

Ignatus trank den Krug in einem Zug aus und winkte den Kellner erneut herbei.

»Ich komme aus Mittelstad«, erzählte Hinrich leutselig. »Meine Kogge liegt unten am Hafen. Wir fahren regelmäßig nach Südstaden, um Güter und ›Informationen‹ auszutauschen.«

»Was für Informationen denn?«, fragte Ignatus naiv.

»Sachen einfach, mein Junge. Das Wetter. Wie viele Nordmänner gerade hier sind und wie viele Ballen Stoff verkauft wurden. Die Gilde will alles wissen. Und du, mein Junge? Was treibt dich nach Südstaden?«

»Ich ... Ich bin eher auf der Durchreise«, sagte Ignatus vorsichtig.

Der Händler nickte verständnisvoll und schien nachzudenken. Er nahm einen weiteren, tiefen Schluck aus dem Krug. Aber etwas schien ihn zu beunruhigen.

Die Nordmänner am Tisch gegenüber hatten ihr Kartenspiel unterbrochen und starrten mit finsterem Gesicht zu ihnen herüber.

»Hmm«, brummte Hinrich und blinzelte nervös. Er strich den Schaum von seinem Bart. »Wir sollten gehen, mein Junge.«

»Aber wieso denn?«, lachte Ignatus. Der Raum schien etwas zu schwanken. Das Bier war ungewohnt stark.

»Nein wirklich. Komm, mein junger Wanderer. Hier wird es mir zu ungemütlich.«

Ignatus riss sich zusammen, als er Hinrichs ernstes Gesicht sah, und versuchte sich zu konzentrieren. Dann spürte er es wie ein leichtes Ziehen am Hinterkopf.

Er befand sich in Gefahr.

Die Nordmänner standen geräuschvoll auf.

Gemeinsam mit dem Händler schwankte er rasch aus der Kaschemme. Draußen wehte ein leichtes Lüftchen.

»Ha. Es scheint, wir können bald wieder den Anker lichten. Hier entlang, mein junger Freund«, drängte Hinrich. Der sanfte Wind tat Ignatus' Kopf gut, allerdings meldete sich jetzt sein Magen.

»Moment«, lallte er und hielt sich an dem dünnen Stamm einer Birke fest. Geräuschvoll entleerte er seinen Mageninhalt auf das Pflaster. Dann hörte er leise Schritte. Sie kamen rasch näher.

»Das ist kein guter Zeitpunkt«, zischte Hinrich und zerrte an seinem Arm. Ignatus spürte die Besorgnis des Kaufmanns. Benommen wischte er sich den Mund ab und sah auf. Es waren die Nordmänner aus der Schenke.

»Dieser Händler da ist keine gute Begleitung«, rief der große Nordmann mit dem langen Zopf und deutete auf den Kaufmann.

Hinrich antwortete in einer Sprache, die Ignatus nicht verstand. Die Nordmänner antworteten mit zornigem Gebrüll. Einer sprang wütend auf den Kaufmann zu.

»Neiin«, schrie Hinrich auf.

Ignatus reagierte blitzschnell. Sein Schwert fing den Hieb des Gegners ab, sodass die breite, schartige Klinge des Nordmannes vor Hinrichs Hals zum Stehen kam.

»Das lasst mal«, grunzte Ignatus und sah etwas spät, wie ein zweiter Mann sein Schwert schwang. Die Klinge kam auf ihn zu. Das würde knapp werden.

Er fühlte das Rauschen der Macht in seinem Blut und hob die Hand. Der Mann stoppte mitten im Lauf, als wäre er gegen eine unsichtbare Mauer geprallt. Ignatus spürte das Gewicht des Mannes. Er lenkte den Fluss der Macht nach Belieben, es war ganz einfach. Der Mann schrie auf und flog mehrere Meter weit durch die Luft. Er landete schließlich mit dem Hinterteil voran in einer Hecke. Die Nordmänner wichen unsicher zurück. Hinrich musterte seinen neuen Freund eingehend und grinste dann freudig.

Ignatus zeigte den Nordmännern seine Klinge. »Geht zu Bett. Für euch gibt es hier nichts.«

Die Nordmänner schauten unschlüssig. Der große Krieger mit dem Zopf zuckte schließlich mit den Schultern und steckte sein Schwert weg. »Es ist deine Entscheidung, junger Magus.« Kopfschüttelnd zogen sich die Männer zurück und verschwanden fluchend zwischen den Häusern.

»Sind sie weg? Kommen sie wieder?«, flüsterte Hinrich besorgt.

»Die kommen nicht wieder«, grunzte Ignatus. Ihm wurde wieder übel.

Das verdammte, gute Bier!

»Komm schon«, drängte Hinrich. »Sonst kommen sie doch noch mit Verstärkung zurück.«

»Ist mir doch egal, sollen sie ruhig zurückkommen.«

»Nicht übermütig werden, junger Wanderer«, mahnte Hinrich und leitete den schwankenden Jungen in eine Seitenstraße.

»Warte«, sagte Hinrich nachdenklich und griff an seinen Gürtel. »Jemanden wie dich könnten wir brauchen.«

Ignatus fühlte einen kurzen, schmerzhaften Stich an der Seite, als hätte ihn ein Insekt gestochen. Plötzlich erfasste ihn eine große Müdigkeit. Er musste sich unbedingt eine Weile hinlegen.

Als er erwachte, schmerzte sein Kopf, als würde ein wütender Gnom von innen an seine Schädeldecke hämmern. Blinzelnd schlug er die Augen auf.

Über ihm kreiste eine Möwe.

Das große Rahsegel der Kogge blähte sich im Wind. Hastig zog er sich an der Reling hoch. Kein Land in Sicht.

Nur das offene, unendliche Meer.

Besuchen Sie uns: https://www.fantasy-geschichten-forum.de

Zeitfracht Medien GmbH
Ferdinand-Jühlke-Straße 7
99095 Erfurt, Deutschland
produktsicherheit@kolibri360.de